珠璣情緣——
舌尖上的貴族江獻珠
與幸運的書獃子

陳天機

40th Anniversary

陳天機江獻珠夫婦（攝於結婚四十週年紀念）

作者 陳天機

2014 年 6 月獻珠與作者在中文大學教職員寓所慶祝獻珠生日

序

　　2014 年 7 月 10 - 27 日，香港凱悦酒店的著名餐廳港灣壹號大張旗鼓，以江家美饌慶祝酒店 25 週年；但在 21 日晚，江獻珠在沙田醫院撒手塵寰，已看不到食客滿足的歡笑了。

　　我執筆企圖細訴她充滿傳奇的一生，覺得有點力不從心；但天下已再沒有掌握到更多關於她重要資料的人了。

　　獻珠擁有獨特的天賦。她的超凡味覺記憶相信主要來自遺傳——獻珠的祖父是清末民初、執華南食壇牛耳的江太史孔殷。但塑造她卓越成就的因素，絕大部份卻來自環境、機遇和決心。

　　稚年小獻珠的古文背誦博得祖父江太史嘉賞，讓這小聰明與賓客同桌用膳；這殊榮在不知不覺中培養了她敏銳的味蕾。後來在大時代的連番巨變中，獻珠飽歷顛簸，轉移了好幾次人生目標，到了 40 歲後終於尋到自我，立志以廚藝為終身事業。她過去仿製太史名饌，已頗得母親的肯定和讚許；在家教授中菜烹飪，也屢有新意，偶創佳作了。

　　一旦下了決心，便沒有人能夠阻止、拖延獻珠的進程。她用義教、義煮來報答亡母的愛。她孑身回到香港，當了一個夏季的「黑市」點心學徒。回美國後獻珠發現從香港帶回的麵種

竟然死去，她便自己嘗試培養天然麵種；而且為了證明這麵種的真實性，獻珠更在美國賣了三個月的叉燒包。這過程顯露了她勇往直前、不折不撓的意志。

從「偶創佳作」、「勇下決心」、「不折不撓」到「廚藝超凡」還有一大段距離，亟需良師的指引（但未必示範！）方能跨越。獻珠的確非常、非常幸運：1960 年代末期，她在三藩市舊書攤偶然買到「特級校對」不談「怎樣做」而一針見血講「為甚麼」的著作——《食經》，頓啓茅塞。獻珠依書指引，果然烹調得心應手，大有進步。在 1974 年，她在朋友設宴席上更喜遇神秘作者本人——香港《星島日報》前總編輯陳夢因；而且發現他已退休移民美國，他的居所離我們家只有一個鐘頭的車程！獻珠更蒙這位大師不棄，收她做唯一的徒弟。

在飲食界以江孔殷和陳夢因兩位飲食界名宿為例：師父往往只能指出重要的大方向，而自己卻未必會做得好。江獻珠本人的廚藝，肯定勝過自己的師父：「亞爸」[1]陳夢因。但亞爸本人舌感超凡，經驗豐富；他獨具慧眼，看出江獻珠世間罕有、尚待發揮的潛能，更親力親為，在美國代她找尋珍貴粵菜作料，鼓勵她不懈嘗試，振翅衝天。獻珠的確找對了師父，特級校對也找對了唯一的徒弟。

1　「爸」字江獻珠隨著陳夢因兒女，讀低沉的陽平聲。

經過短短幾個月的猜想、嘗試、苦練、改良，獻珠終於成功把握了半世紀前、廣州四大酒家各自標奇立異的招牌美饌。她在同一席上推出這些美饌，加上她自己已有頭緒，江家全盛年代，廣州食壇爭相模仿的「太史」名菜，作為紀念母親的美國抗癌會義宴。獻珠一躍成為粵菜食壇罕見的大師。但她並沒有大張旗鼓，自我宣揚，追逐名利；她只實事求是，滿足於在自己掌握中，不吝與他人分享的廚藝。

有一樣工作，師父特級校對或許自己能做，但絕對不屑做的是：撰寫清晰詳盡的食譜。亞爸自己所寫給別人看的，是點到即止、「無譜」的《食經》；他經常說細節食譜的撰寫只不過是「食譜師奶」的工作。

但獻珠當真卓爾不凡，成名之處，卻正正在撰寫食譜。對她來說，食譜也是將自己多年的烹飪飲食心得薪傳後世，不朽的結晶。獻珠綜合多年任教中菜烹飪的經驗，下筆抽絲剝繭，清澈利落，使讀者能「蕭規曹隨」，按部就班，不虞誤失。偶因食譜內容，想起自己過去有趣的經歷，她也用生動輕鬆的文筆寫出，與讀者分享。亞爸辭世後，獻珠更選擇《食經》一部份，在《傳統粵菜精華錄》和《古法粵菜新譜》兩書裏加插細緻食譜；她當年追溯民國初年廣州四大名饌，創作出來的食譜，也因此幸而得以流傳。獻珠最後十年在《飲食男女》週刊的專欄《珠璣小館隨筆》更由攝影師梁贊坤將食譜逐步攝成

彩圖，使讀者能按圖索驥，奠定了她「多產食譜名家」的地位。

　　獻珠在美國，在香港，執筆談飲食、烹調之道前後一共有 36 年。她用中、英文書寫的飲食散文自然流暢，綜合自己透闢的觀察、超凡的品味、熟練的技巧、豐富的經歷，巍然獨樹一幟，希望讀者也能捕捉到獻珠寫作時的靈感。

　　獻珠的著作並不限於食譜；她寫了《珠璣小館飲食文集》五冊[2]，用優美的文筆，寫出她對飲食文化的關注和個人的經歷。飲食的確是獻珠貢獻一身的志業。本書因此對烹調之道：包括地方特色、佳餚沿革、食材挑選、廚藝滄桑、飲食養生，也特別關注。

　　在飲食文化之外，獻珠的《蘭齋舊事與南海十三郎》描繪江家的滄桑，十三叔（粵曲作家南海十三郎江譽鏐）的遭遇，在初版 15 年後（2014 年）再版，更榮獲當年的「香港金閱獎」。

　　作者是獻珠的丈夫，也是本書的配角：從 1942 年抗日戰爭時期在中學初識起，到 2014 年獻珠生命的終結，兩人總共經歷了七十二個寒暑的悲歡離合。作者本人在動盪大時代的遭遇、怎樣在環境考驗下融入社會，徹底改變了「書獃子」的面目和心態，也佔了本書的部份篇幅。

　　本書不用「你、我」，而以「第三人稱：她、他」書寫。

2　本書作者在獻珠鼓勵下執筆書寫其中兩冊的一小部份遊戲文章；這經驗引發了他採用中文寫作的興趣。

敍述的內容大致依照時間次序，讀起來有點像小說；但內容力求真實，寫時也避免不恰當的渲染。

作者喜愛韻文，但愧寫不出好詩。本書的一樣特色是章節標題的韻文化：眾多標題聯湊起來，可以當做一首勉強協韻合律，但難免前後失貫、指引疏漏、描述駁雜的七言歪詩，姑且讓作者借用韻文園地，素描這位「舌尖上的貴族」[3] 發揚真味、不折不撓、薪傳讀者、充滿傳奇的一生。

陳天機

2019 年 2 月於美國加州聖荷西市

3　首先用這稱號的相信是鄭天儀：「人物：江獻珠　舌尖上的最後貴族」，
　　2014 年 6 月 2 日，香港《蘋果日報》。

謝啟

本書的寫作，有賴許多親友直接、間接的幫忙和鼓勵。特別需要指出的是：

女兒李林詩婉修訂了本書三次初稿。她也集輯了獻珠寫出的童年雜憶，見附錄 1。她更找尋出好幾百幅珍貴的舊照片。女婿李子清精心用個人電腦將照片掃描、清理，讓出版社擷善付梓，的確勞苦功高！

「魚北仔」余瑋琪餽贈的自繪作品「影樹下」，是獻珠最心愛的彩畫，讓她在暮年得以重拾多年前被時代巨潮淹沒的童心。2014 年 7 月末，在時間匆迫下，魚北仔也完成了編輯紀念冊《永遠懷念江獻珠，1926-2014》的重要工作。他更細心閱讀了本書初稿，提供了許多珍貴的意見。

「細 Winnie」徐穎怡的江獻珠寫作年譜，載在附錄 7；她供應的其他寶貴資料也豐富了本書的內容。

何健莊女士聯絡多方，勞碌奔波，更仔細檢閱校對文稿、萃精除誤，本書才得以順利面世。

天機特此謹致謝忱！

陳天機
2019 年 2 月
於美國加州聖荷西市

目錄

附錄

第一章

太史美食譽冠華南 [1]

（約至 1936）

1　讀者請參閱江獻珠：《蘭齋舊事與南海十三郎》紀念版，香港：萬里機構·
　　萬里書店，2014。上篇：第 13-161 頁。

1.1. 太史文人膺武職：

清末大名士江孔殷，居然任職「廣東清鄉督辦」。

獼猴託世？富繼兩家

本書主角江獻珠的祖父是生在清朝末葉、譽滿百粵的才子，[2] 祖籍廣東省南海縣塱邊鄉的美食名宿江孔殷。[3]

江孔殷的父親江清泉是茶業巨商；他在上海發跡，擁有全市規模最大的江裕昌茶莊，人稱「江百萬」。江清泉成功之道在「一條龍」式的企業：他自資自理，開發茶圃，廣植茶樹，按時採摘、處理、運輸、包裝、批發、零售茶葉，不靠中人。

後來洪水毀了茶圃，江清泉便遷回廣州退休。江孔殷自幼過繼給伯父江樹壽，後來又承受了父親和伯父兩人的家產，真

2　請參見羅林虎，李金玲：關於加強對江孔殷故居海珠區同德里「太史第」保護的建議（政協海珠區第十四屆三次會議大會提案），http://blog.ifeng.com/article/23564366.html

3　現屬佛山市石灣區張槎鎮。

可以説是「富可敵國」。

　　江孔殷在上海出生，自稱當時母親夢獼猴託世；他聰敏過人，兩臂特長，更頑皮好動，人號他為「江蝦」，他絲毫不以為忤。而且由於粵語「蝦、霞」發音相近，他索性自號「霞公」。

江太史孔殷

殿試二甲，督辦清鄉

　　江孔殷 14 歲時曾師事後來鼓吹變法維新的南海同鄉康有為。他 19 歲時考中秀才，29 歲時考中舉人。

　　光緒二十九年（1903 年），清朝舉行中國科舉歷史上最後一次殿試。江孔殷當時 39 歲，高中第三十名（二甲第二十七名），進任翰林院編修，因此贏得「太史」的稱號。

　　科場「請槍」（請人代考）是清末常有的流弊現象。主要原因是政府沒有利用外國傳入的照相技術來杜絕假冒。[4] 但殿試警衛森嚴，沒有豹子膽的怎敢犯規？雖然如此，據說江孔殷在殿試時竟然代某甲做槍手，而第

4　在 1871 年大臣李鴻章的照片已經流傳，顯然照相技術已可用在 1903 年江孔殷參加的殿試了。

三者某乙同時也做江孔殷的槍手，結果兩人（名義上某甲和江孔殷，實際上江孔殷和某乙）都高中了：他和某甲都同時得到金榜題名。這故事可能是真的，但江孔殷本人才氣縱橫，譽滿廣東文壇，是不爭之論，他請過槍與否、做過槍手與否，都毋庸深切討論。

後來江孔殷回粵，賦閒在家「待職」，可說是守株待兔，等候機會敲門到訪。

1910 年，宣統二年庚戌，機會竟然來敲門了！大臣張鳴岐從廣西巡撫升任兩廣總督，委任自己賞識多年的江孔殷為「廣東清鄉督辦」。這是剿匪保安的武職；為甚麼呢？原來清例要避嫌：本省文人不得在當地任職文官；江孔殷如硬要任文職，便必須離開心愛的廣東了。

江孔殷自稱「百二蘭齋齋主」，植有一百二十種不同的蘭花，據説是清鄉有功，慈禧太后賜贈的。

1.2. 黃花碧血葬羣英：

革命黨人暴屍街頭，太史願負埋葬全責。

壯士英骨、長埋黃崗

江孔殷在清鄉督辦任內剿捕多名廣東積匪，繩之於法。他執法的最高紀錄是：在一天處決了 108 名強盜。

但最值得世人歌頌的，卻是他為捐身革命的同盟會黨人慨然承擔的一件義舉。

1911 年陰曆三月二十九日（陽曆 4 月 27 日），同盟會員在廣州起義，企圖刺殺兩廣總督張鳴岐和水師提督李準。起義不幸失敗，但壯舉已轟動了全國。清廷故意讓殉難的烈士暴屍街頭。

出身廣州富貴家庭的潘達微主動設法收屍；達微的父親潘文卿曾高任清廷一品武官，名聲煊赫，當地文武官員都讓他家三分。達微本人體弱多病，得孫中山醫治後不顧家庭反對，毅然加入同盟會的前身興中會，後來更成為同盟會廣州分會不露面的負責人。他固然沒有公開反清，但辦報鼓吹改革，卻是人所共知。廣州起義前，潘達微與夫人陳偉莊曾多次用花轎作幌子，私運軍火到廣州河南龍溪首約[5]的基地，但起義首領黃興因潘達微身體孱弱，不許他參加戰役。

起義失敗後，潘達微商請各廣州善堂理事提供墳地，但他們都害怕牽連，不敢擔承；潘達微說：

5　約：小巷。2015 年，筆者參加珠璣小館廣州旅遊美食團之行，到過龍溪首約。現在同福西路有小橋跨過龍溪首約，橋頭有兩層的西式小咖啡室，據說是女革命家徐宗漢住宅，黃興主導起義，斷兩指後暫時養傷之處，黃興後來與徐宗漢結婚。相信咖啡室也是當時革命黨軍火庫的一部份。從咖啡室循龍溪首約步行不到兩分鐘便是同德里江太史第舊址。當時的清鄉督辦江太史何以在廣州起義前毫無警覺的表示？耐人尋味！筆者感謝美食團領隊蔡占的指導和供應的背景資訊。

余不得已，遂以電話達此意於江孔殷太史，求太史一
助力。太史遂轉告善董，謂此事可力任，縱有不測，彼可
負全責。各善董得太史電，乃允余請。

　　兩人主動請人收屍，殯葬在紅花崗（後改名黃花崗）。[6] 現
在黃花崗大墓後仍存小石碑，記載兩人負責殯葬的事實。[7] 但官
任清鄉督辦的江孔殷當時怎樣去向起義所針對的主要人物：兩
廣總督張鳴岐交代呢？便不得而知了。中華民國成立後，孫中
山、宋慶齡夫婦也曾親自登門，拜謝江孔殷的當時的義舉。

　　後來潘達微為逃避梟雄總統袁世凱的通緝，在 1913 年移居
香港，做過南洋兄弟煙草公司香港分公司經理，挽救了公司在
不利傳言下幾乎倒閉的危機。

　　1929 年，潘達微病逝，才 49 歲。江孔殷作輓聯紀念他奮不
顧身，安葬烈士的事蹟：

白挺[8]動全城，君是黨人自有交情盡生死；
黃花成昨日，我非健者也曾無意造英雄。

（粗陋的武器轟動了全城，你身為黨人當然與眾烈士有同

6　包括初殯時 72 人，後增至 86 人。
7　讀者請看維基百科：http://zh.wikipedia.org/wiki/%E6%BD%98%E8%BE%B
E%E5%BE%AE
8　白挺亦作白梃，大木棍，意謂民間起義的粗陋武器。

生共死的交情；事實已成過去，我雖不是親身參與的豪傑，當時竟也在無意中鑄造了〔潘達微這位〕英雄。）

1951 年 8 月 20 日，廣東省人民政府決定將潘達微的遺骸也遷葬入烈士墓地黃花崗。

不仕兩朝、煙商代理

1911 年，清廷訓練出來的新兵在武昌高揭革命大旗，起義反清；各省紛紛響應，局勢已成一面倒，滿清高官人人自危。江孔殷乘機游說張鳴岐和李準，獲得他們一同表態支持義軍，與清廷斷絕關係。廣東因此不費一兵一卒，得以和平過渡。

1912 年陽曆 1 月 1 日，中華民國正式成立，孫中山已從海外回國，擔任臨時大總統。江孔殷雖同情民國，但不仕兩朝；他辭官受聘為英美煙草公司南中國總代理，[9] 入息豐富。江家踏入全盛時期。

兩個月後（同年 3 月），孫中山遵約退位，讓梟雄袁世凱繼任總統。1915 年 1 月，日本向袁世凱提出喪權辱國的「二十一條條約」，全國譁然，反日群情洶湧。江孔殷趁勢抨擊商業勁敵南洋兄弟煙草公司，指出公司創辦人簡照南曾以「松本照南」的名字入籍日本；一時使南洋兄弟煙草公司瀕臨倒閉。簡照南迫得到日本辦理退籍；潘達微當時是南洋兄弟煙草公司香港分

9　成立於 1902 年的跨國煙草公司，總部設在倫敦。

公司經理，力挽狂瀾，得以轉危為安。但江、潘的交情從未中斷。

袁世凱後來稱帝，但全國反帝義軍風起雲湧，袁世凱做了83天皇帝，還未正式舉行登基大典，便被迫在3月22日放棄帝制，不久後病死了（1916年6月6日）。

廣交賓客、三教九流

江孔殷為人豪邁好客，朋友之中當然不乏以詩書酬唱的騷人雅士，但他更廣交高官、武將、殷商、外國官賈，甚至三教九流、四海豪傑。

座上常賓李福林將軍便是一位如假包換、綠林出身的好漢。他早年是膽大包天的劫匪。在清末民初，夜間照明多用油燈，油燈的玻璃燈筒末端直徑約有一吋，略似槍頭。李福林曾以燈筒挺著豪強腰背，喝令交出財物，對方以為挺著腰背的是手槍，只好乖乖遵命。他因此得到「李燈筒」的綽號，他也索性自號「李登同」。

李登同逃避清廷通緝，遠遁南洋，在新加坡蒙受孫中山感召，毅然洗心革面，加入反清的同盟會，參與過多次革命戰役，卓立軍功。1912年民國成立後，李登同當過廣州市長。後來他任軍長多年，駐守在廣州南郊的河南島，離江孔殷的太史第不遠；兩人經常過從，而且義結金蘭，成為把兄弟。

1.3.〈寒江釣雪〉奇才出：

十三郎的愛國粵劇《心聲淚影》一炮而紅。[10]

不羈才子，南海十三

　　江孔殷兒女成群，共 17 人，男女孫更有 31 人。但兒子之中當真成材的只有一位。江太史的第六妾杜氏在 1910 年 3 月 3 日因難產早逝，生下的兒子譽鏐[11]（1910-1984），排名十三，比江獻珠大 18 歲。譽鏐正是天才橫溢的名粵劇編曲家：南海十三郎。

南海十三郎江譽鏐
（江譽球）

　　譽鏐自幼鋒芒畢露，讀書過目不忘；但頑皮好鬧，家庭教師多受不起他的惡作劇而求去。他後來發奮，考入香港大學醫科，讀了兩年。

　　在香港大學時，譽鏐與小學同學亡友陳讓的姐姐（在廣州光華醫院學醫的）馬利熱戀，每日魚雁相通不絕，假期也在廣州一齊郊遊。但馬利在北平的父親認為譽鏐沒有出息，決意拆散鴛鴦，嚴命馬利遷回北平居住。馬利後來寫信給譽鏐，説自己染了肺病；再去信説病得不似人形，瘦骨嶙峋，而且精神憔

---

10 請參閱江獻珠：《蘭齋舊事與南海十三郎》，香港：萬里機構・萬里書店，2014，下篇：第 124-223 頁。

11 舊音「球」，今音「流」。他自動改名為與舊音相同的「譽球」，讀者請閱江獻珠：《蘭齋舊事與南海十三郎》，香港：萬里書店，2014。

悴，為了留個好印象，她已不願再面對譽鏐了。但譽鏐仍然準備去北平親見馬利。1932 年他先北上上海，而忽然得到馬利的死訊，萬念俱灰。他更遭逢日軍強侵上海的「一‧二八」事變，[12] 幾乎回不到廣州，更回不到大學了。[13]

早在 1930 年，粵劇名伶薛覺先與江太史已有往來。[14] 當初薛覺先請太史在劇刊題詩，後來又請譽鏐編撰粵劇。譽鏐交出一篇富有愛國情懷的《心聲淚影》，描述宋朝抱志青年秦慕玉率師收復失地，封侯回鄉，而且淡泊明志，寒江釣雪，得與相愛而被舅父不容，淪落為打漁女的師妹呂秋痕團圓的故事。

這劇一洗粵劇過往的鴛鴦蝴蝶作風，竟然一炮而紅。其中主題曲〈寒江釣雪〉更備受激賞。但薛覺先在廣州登台演唱《心聲淚影》，觀眾拍掌不絕時，譽鏐自己卻已被困在上海了。

兩年後，十三郎南歸，不再升學，卻在廣州省立女子師範教書，同時與薛覺先開始長期合作。十三郎文筆敏捷、詞句優雅，清麗脫俗，與粵劇曲調配合，天衣無縫。

---

12 1931 年 9 月 18 日，日軍強奪我國瀋陽，後來奄有東北遼寧、吉林、黑龍江三省，中國東北駐軍屬張學良舊部（主力早已南調征共）奉國民政府指令，不許抵抗，是為九‧一八事變。翌年 1 月 28 日日軍強攻上海，作為九‧一八事變的引申；我國十九路軍忍無可忍，奮起抵抗，是為一‧二八事變。結果在國際調停之下日軍從上海撤兵，但東北要在第二次大戰，日本投降後方纔歸還中國。

13 見《小蘭齋雜記：浮生浪墨》，香港：商務印書館，2016，第 110-111 頁。

14 南海十三郎與粵劇名伶薛覺先合作的緣起，資料極端缺乏。本書採用了十三郎自己執筆的記載。見南海十三郎：《小蘭齋雜記：梨園好戲》，香港：商務印書館，2016，第二篇，第 48-49 頁。

小獻珠最不能忘懷的，是薛覺先在江家享蛇宴後親自表演的一晚。薛覺先身穿藍色長衫，由十三叔引進客廳，跟著他來的是一班樂手。獻珠說：

> 　　薛覺先高歌由我十三叔編撰名劇《心聲淚影》之主題曲〈寒江釣雪〉，真是繞樑三日，盛況空前，我們也不必偷偷摸摸，可以圍在一起觀賞。

　　除了與薛覺先的合作之外，十三郎還向另外好幾位粵劇名伶，例如馬師曾和新馬師曾，間中供應粵劇，但主要的受惠者，仍然是薛覺先。十三郎文思敏捷，出口成章；總共編寫的粵劇不止百部，在全盛時期，每兩三日可寫出一部。

　　他有兩位徒弟：袁準後來轉任演員，很早便去世；唐滌生（1917-1959）是薛覺先妻子兼演劇拍檔唐雪卿的堂弟，曾就讀上海滬江大學，是一位天才橫溢的多產粵劇作家，他寫了粵劇共 446 部，與十三郎以「十三」、「阿唐」互稱，外人渾然不知他們的師徒關係。[15] 可惜唐滌生本人也英年早逝：在香港利舞台上演他創作的《再世紅梅記》時，他在觀眾席上中風昏倒，終告不治。

---

15 根據《小蘭齋雜記：浮生浪墨》，香港：商務印書館，2016，第 345-355 頁：〈分論三：南海十三郎的弟子唐滌生〉（作者：朱少璋）。

粵北勞軍，春風得意

抗戰初期，廣州失守；十三郎卻去了香港編電影劇，春風得意，每電影可獲豐富酬金，後來自己更兼任導演了。但 1941 年末，在日軍攻佔香港前，他早已放棄香港生活，到了粵北，後來與愛國名伶關德興合組救亡劇團在前線勞軍，兼任廣東省參議。當時十三郎收入相信並不豐厚，而且在前線勞軍時，只有粗茶淡飯餬口。但這是他認為生活最有價值的時期。

墮下火車，神志失常

日本投降後，十三郎仍念念不忘民族大義，編劇救國，不能自拔；但大眾的喜好已回到戰前的才子佳人、風花雪月，與他的志趣格格不相入了。

十三郎孤芳自賞，而屢遭碰壁，後來在 1946 年又不幸從行駛中的火車墮下，大腦和尾龍骨受到震盪，他在醫院住了幾個月，又在南崗江蘭齋農場住了兩年，[16] 後來回到廣州。[17]

1949 年，共軍席捲中國大陸；十三郎先到南海祖居小住半年，繼避居香港，神志開始失常。醫生判為精神分裂，[18] 久醫不

---

16 十三郎離開時將江蘭齋農場交給場工總管葉順主理，農場後來遭受土匪劫掠，葉順亦遭殺害。土匪逃逸無蹤。農場終於變成人民公社。

17 據說他的生辰八字與父親江太史相沖，因此他不常住在廣州河南太史第。

18 Schizophrenia 病人對事物真假難分的症候。

癒。或説症狀可能是躁鬱症（雙極性情感障礙）[19]。

1.4. 獨嘯街頭過客驚：

露宿梯腳，長嘯獨行。

性格孤傲，拒受接濟

關心十三郎的親友，例如演藝界的多年拍檔：粵劇名伶薛覺先和十三郎的第八姪女（獻珠的堂姊）——藝名梅綺的電影紅星江端儀，都曾好意供應食宿。但十三郎性格孤傲，多次拒絕親朋的長期資助，更曾親筆寫信，拒絕八和會館（粵劇同人工會）的救濟金。

露宿梯腳，獨行長嘯

十三郎自己在香港孤身露宿街邊樓梯腳多年，日間出現鬧市，蓬頭垢面，衣衫襤褸，獨行長嘯，或喃唸有辭，無人能解。據說他與世無爭，又替英美水兵作義務翻譯，而且拒收酬金。大排檔和食肆都無償供應飲食；看來街坊人士早已見怪不怪，而且樂意支持這位增添街頭氣氛的人物了。

---

19 Bipolar disorder：病人「喜、憂」相繼循環的症候。見南海十三郎：《小蘭齋雜記：小蘭齋主隨筆》，香港：商務印書館，2016。第 21-23 頁（朱少璋：前言的一部份）。

香港政府對他只採取了一次干涉行動：1953 年 10 月 26 日十三郎在皇后大道高陞茶樓附近大聲演說，引起路人圍觀；警察帶他回警署，認為是精神病發作，送他進入精神病院。

回復清醒，隨遇而安

在 1962 年，十三郎大致回復清醒，願意接受親友的幫助，但仍出入醫院。他曾在《工商晚報》以「南海十三郎」名義，寫了四年短文專欄（每天七百餘字至千餘字），後來由朱少璋編訂成書三冊出版：[20]《小蘭齋主隨筆》、《梨園好戲》及《浮生浪墨》。

他口才無礙，而且中、英文兼通，後來又在香港大嶼山寶蓮寺擔任知客，應對外賓，但十三郎自己其實是一位基督徒。[21]

1964 年，獻珠已離開香港赴美留學，十三郎還寫了小詩祝賀她的生日：[22]

孤帆掩映入波中，萬里無雲朗碧空；
海闊去來舟一葉，誕登彼岸也隨風。

---

20 南海十三郎：《小蘭齋雜記》，香港：商務印書館，2016，共三冊：1：《小蘭齋主隨筆》（包括朱少璋：〈南海十三郎傳略〉）、2：《梨園好戲》（包括《後台好戲》、《梨園趣談》）、3：《浮生浪墨》。

21 那時譽鏐與江家親人溝通主要靠親堂姪江繩宙。

22 登在 1964 年 6 月 21 日《工商晚報》。見南海十三郎：《小蘭齋雜記》：《小蘭齋主隨筆》，第 320-321 頁。

這詩與其說是祝賀姪女生辰之作，看來更像他復原後自己的寫照。十三郎衝勁已逝，了無雜念；他已達到孤帆一葉、「萬里無雲朗碧空」隨遇而安的境界了。

1984 年 5 月 6 日，這位看破紅塵的一代粵劇奇才在醫院病逝，終年 74 歲。

十三郎自稱曾與三位女性先後相戀，都以失敗收場。十三郎的初戀對象是輔仁大學校長的女兒，名字不詳；她因家庭欠債，委身嫁給富翁。二戀是遵父嚴命遠遷北平的陳馬利，但十三郎北上上海，企圖與她會面時，她已然病逝了。三戀是深愛藝術的梁靜賢；她後來嫁給一位軍長。

十三郎在戰前香港曾與三位女性同居，但從不宣揚，也無人過問。一位名字不詳；她在香港生了一個女兒，交給英德縣一位黃先生領養；女兒名字叫做黃菊霜，在 1949 年曾和養父到過廣州探訪親父。第二位同居女性名叫露露，是香港電影界的小明星。第三位資料不詳。

1.5. 百粵家廚稱獨步：

清末民初，太史家廚蜚聲南粵。

清末民初，美食泰斗

清末民初，江孔殷被公認為執廣州飲食界牛耳的美食泰斗。

今日坊間不少仍以「太史」為名的廣東名菜，都肇自江家；例如「太史蛇羹」、「太史鍋炸」、「太史田雞」。

1947 江太史談食

　　太史第建在廣州河南龍溪首約同德里，橫跨四個街口，廚饌也有上、中、下之分。全盛時每餐供應大家庭，包括 12 位妻妾、多位兒孫，加上婢僕，共計五、六十人的飲食。除此之外，妻妾和少數在家享有特權的人，尤其是幾位信佛奉齋的女性，更各有自己的私廚、特餚，正是八仙過海，各顯神通。

美饌一席，名士爭嚐

　　江家全盛時，江太史幾乎每夜都設宴款客，但飯廳只能容四席，而且通常都只設精饌一席，家人罕能參與；當地名人皆以曾列座為榮。好友更有「借江家廚師請客」；「借上借」：央請朋友出頭代借江家廚師；和罕見的：「借江家（廚房、廚師、兼飯廳）請客」的風氣。

廚師新菜，忍氣猜謎

江孔殷家廚在民國初年領導美食潮流，蜚聲百粵。

太史銳意創新，本人舌感超凡，當然不在話下。但這位美食家創作新饌的方法，竟是對廚師一連串的負面批判，甚至呵斥謾罵。雖然如此，聰明能幹而忍得住氣的天才廚師竟能「從錯誤中學習」，猜出端倪，心到手到，拓出美餚新境界來。[23]

這與後來美食家陳夢因教導江獻珠的方式，先後輝映。大概這些美食天才味覺敏銳，想像力強，對發明新饌胸有成竹，但其實自己未必會做，甚至也未必講得出應該怎樣做；他們所講得出來的，往往只是「面對的現實」與「想像中的至善」間的距離罷了。

江孔殷看來只一味作盛氣凌人的呵斥。陳夢因則有彈有讚，偶亦指出趨善之方，他更看出獻珠的天才潛質，大力鼓勵、親力幫助她振翅衝天。比起昔日江家吞氣挨罵的廚師，半世紀後陳夢因的徒弟江獻珠當然受用得多了。

---

23 江家三大名廚：（1）盧端（後生：陳掌；多年後江獻珠與他在倫敦見過一面）；（2）李子華：（3）李才──最後一位江家廚師，在江家服務十多年。江太史後來薦了李才給海軍上將張之英；李才繼獲槳欄路的聯春堂重金禮聘，正宗太史蛇羹由此外傳。日治時期他當過港督磯谷廉介的廚子，後在塘西居可俱樂部工作，獲得恒生銀行何添推介，入宏興俱樂部。1962年恒生大廈落成，李才便當上恒生銀行餐廳博愛堂顧問。（部份根據南海十三郎（江譽鏐）：《小蘭齋集雜記：浮生浪墨》，香港：商務印書館，2016，第16頁。）

平凡作料，點鐵成金

　　江家私廚並不偏重山珍海錯。令人折服的地方，卻在將平凡作料，精心炮製，點鐵成金。美餚背後，有不露聲色的鎮家之寶：作料豐足（老雞、瘦肉、火腿）火候適中的上湯；據說在民初時一勺上湯的成本是紋銀五両。[24] 但當時熬湯作料絕不上席，只由廚子私行賣給鄰近小食店，製成肉鬆零售。

　　後來江獻珠個人的看法是：不少江家名菜，例如太史鍋炸、太史蛇羹，固然非用上湯不可，但不用上湯的江家好菜也自不少；例如齋菜便只能用大豆芽菜熬粥出來的素上湯。而且後來江孔殷舉家改食長齋，葷上湯頓成絕響，隨著經濟拮据，甚至素上湯也漸漸少了。

江家名饌，蛇羹鍋炸

　　江家的名饌，首推秋冬時節、禦寒祛濕的太史蛇羹。蛇羹標榜五種據說來自廣西十萬大山的的毒蛇：

　　飯鏟頭（眼鏡蛇）、金腳帶、過樹榕、三索綫、白花蛇。

　　此外還有常見、無毒、而且價廉的水律蛇。

　　太史蛇羹做法首重刀功，尤其是伴著上桌的檸檬葉必要去筋，切到細如纖髮。後來江獻珠創出「菊花鷸鴣羹」，改蛇為

24　按 2015 年初的銀價計算，約等於港幣 677 元（美金約 88 元）。

輕易購買的鷓鴣，備受歡迎。這道新饌雖然完全不用蛇，但刀章、做法仍然依循太史蛇羹的不苟精細傳統。

　　鍋炸（依北方話讀「戈渣」，亦逕寫做戈渣）源出華北街頭、小販叫售的夜市小食，有鹹、甜之分。華北鍋炸多半是甜的，江南主流卻是鹹味鍋炸，而且往往加入擂爛的雞子（雞睪丸）。太史平地一聲雷，將鍋炸從市井小食提升到豪宅精饌的境界。這道名菜屬於鹹味鍋炸，但不用雞子；說穿了只是「油炸濃上湯」而已。當然太史上湯成本不菲，確是這菜的靈魂。太史鍋炸的特別要求，在湯的濃度、烹調的火候，更要眼到手到，恰到好處的掌握。四十多年後，獻珠在美國屢敗屢試，終於成功做出她的母親認為滿意的這道名菜。

筵開百席，對聯自嘲

　　江孔殷自己的私廚雖然名滿廣州，但大型宴會仍非酒樓不成。當時廣州全市規模最大的酒樓是大新公司屬下的天台酒家。江太史曾在這酒家擺過兩次喜酒。並擬了俚俗對聯自嘲：

兒債似山高，嘆老父半百有多，發財未必，重怕添丁。
問幾時放下擔竿，只管見個做個；
世情如水淡，論朋友萬千過外，量力而為，不瞞知己。
借此地擺餐謝酒，無非人云亦云。

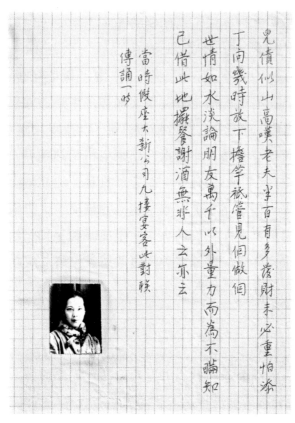

江獻珠母親吳綺媛書寫的江太史自嘲對聯

　　第一次喜酒慶祝三子叔穎與五子譽桂（超植）的同時結婚。
1921 年，江太史又在天台酒家大擺喜酒，舉行譽題和吳綺媛的
西式婚禮，[25] 並請外交部長兼廣東省省長伍廷芳主禮。

25　這是江孔殷兒輩舉行的唯一西式婚禮。新郎衣黑禮服（tuxedo），新娘穿
　　白婚紗；以基督教儀式舉行，並由謝恩祿牧師祈禱。

婚後這一對新人東航美國，就讀伊里諾州立大學：譽虎主
修化學，綺媛主修家政。1923 年，兒子繩祖在美國出世，成為
當然的美國公民。

太史自奉：家常小菜

一個少人提出，但饒有意義的問題是：江太史不請客時喫
甚麼菜？

獻珠有部份的解答。太史的家常菜以清淡為主，也許目的
在調劑請客時的肥膩。但能講得出的人很少；而且他們未必會
寫，也未必有機會寫。總之這重擔結果多年後便落在獻珠身上
了。[26] 獻珠講過祖父獨個兒的晚飯。他當時未戒鴉片，下午才起
床，晚飯也在半夜一點：[27]

> 祖父牙齒不好，晚餐是吉品鮑魚燗廣肚，鮑魚當然咬
> 不動，吃的是掛滿鮑汁的廣肚花膠。

獻珠常央求祖母讓婢女喚醒她，抱她去飯廳，吃一小塊花
膠，一小塊鮑魚，才心滿意足地踏入睡鄉。

---

26 江獻珠，陳天機：《佳廚名食》，香港：萬里機構・飲食天地出版社，〈為
　　甚麼沒有太史食譜？〉，2005，第 16-24 頁。

27 見陳曉蕾，《江獻珠：一生尋真味》，《飲食男女》週刊出版，2014，第一章，
　　第 3 頁。

1.6. 琅琅小口背書聲：

慈母教導背書，無意中栽培出獻珠的味蕾。

　　在江孔殷 12 位妻妾之中，正室區氏長住南海鄉下，[28] 不問家事，據說這是第三妾布蕊馨排擠的結果。蕊馨精明果斷，獨攬大權；獻珠的父親江譽題在兄弟姊妹 17 人中排行第九，是她唯一的親兒子。[29]

過門寡婦、備受尊崇

　　江孔殷的長子譽漢戀上一位青樓妓女，但渾然不知她原來也是江孔殷的相好。江孔殷聞訊後大發雷霆，當面怒斥，杖責一頓。譽漢羞愧交集，竟吞鴉片自殺身亡。他的未婚妻，當時只有 17 歲的吳雪漪，依然遵約依禮過門，立刻成為寡婦。

　　整個江家都敬重這位恪守舊家禮教的大伯娘。江孔殷更特地禮聘國畫大師李鳳公教她繪畫，後來並將她和其他江家女眷[30]的一部份花鳥習作製成藍（或紫）底透明花的「滿洲窗」裝飾，作為江家建築的一個特徵。[31]

28　區氏名字不詳，或說是「畹蘭」，但相信這只是太史婚後代擬改的名字。
　　她共生了八位兒子；長子譽漢自殺身亡，三位早夭。

29　布蕊馨也生下了備受敬愛的天才十一女兒畹徵和十二女兒畹怡。

30　女眷包括江孔殷才氣縱橫的十一女兒：獻珠的十一姑姐畹徵和當時擔任江家書記的冼玉清。冼玉清後來成為華南知名的大才女，嶺南大學中文系教授。

31　見 http://site.douban.com/125457/widget/notes/4971396/note/324500455/

江孔殷的第九兒子譽題後來娶了大伯娘的姪女吳綺媛，先後生下兒子繩祖和本書的主角——女兒獻珠。

長媳女僕、尊號六婆

大伯娘的近身女傭是最受家人歡迎的女司廚。獻珠越級尊稱她做「六婆」。

六婆拿手的美食貢獻包括成本低廉，但美味可口的大豆芽豬紅粥、大豆芽菜鬆、腐皮卷、「碌結」[32]；乞巧節前後的上湯柚皮、中秋節的芋頭炆鴨。過年時六婆更一手包辦全家的齋菜；特別受歡迎的是酥炸齋燒鴨和羅漢齋。

暫遷香港，家道轉衰

1925 年 5 月，日本紗廠虐待華工，槍殺請願代表顧正紅。5 月 30 日，上海工人與一羣學生遊行抗議，在公共租界竟莫名其妙地遭英國巡捕槍殺十多人，是為「五卅慘案」。

一時全國群情洶湧，反日運動轉變成為抗英高潮。上海全面罷市約三星期，罷工、罷課達三個月，其中罷工人數超過 15 萬。6 月 23 日，廣州十多萬群眾在沙面租界對面的沙基遊行，被駐守沙面的法、英軍隊用機關槍濫行掃射，海邊的英國戰艦也同時向群眾開炮，導致 61 人死亡，是為「沙基慘案」。中國政府提出嚴正抗議，但不受英、法理會。香港、廣州工人因此

32　Nugget，與外國人結交時傳進，嵌肉粒的炸薯茸塊。

再度罷工抗議。

　　1926 年江孔殷全家遷居香港，住在一座買來的、樓高四層
的洋房。[33]同年譽題、綺媛在美國畢業後帶著三歲的兒子繩祖回
港。

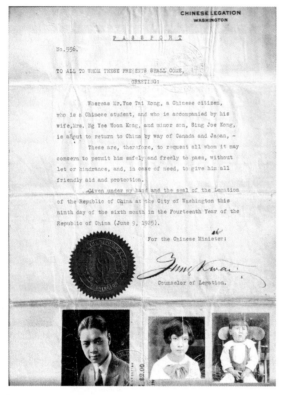

譽題回國的中國護照，內有譽題、綺媛和二歲兒子繩祖的照片。

33　嘉連威老道 1 號。

在龍母誕辰之日（陰曆五月初八日），綺媛在香港誕下女兒，因世間有「龍母獻珠」的傳說故事，她便得名「獻珠」。[34]

不久後江家上下重返廣州，江孔殷失去了英美煙草公司南中國總代理的職務，又因大力開發番禺蘿崗洞農場，入不敷出。家道外強中乾，開始中落，但局外人渾然不覺。在 1930 年代，國民政府厲行新生活運動，江孔殷也戒了鴉片煙毒癮；這倒未嘗不是好事呢。

暢背古文，遍嚐珍饈

江譽題初回國後，因生母掌權的關係，一家四口初時得以入住太史第，成為親戚妒羨的對象。譽題後來竟然變成花天酒地的紈袴子。

獻珠與家人於太史第；從左起前排十七姑姐畹英，十二姑姐畹貽，獻珠；後排左一哥哥繩祖。

34　龍母或稱龍女，是兩廣民間一千多年傳說中的女神。據說她曾獻寶珠與佛陀，自變男身而成佛。1926 年的龍母誕在陽曆 6 月 17 日。

妻子吳綺媛卻知書識禮，恪守婦道。她中、英文兼通，而且寫得一手好字，與家翁的筆跡奇為相似，往往代忙碌的江孔殷「捉刀」。

　　後來吳綺媛找到一連串兼用中、英文的職務，小家庭外遷，總算經濟獨立，衣食無憂。

獻珠與母親吳綺媛，哥哥江繩祖。

　　吳綺媛親教女兒獻珠背誦經典古文名作，例如〈滕王閣序〉、〈阿房宮賦〉和〈弔古戰場文〉。獻珠當時不到十歲，肯定未能充份領略文章的奧義，但居然琅琅上口，一字不漏。她因此得以在祖父宴客席後背誦娛賓，加添些文化色彩，自己也叨為座客，與貴賓共享美餚，作為獎賞。除了親祖父之外，這小聰明竟然獨得「遍嚐江家宴客珍饈」的殊榮。

舌尖貴族、名實兼歸

獻珠的不凡經歷培養了敏銳的味覺，更發展了世間罕見的「味覺記憶」。

記憶是人類珍貴的本能、抽象思維的開始，更是人類社會文化建設的柱石。這能力固然要靠天賦，但對象的廣闊縱深，聯想的交錯運用，卻來自累積的多方面經驗。記憶對象愈加複雜，聯想交錯的運用愈加豐富多彩。

背誦古文其實並非難事，因為訓練時一直有原本對照。擁有味覺記憶的人卻講不出「原本」來。色、香、味的和諧組合、成為一首多方面的交響樂曲；要描寫這複雜感受，語言文字顯然是太過刻板、貧乏了。母親鼓勵出來的古文背誦，竟然為獻珠幾十年後「舌尖上的貴族」的稱號，樹立了堅牢不拔的根基。[35]

獻珠主張小孩應該多嚐不同味道的飲食，培養豐富的味覺。否則心胸狹隘，故步自封，只謀適應小天地。從高一層的觀點來看：多方面的接觸，不但增廣見識，也增進自信能力和好奇心，好做將來適應、把握、改進環境的工作。井蛙式的味覺經驗不但收窄了本身感受的範圍，在其他方面的成就也會大打折扣呢。

獻珠還有一樣本領：嚐過別人的創新菜式後，她往往能夠猜出作料和烹調方法的細節。相信這是非凡的味覺記憶、好奇心，加上「熟能生巧」經驗的自然結晶。

35　見本書序註 3。

1932 年，綺媛在股票公司找到工作。獻珠和父母遷離太史第，當初仍回太史第午飯。獻珠在廣州河南區讀到小學三年級，後來小家庭又搬到東山區。1936 年，獻珠 10 歲時，雙親遠在惠陽糖廠工作，獻珠在廣州（西村區）協和女子中學附屬小學六年級寄宿，每月回河南祖家一次。

1.7. 蘿崗佳果來非易：

克服困難，發展「江蘭齋農場」。

蘿崗果圃、佔地千畝

江孔殷的把兄弟李福林將軍在香港大埔發展了名叫「康樂園」的地段，作為後來退休的準備。江孔殷卻認為香港是英國屬地，不易管理，而且「鞭長莫及」，離廣州委實太遠了。他自己便在廣州附近、番禺縣境內的蘿崗洞租得官地一千多畝。發展「江蘭齋農場」，至少可以把握時節，採擷特產，供應賓客。

廣州有鐵路通到離蘿崗洞不遠的南崗。江孔殷自資興辦了南崗至蘿崗的小軌鐵路。他在農場廣植的各種佳果，至今近一個世紀後，依然享譽華南。

捨果採蜜，營利可觀

蘿崗素以甜橙見稱，但江蘭齋農場新種的一批，不知何故，

甜則甜矣，但每顆金黃的橙上竟帶有一塊 1 吋直徑的黑圓斑，令顧客見而卻步。

江孔殷不肯就此認輸；他改弦易轍，引進國外良種蜜蜂，不賣橙而改賣橙花蜂蜜，由獻珠的十一姑姐畹徵統籌，居然成績可觀。江家是華南養蜂的先驅，蜂蜜也成為農場最賺錢的作業。真可謂「失之東隅，收之桑榆」了。

三大名荔，兼出農場

農場除甜橙、蜂蜜之外，更廣種不同種類、收成時間各異的荔枝。廣東以「筆村糯米糍」、「蘿崗桂味」、「增城掛綠」合稱「荔枝三傑」。

筆村就在蘿崗附近，今天已劃歸蘿崗管轄。蘿崗本土名產——清甜的桂味一向廣受世人歡迎。廣東增城縣的掛綠荔枝更揚名南中國。全世界真正的掛綠荔枝樹當時只剩一棵，已活了四百多年了。[36]蘭齋農場將掛綠接枝到桂味樹上，出品倒也芳甜、清脆脫俗。在 1930 年代，橙花蜂蜜和接枝掛綠都交由廣州大新百貨公司代賣。農場生產的水果還有李、桃、杏、梅、橄欖、夏茅杧果、呂宋菠蘿和檀香山木瓜。

36　1979 年，老樹樹幹終於枯死，現在的掛綠樹是專家搶救下，從根部發枝出來的。

1.8 無底深潭家當傾：

在時局轉變下，打不響的如意算盤。

多年私己，無奈獻捐

　　江家當初意想不到的是：發展蘭齋農場成本高昂；產品雖能售出，但需要大力拓展市場方能有利可圖。可惜齋主的長線投資轉眼便被動盪的時局吞沒。在不到十年之內，生產未足，而開支浩繁，耗盡了江孔殷豐富的資財。

　　江孔殷妻妾共 12 人，元配區氏不問世事，長住南海鄉下。妾侍居在廣州河南太史第，大都出自青樓，其中沒有一位是「天姿國色」，反而稱得做「醜」的，據說卻至少有兩位。每娶一位妾侍入門，江孔殷必買同樣的首飾分贈所有妻妾，務求一視同仁，無分彼此。妻妾也大致安於現狀，從來沒有出現過爭風呷醋的事件。

　　第三妾布蕊馨（獻珠的親祖母）統攬家權；蘿崗農場發展大計，她全面策劃、參與；後來虧損的情形更一清二楚。唯一挽救之方，就是變賣太史妾侍們的私己首飾。每逢經濟拮据，布蕊馨便召開家庭會議，提出捐獻，眾妾只有同意的份兒，眼看著昨天個人的珍藏，變成明年的虧損數字。

第二章

南王下野，舉國抗侵

（約 1936-1941）

2.1. 四大酒家矜美饌：

1930 年代，廣州「美人如玉劍如虹」的笙歌夜生活。

割據全省，南天有王

1929-1936 年，同盟會會員、曾參加過多次蔣介石主導下戰爭的一級上將陳濟棠割據廣東，任職第四集團軍軍長兼西南政務委員會常務委員，統攬全省軍政大權，綽號「南天王」。他更以「取道南京抗日」的曲線救國口號，公開反對蔣介石在南京主持的國民政府。

陳濟棠主政下的廣東多有建設，先後興建港口、公路、大中小學、工廠等。許多人（包括後來主持中國經濟改革的鄧小平）都認為這是過去罕有的黃金時代。

武夫女侍，夜夜笙歌

自 1920 年代末期開始，廣州在世局改變下，守舊的大戶，包括江家，也已難維持昔日風光，漸漸隱退。食壇不再有家廚

一枝獨秀的現象；食客的青睞通常也不限於一家，而愛成羣結隊，遍嚐酒樓珍饈。新一代的飲食潮流已經趨向幾間名牌酒家，作為銷金款客的勝地了。

當時酒樓夜夜笙歌，更增添了赳赳戎裝的武夫和明艷可人的女侍。江孔殷曾作半諷刺的寫實對聯，套用了一千年前南唐後主李煜（937-978）的名句「車如流水馬如龍」：[1]

立殘楊柳風前，十里鞭絲，[2] 流水是車龍是馬；
望斷琉璃格子，三更燈火，美人如玉劍如虹。

最後一句刻劃出當時情景，實在比李後主顧影自憐的詞句強得多了。[3]

四大酒家、鬥勝爭奇 [4]

從清朝末年到 1938 年的廣州，最負盛名的酒家共有四間。

---

1 （調寄望江南）多少恨、昨夜夢魂中，還似舊時遊上苑，車如流水馬如龍；花月正春風。

2 鞭絲是馬鞭；常用來表示戶外出遊。

3 後來有人指出，「流水是車龍是馬」原文出自乾隆時代名士紀曉嵐；「美人如玉劍如虹」原文來自清末詩人龔定庵。江太史的貢獻其實主要在刻劃出當時廣州的酒樓風光。

4 作者找得出的報道只有掌故家呂大呂：〈廣州四大酒家〉，香港：《大人》雜誌第 12 期，1971，54-59 頁，轉載在特級校對《食經》原著，江獻珠撰譜：《傳統粵菜精華錄》，香港：萬里機構‧飲食天地出版社，2005，203-208 頁。

在上世紀二、三十年代，這四間各有絕招珍饈，分庭抗禮，互不相讓：

西園	廚師「八卦田」的	鼎湖上素
文園	廚師「妥當全」的	江南百花雞
南園	廚師邱生的	紅燒大網鮑
大三元	廚師吳鑾的	六十元大裙翅

其中後兩者以珍貴作料取勝，在 1930 年代，60 元已可以買得 14 擔（每擔 100 斤，133 磅）大米了。鼎湖上素採用葷上湯，不能當真算「素（數）」；這名饌難得的作料「三菇六耳」，都需要分別精心烹製，然後合煮。江南百花雞獨特出奇之處是，這名饌看似全雞，而其實是雞皮包著的百花蝦膠。

四大酒家名菜，遺風餘烈，被後世老饕津津樂道，蔚然成為粵派高不可攀珍饈的代名詞；惟獨半世紀後，大洋彼岸的江獻珠，在明師陳夢因策劃、推動之下竟然復活了。這四道名菜後來竟是後來獻珠成名的敲門磚；本書將有詳盡介紹。[5]

5　請閱第 8 章第 8.3-8.6 節。

2.2. 失機王氣黯然收：

「機不可失！」致南天王終無奈下野。

仙乩奧諭，痛失良機？

能治省者未必能治國，而國難卻往往牽涉到省治的安寧。

有一天南天王陳濟棠扶乩，奉到仙諭：「機不可失」。他摩拳擦掌，自忖：顯見天意所歸，捨我其誰？厲兵秣馬，叱咤風雲，直搗南京，抵定中原，君臨全國，指日可待矣。不料在1936 年 7 月 18 日，頓爾晴天霹靂。他的老本：飛機 72 架，忽然同時振翼北飛江西南昌，投誠國民政府。原來「機不可失」的「機」，竟然是飛機！陳濟棠手下大將余漢謀也公開宣佈，主張還政中央；南天王只好黯然宣佈下野，隱居香港。

一年後，中、日戰爭爆發，全國包括廣東，都團結一致，齊心抵抗強敵，爭取最後勝利；險峻的時勢已不再容許軍閥的割據了。

2.3. 京官倦職歸南粵：

天機父親陳炳權任京官四年後，重掌廣州大學。

經濟人才，穎悟內助

本書的一位重要角色是陳天機。

天機的父親是廣東台山縣農民的兒子，經濟人才陳炳權。[6]
他畢業在當時廣東的最高學府——廣東高等師範後，留學美國，
在哥倫比亞大學取得經濟學碩士學位。

陳天機的母親杜宣明籍貫廣東三水縣西樵，父親曾在江西
當過知府，相當開明，早年加入了「大腳會」，不容家中女兒
纏腳。他自己更不娶妾，只在妻子過世後娶了填房；宣明共有
兄弟姊妹 16 人，自己是第六女兒。

宣明貌只中庸，但穎悟超凡，而且自學不倦，手執《辭源》
一本，便博覽群書，無師自通。她曾讀鄉間私塾半年，但同班
同學發現她比只靠背誦，不作講解的學究還強，便索性請她越
俎代庖，改當教書先生了。[7]

民國肇始時，婦女教育機會少之又少。杜宣明的三哥杜星
曹是當時風雲人物康有為的好友；[8] 星曹代宣明申請進入廣州公
益女子中學，博得她終身的感銘。宣明在協和嶄露頭角，經常
跳班，詩詞文章往往獲獎貼堂，做同學的典範。

宣明擔任了公益女子中學的代表。炳權同時也是廣東高等

6　台山縣海晏深井南康華村，在台山西南海邊。陳炳權的父親名叫陳順億，是
　　耕田、養蠔、勤奮創業的農民。

7　一部份原因是，他們讀的廉價私塾初時只重背誦而沒有講解。杜家重男輕女，
　　男丁所進的「大館」是有講解的。宣明任教這鄉村廉價私塾時大受歡迎的原
　　因是：自己從辭書找出文義，在課堂與眾學生分享，不但與大館齊驅，而且
　　這年輕的老師也是學生的活榜樣。

8　他是舊式詩人，亦以書法見稱，曾任青島市長沈鴻烈的秘書，也是康有為的
　　好朋友，康有為是清末名儒，戊戌變法的主腦，變法失敗後公開反對國民革
　　命，思想保守，成為保皇黨的主要發言人。

師範的代表，兩人因學生運動相識，訂下婚約。炳權後來東航
美國留學，在哥倫比亞大學取得經濟學碩士學位後回國，便與
宣明在廣州結婚。婚後育下大兒天樞、女兒天籟和三兒天機。

杜宣明和兒女：天樞（左下）、
天籟（左）、天機（在抱）。

陳炳權與妻子杜宣明在香港
（約在 1960）

新立大學，夜間上課

　　那時廣東高等師範已改組為國立中山大學，炳權任教中山
大學法學院，後來與同袍離開中山大學，創辦私立廣州大學，
而且一度擔任這新大學的校長。

　　廣州大學的一個特色是在夜間上課，讓白天上班的職業人
士有進修的機會。宣明也在這新成立的學府畢業；她往往自詡

自己只讀過六年書，但已包括私塾、中學和大學。

北上南京，任職統計

炳權接受了南京國民政府的聘請，擔任實業部統計長，在1932年搬家北上；居處離國民政府不遠。[9]天樞、天籟和天機也在南京讀小學。炳權調查市場物價指數，尋找來龍去脈，當時與華北的何濂教授南北輝映，是中國市場研究的兩大始創人。

廚師絕活，清炒蝦仁

天機還記得南京家廚老劉的拿手好戲：清炒蝦仁。他將蝦仁炒到半熟後，雙手緊握兩隻鍋耳，向上用勁一拋，蝦仁飛到四英尺高，「喳」一聲跌回熱鍋，老劉立即鏟出來趁熱奉客。吃時記得老劉的表演，份外滋味。

天機現在想起，這有聲有色絕活的好處，不但在拋鍋時的驟冷，也在蝦仁跌回鐵鍋時的驟熱。

南歸重掌、廣州大學

1936年，陳炳權在實業部的工作已上軌道，廣州大學向他招手，他便辭職回廣州，[10]再度擔任校長了。

廣州大學當時最吃香的課程是一年制的計政班。結業生可

9　南京網巾市梅花巷九號，一棟兩層的房子。

10　住在廣州東山二馬路一橫巷。

以立即投入社會工作，用一目瞭然的西方新潮「丁字賬」方式，將「借、貸」並列，取代中國的舊式賬房會計。[11]

2.4 怒火蘆溝耀八秋：

忍無可忍，全民抗戰。

抗戰八年，蘆溝肇端

日本在明治天皇時代得西方風氣之先，早在 1868 年開始進行「明治維新」，在 1895 年打敗滿清帝國，更在 1904-05 年日俄戰爭大敗俄羅斯，[12] 稱霸東亞；多年在軍國主義把持之下，顯欲鯨吞中國。

在 1931 年 9 月 18 日，日軍攻入瀋陽，強佔東三省，繼在我國忍讓下，搶奪察哈爾、熱河，從三方面指向北平，並屢次製造事端，找尋藉口，步步進逼。

1937 年 7 月 7 日，國軍忍無可忍，在北平城西南約 15 公里的蘆溝橋奮勇反擊，[13] 點燃了抗戰的怒火。

日本主動侵略中國，通常選擇陽曆有「8」字的日子，例如

11　計政班的創辦人是美國留學的黃文衮。

12　陸軍戰場竟然在中國的遼東半島。

13　當時日軍已佔領北平近郊三面，我方進入北平必須通過蘆溝橋。中方守軍是西北軍舊部，由團長吉星文統領，裝備落伍，彈藥不足。

1931 年 9 月 18 日：「9·18 事變」，日軍強佔東三省；

1932 年 1 月 28 日：「1·28 事變」，日軍登陸侵略上海。

盧溝橋「7·7」事變出自怒火填膺國軍的主動，比「7·8」早了一天，對迷信的日軍來說，相信並非吉兆。但在 7 月底，日軍已佔領了北平，天津，大舉南下了。

2.5. 忍見滬京相繼陷：

開入南京的日軍屠殺了 30 萬中國人民。

轉移陣地，反失滬京

國民政府對抗戰勝利毫無把握，但抗戰決心絕不動搖。而且敵人若從華北平原南下，防軍幾於無險可守；於是國軍主動進攻上海的日本租界，企圖將主力戰事轉移到上海。

這轉移陣地的戰略成功了，但可惜國軍在長江口新戰線上仍然打不過日軍。1937 年 8 月，日軍攻陷上海。國軍主力多達 60 萬人，包括德國裝備、受過德國軍官嚴格訓練的精銳部隊，竟然擋不住區區 13 萬日軍！中方指揮不統一，火力不足，更沒有當真的制空權；這些因素導致江蘇前線全面崩潰，敗兵星散。

11 月，國府遷都重慶。1937 年 12 月 12 日，日軍開入首都南京，屠殺了中華男女 30 萬。至今日本政府依然拒絕承認這慘

絕人寰的暴行。[14]

2.6. 台莊挫敵暫消憂：
屢敗後的第一枝強心針。

挫敵台莊，一新耳目

中國堅決拒絕認輸，頑抗強敵。1938 年 3、4 月， 日軍從山東分兩路南下，夾攻江蘇北部的交通重鎮徐州。桂系將領白崇禧、李宗仁指揮下的國軍在徐州東北 70 公里的台兒莊成功擊潰敵軍，為抗戰打了一枝強心針。[15]

台兒莊戰役歷時約一個月。中國參戰軍隊 10 萬人，傷亡三萬餘人；參戰日軍其實不足三萬人，中方估計日軍傷亡 17,000 人，日方承認傷亡 11,984 人。

台兒莊戰役一新國際耳目，甚至日軍也承認戰敗了。我們當時得到的訊息是：中國在統一指揮之下可以打硬仗，戰略也未必不如敵人。中國死傷雖然三倍於日軍，但為了維護中華民

14　但日本主將松井石根在日本投降後被定為戰犯，判絞刑。南京大屠殺最受人注目的敍述近作是 Iris Chang，《The Rape of Nanking： The Forgotten Holocaust of World War II 》，New York: Basic Books，1997。中文版：張純如：《南京大屠殺》，北京：中信出版社，2015。

15　請參閱 Wikipedia：「台兒莊戰役」條，2016 年 7 月 9 日 10:50。

族的尊嚴，這是值得付出的代價。

2.7. 果園避炸多新趣：
孩子發現農場樂園。

青蛙燈下、呆若木雞

1938 年，日軍飛機開始轟炸廣州。那時獻珠已就讀初中一年級，江孔殷一家暫遷蘿崗洞蓮潭墟避難，住在一座炮樓裏，距離蘭齋農場不遠。

當時成人都憂心忡忡，但孩子們初次正式接觸到大自然，日間踏水車，摸田螺；晚上「照田雞」（捕捉被燈光催眠，木然不動的田雞）覺得一切都新鮮有趣，農場簡直是一個兒童樂園！

獻珠慨嘆今天香港市上通常買到的泰國黑皮田雞雖體大肉厚，但粗韌味薄，質素拙劣，「比起兒時自照的小田雞，真有天淵之別了」。她認為在香港最好選購中國大陸飼養的，皮作金黃色的田雞，雖然個子較小，賣相略遜，但卻較鮮甜可口。

2.8. 媚敵政權哂沐猴：

汪精衛晚節不保，薛岳三度衛長沙。

節節後退，武漢沉淪

1938 年 9 月國軍在江西萬家嶺又打了一場勝仗，幾乎全面消滅了日本的四個師團，[16] 作為武漢保衛戰的前奏。但國軍仍然擋不住日軍，被迫節節後退。10 月 27 日，武漢，這革命策源地終於淪陷了。

日本導演，傀儡政權

中國國民黨副總裁，反清革命元老汪精衛於 12 月逃離重慶，1939 年 3 月 29 日，在日軍統治下的南京組織偽國民政府，自任代主席兼行政院長，與重慶對立。

這老革命黨員晚節不保，任侵略者打扮擺佈，「沐猴而冠」[17]，但絕大多數的中國人都認出、不齒於這場日寇導演的傀儡戲。

16　中方卻誤以為日本只失了兩個師團。日本隱瞞損失，到 62 年後（2000 年）才正式承認。蘇聯志願航空隊當時也幫助中方作戰，但中國自己的空軍、海軍都幾乎全遭覆沒。

17　替猴子洗頭戴帽，帽下的仍是猴子。

戰事膠著，三衛長沙

此後雙方互有勝負，戰事大致膠著。日本需要軍力來控制佔領後的地區，當真用於打仗的兵卒也相對減少了。

日軍南侵戰略重鎮湖南首府長沙三次（1939 年 9 月、1941 年 9 月及 1941 年 12 月），都不成功，結果都被迫回撤。[18] 國軍的損失依然是侵略日軍的三倍，但中國仍然願意付出這代價。

18　守軍的主指揮是第九戰區司令薛岳。他也是萬家嶺戰役國軍的主將（當時他是第九戰區代司令）。

第三章

連天烽火，歷劫餘生

(1941-1947)

3.1. 百載繁華消一旦：

日寇侵佔避難天堂香港三年零八個月。

英屬香港、避難天堂

遠在 1839 年，英國政府偏袒在中國販賣鴉片、毒害人民的英商，揭起不義的鴉片戰爭。夜郎自大的清廷雖然理直氣壯，二百年來竟首次遭到慘敗。

1841 年，英軍佔領香港。1842 年清廷簽訂南京條約，將香港割讓給英國；後來在英法聯軍之戰（1856-1860）後，清廷又被迫割讓九龍半島一部至界限街，1898 年，更租借九龍界限街北部和新界給英國，為期 99 年。

在英國國旗蔭護下，香港成為中國自救運動的跳板。它在清末已是志士反清的革命基地。在日軍侵華初年，香港也是開放的避難所，抗日的宣傳中心。

雅集傾囊、鬻字謀生

1938年暮春，江孔殷和一部份家人離開行將不保的廣州，避居香港，租住羅便臣道妙高台一層樓。只帶女傭兩人，男僕一人，但仍僱有每天燒兩頓飯，但不留宿的廚師「阿勳」一人。

江太史避居香港

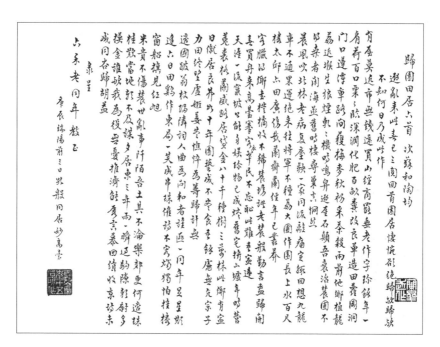

江太史寫有關李將軍康樂園的興旺對比自己蘿崗洞蘭齋農場的湮沒

當時大江南北的文人雅士薈集香港。江孔殷是舊派宿儒的當然首領之一,當然唱酬不絕。他與在港文人朱汝珍[1]太史締結名為「千春社」的吟詩雅集(1939-1941),有多次在江家舉行。每次在江家詩聚後孔殷例必宴客,只允收象徵式的膳費每人港幣一元。[2]

但江孔殷已阮囊羞澀,捉襟見肘了。他除變賣古董外,更在書畫名店「集大莊」掛名,鬻字謀生。幸好這遜清翰林名聲響亮,求墨寶的富豪巨賈大有人在,他一時能夠勉強維持生計。

江太史墨寶

---

1 朱汝珍,廣東清遠人,與江孔殷同在清末最後一次殿試,高中榜眼(全試第二名,僅次於狀元),久居香港。1942 年在北京病逝。

2 妙高臺在羅便臣道與衛城道交界,現已不復存在。香港另有小山景點同名「妙高臺」。作者感謝余瑋琪(「魚北仔」,亦名「小魚」)貢獻的資料。見小魚:https://blog.xsuite.net/littlefish626/hkblog/301512325(此網站現已停運)。

廣州大學和附屬中學亦已在香港設立分校。[3] 大學校長陳炳權附庸風雅，也常參加江太史的雅集。江孔殷將中、英文兼通的媳婦吳綺媛介紹給陳炳權，讓她任教大學英文、會計，幫補家用；獻珠也得在香港就讀英華女子中學。繩祖在澳門培正中學畢業後，考入嶺南大學，本來在廣州建校的的嶺南大學暫時也借用香港大學校園上課。

江太史墨寫對聯贈陳炳權（字公達）

3　香港九龍深水埗元州街。校長陳炳權一家也租住在元州街，距離大學只有兩個街口。廣州大學和附中在廣東台山縣城也設了分校，在澳門也開辦了廣大中學，可以說是「狡兔四窟」。

二子一女，性格各殊

1941 年，陳炳權的三個兒女都在香港廣州大學附屬中學分讀高中三個年級，性格各有不同。

天機的哥哥天樞生得英俊，一頭鬈髮，性格外向，愛交朋友，善於適應、利用環境。他膽大過人，不怕冒險，自幼便是公認的領袖人才、女同學愛慕的對象。天樞喜歡製造當真會飛的模型飛機，吹口琴更出神入化。

姐姐天籟眼睛明亮，想像力強，自幼愛好文學、寫作，天份很高；但任性倔強。她早年熱病後，耳朵略帶重聽，在待人接物方面經常倚賴忖測，猜對的機會雖然很高，但猜錯時往往得罪別人而自己渾然不覺，實在非常可惜！

木訥內向，手不釋書

本書的配角陳天機是父、母親唯一內向的孩子。他沒有哥哥的英俊、膽量和領導天才，不會做模型飛機、不懂得吹口琴，看來也沒有姐姐的寫作天賦。

天機自幼畏首畏尾，欠缺社交技巧，寧願躲在書卷裏找尋自己的世界，是個如假包換的書獃子[4]。從南京回到廣州後，父母發現天機有深度近視（600 度），立即為他配上眼鏡；這樣更公開自己書獃子的身份了。

但他也承繼了母親難得的悟性。他有特強的猜想能力。而

4　英文的對應名詞相信是 nerd。

且天機也訓練出另一樣本領：快讀。他讀（中文）書的速度往往是他人的兩三倍。

奇襲珠港，航艦無傷

1941 年，日本帝國航空母艦六艘與護航艦隊從本土悄悄東航 4,000 英里。美國夏威夷時間 12 月 7 日早晨，約在清晨 7 時 48 分，在毫無預告下，日本遠航艦隊出動戰機 353 架，突襲夏威夷珍珠港，幾乎將美國太平洋艦隊一網打盡。

自第一次世界大戰以來，飛行技術發展神速，其實海軍戰略已不再倚賴雙方面對的炮轟，而是在彼此根本看不見的場合，利用高速靈活的飛機投擲炸彈了。美國在珍珠港的損失主要在於已經過時的傳統艦隊；幸而航空母艦隊當時早已離岸出巡，竟然秋毫無損。

12 月 7 日，加拿大首先向日本宣戰。第二天英、美、荷蘭也正式向日本宣戰。第三天，中國向日本正式宣戰，德、意也向美國宣戰。軸心國（主要是德、意、日）正式與同盟國（主要是中、英、美，蘇）對抗。

日軍訓練有素，戰意激昂，槍械精良，零式戰機靈活善戰；這些都出乎美、英意料之外。中國自 1937 年以來，獨力艱苦抗戰，英、美多年都懷疑中國的戰鬥能力；但從 12 月 24 日開始，日軍第三次企圖侵佔長沙，再一次被國軍成功擊退（日軍在 1942 年 1 月 16 日撤退），為當時在東南亞屢敗的盟國打了一口強心針。後來在同年 4 月，中國在緬甸的遠征軍救出了在

仁安羌被日軍包圍的 7,000 英軍，一新英、美高層領袖的耳目。
遠征軍在緬甸更繼續打了許多漂亮的仗。

6 月，美軍藉著大致完整的航空母艦隊（和破解日本海軍密
碼的技術），在北太平洋中途島附近炸沉日本航空母艦四艘（美
國只損失航空母艦 Yorktown 號一艘）。這場戰役是太平洋戰爭
的轉捩點；日軍銳氣頓消，再三年後逼得靦顏投降。

鯉魚翻海，百載成空

日軍奇襲美國珍珠港在夏威夷時間 1941 年 12 月 7 日上午 8
時，等於香港時間同年同月 8 日上午 2 時。

香港時間 1941 年 12 月 8 日清晨，日本海、陸、空軍也以
絕對優勢，同時進攻位在東南亞的英屬、美屬多個海港，勢如
破竹，銳不可當。

英國治下的香港也不例外。12 月 8 日上午清晨，日軍轟炸
香港啓德機場，一舉消滅了香港的空軍力量，繼從華南佔領區
寶安縣經新界南下，攻入九龍半島。

港府雖於戰爭前夕已在所有電影院緊急通告所有軍人立刻
回營，[5] 但全港守軍單薄，後援毫無，等於以卵禦石，抵抗無效。

5　12 月 7 夜，陳天機母親杜宣明和三個兒女從深水埗渡海觀光從菲律賓運建的
　　「嘉年華會」，候電車時路人已相告港府在電影院播放緊急通令，號召軍人
　　立即返防，但因香港昇平已久，他們都不以為意，認為只是駐軍夜間演習而
　　已。那時珍珠港奇襲還未開始，可見英國情報本領其實相當先進，奈守軍單
　　薄無援何！

在 1930 年代末期，香港遍傳一首讖語詩：

鯉魚有日翻洋海，百載繁華一旦消。

1941 年 12 月 18 日，日軍登陸香港島東北鯉魚門，一週後，25 日，香港大勢已去，總督楊慕琦率守軍投降。

從 1841 年英軍佔領香港開始，到 1941 年，英軍投降日本，恰好是一百年。日軍佔領了香港一共三年零八個月。

煙草交情，大米兩袋

江孔殷過去藉煙草生意認識了負責聯絡中國國民黨的日本軍人磯谷廉介；這位「支那通」後來參加過台兒莊戰役，[6] 在 1941 年竟成為香港總督。在日本治下居住香港的江孔殷接受了磯谷贈送的兩袋大米，一家幸而得免餓死。

記者後來問：日治下太史家最常喫甚麼菜式？獻珠説：「芋莢煮魚腸。」兩樣都是平時無人問津、等同垃圾的作料，但在百料匱乏、加以江家財務捉襟見肘之下，往日的垃圾竟成為餐桌上的珍饈了。

港、廣交通恢復後，譽題一家四口便盡快回廣州去。不久後繩祖設法隻身北上重慶交通大學升學。綺媛、獻珠母女也偷渡到粵北。江孔殷終於無奈也回到廣州，繼續在日治下偷生，

6　當時有兩個師團部份參戰，磯谷廉介任第十師團長。

直到 1945 年日本覥顏投降。

天樞機警，應變免劫

陳炳權一家住在香港九龍深水埗，靠近廣州大學香港分校。在日軍進侵香港前不久，陳炳權已飛去在粵北的韶關（戰時廣東省會）出席廣東省參議會；日軍進侵後他完全無法和香港的家人聯絡。妻子杜宣明只好自動負責自己和三個孩子的安危了。

她讓膽大機警的長子天樞臨危應變，在香港淪陷前夕持槍匪幫劫車在街道上高喊「勝利！」時，買到保護紙條，貼上家門，幸而因此得免洗劫。

香港淪陷後日軍曾入家查屋，但並沒有採取不軌的侵凌行動。外間卻謠言四起，說陳炳權榜上有名，已上了南京偽政府招攬重要人物的名單了。宣明聽到消息後立即狼狼搬家到朋友家暫住。在 1 月初，她找到機會，便舉家坐漁船偷渡到葡屬澳門。[7]

---

7 後來聽說前南天王陳濟棠也同船偷渡澳門。

3.2. 街頭餓殍見悽然 :

不懂適應大時代變遷的犧牲品。

偷渡防線，進自由區

到澳門後，宣明一家住在廣州大學建立的廣大中學，與身在粵北的炳權終於取得聯繫。

天樞決定留在澳門，完成高中三年級學業；其他家人買得三不管地帶武裝人物黃祥手下的護送，坐小船越過日軍佔領下的中山縣，偷渡入廣東台山的自由區。小船在新會銀洲湖中心卸下汪偽國民政府的旗幟，升起抗戰國民政府的青天白日滿地紅旗，大家喜極莫名，不禁淚下互相慶祝！

僑鄉餓殍，觸目驚心

天籟、天機在台山縣城升讀廣州大學附中的台山分校。

台山是有名的僑鄉，許多居民都靠在美國的親戚滙款維持，美國華僑多半胼手胝足，打工餬口，把部份辛苦賺來的錢滙回中國家鄉的親戚；受惠的家鄉親戚卻多有不求上進、游手好閒之輩。太平洋戰爭一起，外滙突然中斷；許多從來沒有嘗試過自力謀生的僑戚只好餓死。天機當時每天在台山縣城火車站都悽然見到地上有幾個衣著華麗的餓殍。[8]

8　他們穿的衣服古色古香，可能是紙做的祖傳壽衣。

北上韶關，喜見親父

　　一年後，杜宣明留在台山海晏鄉康華村，耕種丈夫名下的一小塊、但足以餬口的祖田。天籟、天機與剛在澳門廣大中學畢業的哥哥天樞會合北上，經肇慶、廣西梧州、柳州、桂林；坐火車經湖南衡陽到粵北韶關，欣然與父親相會。[9]

陳炳權與後左起：天機、天樞、天籟在粵北韶關，約為 1943 年。

　　原在廣東南部的好幾間學府當時雲集粵北。天樞進修坪石國立中山大學機械工程系。廣州大學和附屬中學也都已在韶關重開；天籟在附中讀高中三，天機讀高中二。

9　陳炳權在重見天樞、天機之前曾在寺院抽得上籤，籤語頭一句竟然是「樞機歸掌握」！

3.3. 千年古道通南北：

良相張九齡開鑿梅嶺驛道。

唐朝名相，南北鑿通

粵北的開發，至少有一千三百年的歷史。我們且順便一談粵北的環境與文化歷史。

唐朝名臣張九齡是曲江（即今日的韶關）人。他在 702 年武則天時代考取進士，以正直敢言見稱，也以詩名世。在盛唐玄宗開元年間，張九齡官至中書令（丞相）。

張九齡取得玄宗御准，開鑿梅嶺驛道（後稱梅嶺古道），從江西南境越過大庾嶺，直到廣東韶關附近的南雄。一千多年來，這是全國保存得最完整的古驛道，也是貫通南北的主要路線。

南雄名產，北菇銀杏

南雄在韶關東北約 100 公里，屬下的珠璣巷 [10] 在縣治之北 9 公里，是交通要衝，也是現在珠江三角洲大半居民一千年前祖宗的家。

南宋以杭州做首都；[11] 據傳說南宋時，有一位胡貴妃不滿皇

10　古鎮名，現名珠璣鎮，現在鎮裏也有一條路叫做「珠璣巷」。

11　金兵陷宋朝首都汴京（今河南開封）。1127 年宋宗室康王趙構建都臨安（今浙江杭州）史稱南宋（1127-1279）。

宮生活，逃離首都臨安（行在、今天的杭州）深宮，竊居在南雄珠璣巷富商黃貯萬家裏。皇帝聞訊龍顏震怒，要抄斬全鎮。珠璣巷官府當事人接訊後立即通知居民趕快逃命。珠璣巷居民共有 90 家，33 姓，得訊後匆匆南遷，終於定居在北江入海處的珠江三角洲。[12] 現在的「廣府人」多半是珠璣巷逃民的後裔。[13]「廣府話」也保存了許多唐、宋時代中原的語音。

南雄自張九齡梅嶺古道後成為商業重鎮，有不少特色。中國民初時英美煙草公司（南中國總代理：江孔殷）和南洋兄弟煙草公司出現過你死我活的競爭；兩間對頭公司的商品竟然有同一來源：南雄種植的煙草。

南雄著名的粵北冬菇（北菇）身肥厚有濃香，是冬菇的上選。獻珠後來的老師陳夢因認為只有北菇夠香，才配用來複製民國初年的名菜「鼎湖上素」。（今天日本的天白冬菇聞名世界，中國大陸出產的天白菇雖口感略遜，但味道非常相近，而且價錢低廉，是家常烹飪的好選擇。）

南雄也是廣東銀杏（白果）的故鄉；它擁有一大片古銀杏森林，其中最老的一株現在已有一千六百多歲了。銀杏是古老的植物「活化石」。古植物學家說：銀杏目植物 [14] 在地球上已有

12　《百度百科》〈珠璣巷〉條，2017 年，有較詳盡可靠的介紹。

13　據稱他們急得沒有穿鞋子，腳踢路旁山石，裂了腳甲。至今珠璣巷後人腳趾都有裂甲云云。比較科學的解釋是，古珠璣巷民由突變出現優性裂腳甲基因，藉通婚傳到所有後代。

14　Order Ginkgoales.

2.7 億年的歷史，現存的只有銀杏一種，它原產中國和日本，但現在已遍佈世界。

銀杏葉形有特殊的雙瓣形狀，通常雌雄異株，可高至 40 米。結出的綠色厚肉果實腐爛時臭不可當。沖洗後剩下的銀杏核帶有薄殼，便是我們常見的白果。白果肉帶淺黃色，有微苦的甘味，常用來做清甜的糖水，也是齋菜常用的重要作料。

南安臘鴨，取道南雄

南雄還有半個特色：江西南安臘鴨。出奇的是，現在的江西地圖已找不到南安地名，[15] 原來明朝的「南安府」早已改名為大庾縣（現稱大余縣，隸屬贛州市）了。

江西南部盛產鴨子；從前養鴨人家多半將鴨子趕到大庾附近肥養、宰殺、醃鹽、塗上烈酒和作料，在暖日、北風下乾曬幾天、然後裝入木桶，集中在粵北南雄，轉運到珠江三角洲供應食客。所以南雄是南安臘鴨的集散地，也可說是半個出產地。

近年許多臘鴨商人都索性在南雄就地醃製臘鴨，成品與南安產品齊名，剛才所講的「半個特色」也許該提升到「¾ 個」了；而且品質的優劣，並不全靠鴨的出處，也要講究作料塗身後經歷過多少暖日下的北風。

15　地圖上有新余市南安鄉，在南昌市西南吉安市東北；這地方並非以臘鴨見稱的南安。

戰時粵北，教育中心

在 1942 年，吳綺媛、江獻珠母女也逃離淪陷區，到了粵北，先居連縣，[16] 輾轉來韶關廣州大學報到；綺媛任大學講師，兼教附屬中學英文。天機讀高中三年級時，英文教師正是獻珠的母親吳綺媛。

獻珠就讀廣大附中高中一年級，成績優異，總是考第一名。天機終日書不離手，是學校裏著名的書獃子，但通常只排名是第二、第三。他只考過一次第一，但那次要感謝音樂教師梅耐寒：所有加入合唱團的同學，包括天機，在音樂科都得到獎勵性的 100 分。

陳炳權除了廣州大學校長的職務外，更兼任中央政府的廣東省「銀行監理官」。[17] 他與天籟、天機同住在監理官辦事處後面的小屋，離大學只有五分鐘的步程。天機的六舅父：他母親杜宣明的六弟杜之英當時在廣東省銀行任副行長[18]，也住在韶關；他的大房子位於銀行監理官辦事處斜對面。

杜之英是一位業餘舊詩詩人，對大家風範的吳綺媛敬重有加，吳綺媛與江獻珠經常在杜之英家出入，也經常與天機見面。

16　獻珠曾在連縣真光中學上課；化學教師是後來的香港大學校長黃麗松。

17　這是國民政府駐廣東省的官職，是「廣東省」的銀行監理官，不是「廣東省銀行」的監理官。

18　他也參加了國民政府的北伐。

天機填詞，用字隱晦

天機對獻珠已有愛慕之意，但木訥的他，始終講不出口來，他更害怕心意公開後會被人（包括獻珠）嘲笑。

天機讀高三時國文老師劉隨要求學生作詩詞，以「暮春」為題。天機作了一首《菩薩蠻》：

銅韶[19] 城畔多風雨，點點惟見杏花舞；
啼血杜鵑聲，夢魂簾內驚。
繁花和淚落，鏡裏人消削；
此際更心摧，春歸人不歸。

意在獻珠，但寫得相當隱晦，借詞中女主角心態的描繪，遮掩自己無奈的盼望。

嚴格講來，這首詞思想單純，平鋪直敘，用字重複，不能算做佳品；但當做一個中學生的習作，相信已不錯了。雖然如此，天機仍然沒有膽量將這詞送給意中人。

19　銅韶：韶關的別名。

3.4. 兩載避兵幾播遷：

兩度疏散下的流離。

北軍南侵，韶關疏散

　　一向駐紮在中國東北的日本關東軍，當初建立的用意是防範蘇聯。但在 1943 年底，蘇、日關係漸趨緩和，日本決定調動關東軍沿平漢、粵漢鐵路大舉南下，竟然勢如破竹。韶關宣佈緊急疏散，廣州大學和附中全部停課；天機也提前取得高中畢業證書。

　　當時陳炳權已飛去美國，接受洛杉磯羅耀拉大學頒贈的榮譽博士學位。[20] 幸喜天機的六舅父杜之英當仁不讓：當他的銀行車隊疏散時，全家偕同天籟、天機、天機堂兄陳天友、天籟男朋友余潤棠、江家吳綺媛、江獻珠，浩浩蕩蕩，到了韶關以西 100 公里多山的連縣，在城裏一間大當舖居住。

　　天機與獻珠天天見面，同桌用膳，但書獃子根本沒有膽量與獻珠搭訕，竟然也忘記把自己寫作的《菩薩蠻‧暮春》作為打開話匣子的大好敲門磚。

回鄉見娘，不禁淚下

　　約一個月後，天籟、天機姊弟隨堂兄陳天友冒險西行，到廣西藤縣後取道賀江南下，輾轉回到廣東台山縣自由區的鄉下，

20　見第 4 章第 4.1 節。

會見完全沒有預先接到通知的母親。大家欣喜莫名，不禁淚下！天機看到的、屢經患難的媽媽最開心的場合，這還是第一次。

天機在寧靜的台山鄉下住了一年，想起遠在粵北的獻珠，寫過半首詩：

相隔百餘里，一寸一思慕。

假如、假如他能再與獻珠再遇，他一定不會再錯過斗膽表白自己的機會了。

阮囊羞澀，寄住姨家

1945 年初，天機再企圖北上升學，便離開了住在台山鄉村的母親，取道開平進入日治下的廣州，與哥哥天樞相會。但當時戰況吃緊，他們一直找不到膽敢領隊北行的嚮導。兩個月後天機手頭錢快將用光，只好到新會外海九姨丈陳堯典家寄住了。

關東軍南侵，攻勢凌厲；中國過往成功保衛三次的重鎮長沙也終告失守了。日本打通了從東北到越南的陸路，更從廣西桂林向西北進犯，威迫貴州獨山，震動首都重慶。但攻勢不繼、補給困難，終於退兵。

遇劫遭毆，萍水結誼

綺媛和獻珠在連縣得知南侵日軍主力已離粵北，便重回韶關，獻珠借讀中德中學高中二年級。但不久日軍再度南下，來

勢洶洶；母女分途疏散，約在乳源縣城集合。獻珠在途中遇劫遭毆，受了腿傷；幸得一拐一拐地與母親重聚，不勝感慨！

獻珠藉草藥療傷十天後，母女步行一天，方回到連縣與杜之英再相見，又幸得萍水相逢的朋友伍祖澤相助。祖澤是廣州大學的校友；綺媛替他的弟弟伍祖長補習英文，換取母女食宿，生活才安定下來。

伍祖長補習的目標，是 1945 年初在粵北舉行的國立中山大學「相當程度」入學試。結果祖長果然參加了考試，但不幸名落孫山；獻珠卻藉著同一次考試，以優異成績被中山大學文學院外文系取錄。

3.5. 原彈連轟降日寇：

秘密武器轟動世界；書獸猜出核炸來源。

硬唱「玉碎」，死而不僵

1944 年 6 月，盟軍在法國西岸德軍密集炮火下登陸，與蘇聯大軍開始夾攻德國本土，1945 年 4 月，蘇軍圍攻德國首都柏林，5 月 7 日，德軍全面棄甲投降。另一支美軍早在地中海登陸，席捲了意大利。日本大勢已去，但仍硬唱「玉碎」的高調，正是「百足之蟲，死而不僵」。

原子彈下，天皇投降

當年 8 月 6 - 9 日，美軍在日本廣島、長崎兩市上空投下秘密發展出來的原子彈，共約 13 - 23 萬人死亡，震驚了全世界。蘇聯更因此在美、英、蘇秘密約定下的日期之前大舉攻佔號稱「滿洲國」的中國東北，勢如破竹。

日皇裕仁排除異議，主動宣佈投降，以免塗炭更多生靈。其實當時美國只生產了原子彈三枚，在美國沙漠早已試炸了一枚；在日本空投兩枚後已經沒有存貨了。

書獃博聞，核裂反應

在這抗戰末期，天機仍寄住廣東新會縣外海九姨丈陳堯典家，[21] 當時多數學者，包括取得美國哥倫比亞大學化學工程碩士學位的大學教授陳堯典，都懵然不知原子彈為何物。但書獃子天機在 1939 年，香港未淪陷前看過《科學畫報》描述，兩個德國科學家 [22] 分裂了鈾 235 元素的原子核，產生了巨大的能量。天機便說：「一定是鈾 235」。

他講對了一半。美國空投的第一枚原子彈，用的果然是鈾的同位素鈾 235；第二枚卻採用由更常見的鈾 238 加工合成的嶄新元素鈈 239（plutonium 239）。

21　九姨杜菁華是天機母親的九妹，九姨丈曾任廣州國立中山大學教授兼中山大學工業試驗所主任。

22　德國人 Otto Hahn 和 Fritz Strassmann，1938。Hahn 榮獲 1944 年諾貝爾化學獎。

但引爆兩種原子彈的原理完全相同。[23] 簡單來說，美國只需把這些特別原料做成的元件，用爆炸方式突然拼在一起，達到或超過「臨界質量」，原料便自動出現「連鎖反應」，所產生的中子數目以幾何級數快速增加，轉化部份物質為能量，便自然產生威力龐大的爆炸了。

八年戰火，平民遭殃

1945 年 9 月 2 日，日本在美國主力艦密蘇里號上簽訂降約，二次大戰終於正式全面結束了。

中日戰爭從 1937 年 7 月 7 日蘆溝橋事變起，至二次大戰結束為止，估計中國軍人 370 萬陣亡。日本在整個太平洋戰爭死亡軍人 212 萬，其中一半 105 萬，喪身在中國大陸。可見中國抗日戰爭雖屢次失利，實際上日軍也泥足深陷，損失慘重。但在中日戰爭裏最、最無辜的犧牲者，卻是 2,000 萬到 3,500 萬、沒有武器的中國平民。

槍頭逼出，乾炒牛河

在日本皇軍侵佔下，中國人民經歷了接二連三、曠古未有的大遷徙，中華飲食也出現了劃時代的改變。

就粵菜來說，日治時代最膾炙人口的重要發明，是「乾炒牛河」──不用芡汁的牛肉炒沙河粉。日治時代的一個重要海

23　核分裂：Nuclear fission。

產發現，是大瀨尿蝦（大蝦蛄）。

廚師許彬早年逃避戰亂，迫得關閉在湖南經營的酒樓，淪落到日治下的廣州，在楊巷路開了一家小小的粥粉麵檔。有一夜來了一位陌生食客，他要喫牛肉炒河（粉）；但許彬手頭已用光了炒正宗沙河粉必用來推芡的生粉，而且日治下有宵禁，夜間不容跨越關卡購買，許彬只好婉言請他明天再來。

原來食客竟是為日偽作倀的漢奸，他亮出手槍指喝，非要當晚吃牛肉炒河不可。在威逼之下，許彬只好乖乖遵命，炒出了不用芡汁的牛肉炒河。不料這惡霸顧客竟然改口，大聲讚好，而且一連好幾夜都來再點這道手槍逼出來的新餚。

戰後，廣州洞天酒家首先將乾炒牛河列入飯後小食，正式承認它的「美食」地位。現在乾炒牛河已成為當今香港茶餐廳必備的菜式了。

近年許多人主張健康烹飪，減少進食脂肪。獻珠自己有一道省油的「乾撈牛河」，與它相近的菜式還有乾燒野菌。

黏艦偷渡，大瀨尿蝦

侵略日軍對廣東美食另外有一樣想像不到的貢獻：大瀨尿蝦。

戰前在廣東海邊土生土長的瀨尿蝦只有兩三吋長；今日在香港常見的竟有七八吋，顏色淡青，味道清甜，據猜是從海外黏著日本皇軍戰艦，偷渡過來的。現在椒鹽（大）瀨尿蝦已是香港海鮮酒家必有的名菜了。

3.6. 昇平南國遠烽煙：

曇花一現的華南好景。

南國昇平、東北烽煙

日本投降後，國民政府從重慶遷回南京。廣州當初一片昇平，歐美傳入的交際舞尤其是流行的社交新遊戲。

獻珠母親吳綺媛進入廣州外交部兩廣特派員公署，任職科長。獻珠哥哥繩祖在美國出生，是當然的美國公民；他在國立交通大學航空工程系畢業後，在 1946 年冬，獨往美國紐約升學，就讀布魯克林工程學院研究院，[24] 同時做兩份工作，日夜操勞，兩年後才當真把握了這東奔西跑的生活學業，居然還稍有積蓄。

國（民政府）、共（產政府）談判陷入僵局。雙方都認為有把握獨自領導全國，而且雙方在 1946 年已在東北開始火拼。1947 年 1 月，調停人——美國國防部參謀總長馬歇爾將軍黯然歸美，升任國務卿。[25] 同年 3 月，國共內戰正式全面爆發。

24　Brooklyn Collegiate and Polytechnic Institute，後來（2015）成為紐約大學坦登工程學院（New York University Tandon School of Engineering）。

25　在 1953 年，馬歇爾將軍因他的歐洲復興計劃榮獲諾貝爾和平獎。

3.7. 中山大學欣同校：

天機、獻珠進讀中山大學。

獻珠、天機，同校進讀

獻珠早已在粵北以「相當程度」考進了國立中山大學文學院外文系；1945 年，天機也考入工學院化學工程系，寄宿在廣州西郊石牌秀麗宜人的校園。

1945 年天機在中山大學化學工程系教室前攝（天機在二行右三）

太史家頹象已顯，再也聘不起專職廚師，只留下一位會烹

餂的忠僕潘全和廚藝超凡的六婆，請客更免談了。後來舉家茹素，江太史更不許再用「齋燒鵝」之類扮葷解饞的菜名。

3.8. 鼓勇心儀怎口宣：

書獃子斗膽探訪，奈辭令短拙何？

口才不逮，且表心儀

　　天機心儀獻珠，曾鼓起勇氣到文學院探訪幾次，也去過一次廣州河南江太史第；可惜書獃子口才不逮，更缺乏社交應對的技巧。但老實人講老實話，需要表達的心意獻珠肯定已看出來了。他雖然得不到企望的回應，總算勉強對得起自己。

　　獻珠不久便與避難時在連縣相識的林淬錚結婚，在廣州河南舉行了盛大的婚禮。同年天機的姐姐——早熟、喜愛文學的天籟，也嫁給舊同學新詩詩人余潤棠。

獻珠婚紗照

第四章

異域覓己，山河變色

(1947-1962)

4.1. 異域脫胎獸不再：

予身異域，喜獲新我。

繞道非洲，欣取殊榮

在兵荒馬亂的 1943 年初，陳炳權蒙美國加州羅耀拉大學招手，允贈榮譽博士學位，但需要他親自去領取。

因為當時太平洋戰火連天，不宜穿越，他坐美國軍機從陪都重慶經印度、位於亞拉伯半島的英屬海港也門、埃及、巴西、美國邁亞密、到達終點洛杉磯，在地球上繞了一個大圈。

接受羅耀拉大學頒贈榮譽博士法學學位後，[1] 炳權環遊美國五年，為廣州大學向華僑籌款。

1　Loyola University, Los Angeles, California. 現稱 Loyola Marymount University。

陳炳權榮獲羅耀拉大學
頒贈榮譽博士法學學位
（1944 年 1 月）

父喜書獃，代請獎金

天機寫信給身在美國的父親，講述自己對神秘原子彈的粗
略認識。這封信大概使他對這書獃兒子刮目相看：炳權竟然替
天機取得白朗大學[2]豁免學費的獎學金。

白朗大學於 1764 年建立在美國面積最小的羅德島州，[3]是全
美國第七間最老的大學，也是美國東北著名的八間「長春藤」
學府之一。[4]天機一向立志攻讀化學。白朗大學雖小（當時只有
幾千學生），它的化學系在美國卻很有名望；父親的確替天機
找對了學校。

2　Brown University, Providence, Rhode Island。

3　只有 1,214 平方英里（縱：48 英里；橫：37 英里）。

4　按字母順序排列是 Brown, Columbia, Cornell, Dartmouth, Harvard, Princeton,
　　Univ. of Pennsylvania, Yale。

白朗大學另外還有一樣特色：它在二次大戰裏集中了許多應用數學人才，戰後大學研究院的應用數學系在美國可算是首屈一指。

萬里子身，喜獲認可

　　1947年夏，已在廣州中山大學讀了兩年化學工程的天機告別母親，子身啓程飛去充滿未知數的美國。

1947年出國前在中山大學攝（天機在首行中間）

　　那時還未有高速噴射機。天機坐使用螺旋槳的汎美航機飛越太平洋，停降馬尼拉、關島、威克島、檀香山，共花了三天才到美國舊金山，在舊金山逗留後改坐火車到紐約與父親相會；

1947 年天機出國前與母、天籟合照。

由父親帶領到白朗大學，插班入讀化學系三年級。

　　當初大學未知天機能力，只當他做試讀生。但第一個學期後，天機居然名列前茅，邁入教務長的榮譽名單。[5] 學校於是承認他果然具有三年級的程度，等於讀過一連串、有些甚至他從未接觸過的白朗大學學科。[6] 當年天機的哥哥天樞和未婚妻李慧嬙也飛到了美國。

　　在 1948 年暑假，天機飛去美國西岸會見父親，先在俄勒岡

5　Dean's list.

6　例如美國歷史。

州砵崙市的[7]華人餐室扛餐,賺些小賬,繼和父親到鄰近的華盛頓州,參加天樞和他的未婚妻李慧嫦的簡單婚禮。婚禮後父親坐總統郵輪回中國,重掌廣州大學校務。天樞、慧嫦進讀南加州大學研究院;[8]天機獨自坐長途汽車回到東岸白朗大學繼續攻讀。

1948年夏天樞與新婚夫人李慧嫦在美國華盛頓州

1948年夏在美國華華盛頓州,天機與坐郵船回中國的父親招手送別。

未得學士,先讀研院

看來白朗大學有一個尊重學生的優秀傳統:盡量協助已證明有進取能力的學生,讓他們達到學習的志願。

7　Portland, Oregon.
8　University of Southern California, Los Angeles, California. 天樞兩年後取得機械工程碩士學位。時值美國韓戰(1950-1953),他立即找到工程師工作,生活無憂。他們後來有三個兒子,在加州都有適合的工作。

1948 年秋，化學系導師寇路士教授協助天機選課。[9]天機放膽講出：「聽説量子論是化學的鑰匙，但可惜自己沒有當真的認識。」

　　寇路士教授花了好幾分鐘翻揭白朗大學的課程大綱和預修條件，然後告訴天機說：「你的確可以修讀量子論，但須預先成功通過一連串的先修課程。」[10]這些都是研究院的課程，而且大部份屬於物理系和數學系！

　　「一言既出，駟馬難追」，既然天機膽敢提出對量子論的嚮往，又既然寇路士教授果然為他找到入門之方，天機只好硬著頭皮接受這嚴峻但充滿善意的提議了。結果兩年後他成功讀完指定的高深課程，順利畢業，總算沒有辜負寇路士教授的期望。

　　天機直接、間接通過選課關係，結交了好幾位讀研究院物理系和應用數學系的中國朋友，更與一位武漢大學物理系講師應崇福一齊上「物理力學 (physical mechanics)」課；[11]對這位「同學」來説，他在武漢可能早已教過這一課，在白朗大學讀這一課相信只是「屈就」。但天機自己卻認為這課用新鮮、逐步發現的眼光來看經典力學，不愧為白朗大學物理系研究院必修的

9　Prof. John S. Coles. 後來他去緬恩州，當了 Bowdoin College 校長。

10　量子論：Quantum theory。先修課程：prerequisite。這些課程大多屬於物理系、數學系，而且都是研究院課。

11　看來所有外來的物理系研究生都要先讀物理力學，但相信這位「同學」已在中國教過相當於這門的課了。

敲門磚。[12]

　　天機也發現這些讀研究院的中國同胞雖然讀書較早、經歷較豐，但學習能力、判斷眼光、社交風範和被人接受的程度都未必勝過自己！

　　女同學李愛蓮性格豪爽外向，[13] 自二年級開始已是白朗大學中國同學會自我委派的召集人。她無私的協助中國同學參加社交活動，甚至幫忙新同學參加舞會，配對舞伴；李愛蓮在無意中幫助天機脫胎換骨，全面消除了過去書獃子害怕交際應對的心理。天機更自動參加國際學生會的活動，[14] 得以被全面接受，自己對外國學生的情況和心態因此也略知一二。

　　中國同學會主辦過一次「中國之夜」演唱會。天機唱的歌：「先有綠葉後有花」是抗戰時代廣西的作品，天機歌喉平平，但也勉強過關。可惱的是，所有其他中國同學都硬認這歌是天機自己的作品！但想深一層，他們竟認為天機有作曲填詞的本領；在中國同學心目中，天機居然是一位有創作能力的音樂人才呢。

英文考試，德文作答

　　天機在大學畢業前還經歷過一次有趣的小小插曲。

12　與天機往來最多、常常共午飯的中國研究院朋友包括陳伯屏、應崇福、嚴國泰；他們後來都取得博士學位。

13　Irene Lee. 中文名字不詳，姑譯為「愛蓮」。後來她與應用數學家嚴國泰博士結婚。

14　International Club.

年輕德文女教師埃新娜[15]同時是白朗大學英文系的研究生。有一次考英文課,她懂得所有試題的答案,但時間倉卒,來不及完全用英文寫出來,答了一半後便只好動用她的母語德文了。湊巧教授的德文非常流利,而且過去沒有機會一試牛刀;可說是「錦衣夜行」,無人賞識;現在機會竟然來敲門了!英文教授給埃新娜的試卷滿分;反正學校規程並未講過英文系試題的答案必須全用英文。

華爾茲舞,步法兩分

埃新娜與學生打成一片,完全沒有隔閡。她嘆說在美國找不到會跳華爾茲的舞伴。

天機自告奮勇,毛遂自薦道:「我會跳華爾茲。」埃新娜說:「你當真跟我跳華爾茲,我便給你德文課總成績一個 A。」

不久在一個盛大的舞會裏,天機便放膽恭請埃新娜一齊跳華爾茲了。

在華爾茲舞裏的步伐原來分成兩大門派:反時針方向旋轉的古典歐陸(維也納)派,和順時針方向旋轉的(相信是)英國派。埃新娜的華爾茲舞伐肯定屬於歐陸派,兩舞伴順著時針方向互相旋轉;而天機在中國所學的卻依照英國派,方向與時針恰好相反。

15　Elizebeth Eschenlohr,來自德國南部 Augsburg 市的爽朗女教師,當時年紀二十來歲。

派別既然不同，臨時的步伐便難以協調了；天機當時只能勉強交卷，幸虧沒有踏傷埃新娜的腳趾。學期結束，天機的德文課總成績是 B。（後來埃新娜告訴天機，他得到的分數與跳華爾滋的旋轉方向其實根本沒有關係，只是天機的德文表現，一向優越，在學期後半竟然退步了。）

多年後天機重溫華爾茲舞的步伐，看出在歐陸派，男士第一步一定是向後的，把兩人自然帶進「反時針」的旋轉方向；而在英國派，男士每步都是勇往直前的。

通過舞蹈，天機上了西方「民主」一課。在中國他怎有膽量與教師共舞呢？

脫胎換骨，融入社會

天機至今衷心感謝白朗大學、寇路士教授、德國女教師埃新娜、為中國同學安排節目的李愛蓮、國際學生會和當時的好幾位研究院中國同學。這些機構和人物給天機一個非常難得的自我適應的機會，把過往自卑、害羞、侷促、怕事的心理一掃而空。天機贏得了治學經驗、人生自信和環境的全面接受。可以說：他在白朗大學脫胎換骨，不再是內向、怕事的書獃子；他找到了新的自我和融入社會的意願和膽量。

歪詩四句，藏尾露頭

1950 年初，天機在白朗大學順利畢業。在研究院博士班一位唸應用數學的朋友，很有文采才華的陳伯屏特贈四句「露頭

藏尾詩」以彰慶賀。每句首字合為「天機畢業」。第三句惜早已淡忘，且容天機在 69 年後的今日補填罷。

天賦英姿不鳴則（已，一鳴驚人。）
機深豈是池中之（物）？
畢竟奇才後生可（畏），
業優則仕[16] 隨遇而（安）。

這小詩雖然只是筆墨遊戲，但也約略表出當時博士班同學對天機這大學未畢業小夥子的平等看待和深切期望了。

大學建樹，頓成泡影

因有眾多美國華僑熱心捐款支持，陳炳權回國重掌廣州大學後，多所建樹，有聲有色，更開辦經濟研究所，準備頒發碩士學位。

但在 1949 年 10 月 14 日，[17] 人民解放軍勝利開入廣州，廣州大學停辦。陳炳權後來幸得脫身逃到香港，召集舊日同事，開設廣僑書院，在艱苦的經濟環境下繼續高等教育工作。

16　《論語・子張》子夏曰：「仕而優則學，學而優則仕。」意思是：事情做好了，可以從中學習；學習好了，可以用在日常做事中。根據漢朝的《說文解字》和清朝段玉裁的解釋，「仕」在古時不是「做官」的意思，而是「實踐」。見百度百科：「仕而優則學，學而優則仕」條，2017-10-27。

17　中華人民共和國成立後第十三天。

4.2. 德文百頁敢攻堅：

同學、師長從此刮目相看。

海軍獎金，僅足維生

受祖國時局的影響，天機過去的經濟來源完全中斷。幸虧他及時受同學感染，申請了美國南部杜克大學化學系的海軍獎學金，[18] 得以進修該系的研究院，研究「氟元素作用下的有機化學」。

「海軍獎學金」名字響亮吸引，但天機繳交學費後所餘無幾；幸好杜克大學位在美國南部，食用廉宜，每道午餐當時只需美金五角。天機勉強能夠達到收支平衡，一年後居然仍有積聚買入一部七歲的二手老爺車。[19]

德文百頁，一砲而紅

「研討會」是杜克大學化學系研究生每年必修的課：[20] 每位選課者須將國際權威本行刊物的一篇知名論文內容，配合自己閱讀的心得，向全系研究生作演講式的報告。

天機在杜克大學研究院第一個學期，在研討會第一天，教

18　Duke University, Durham, North Carolina. 海軍獎學金：Navy Fellowship。

19　1941 年的二手 Willys 老爺車，花了美金 250 元。

20　Seminar.

授碧格路高舉一篇長達 96 頁的德文有機化學文章，[21] 問「誰敢做它的讀書報告？」同學面面相覷；天機卻「初生之犢不畏虎」，鼓起勇氣，一口接受教授的挑戰。

幾個星期後，果然輪到天機做報告時，他居然有聲有色、抽絲剝繭、應對如流。天機一砲而紅，備受全系師長、同學尊重。他選讀物理系和數學系的研究院課，成績也不負眾望；他竟然成為當時全校最受青睞的理科研究生。

個人志趣，量子化學

天機自己的興趣，其實已經是在白朗大學啟蒙，純靠理論的量子化學。他兩年碩士研究的主力，卻是使用粗重自來水鉛管器材的實驗工作。在他取得化學碩士學位後，[22] 天機便師從國際知名的德國教授倫敦。

早在 1927 年，兩位德國教授：海特勒和倫敦利用量子力學，劃時代地算出氫分子的結構，把化學至少在理論上成為物理學

21　碧格路教授（Prof. Lucius A. Bigelow）。當時他也是天機的指導教授。長達 96 頁的德文論文題目是「Cyclooctatetraene 的合成和性質」。這有名的化合物以極微量存在於石榴果實，但在二次大戰時德國科學家發現它是製造人造汽油高壓工程下的副產品。它的化學式是 C_8H_8，而常見的化合物苯，化學式是 C_6H_6。兩者最重要的不同點是：苯的 12 個原子都在同一平面，而 C_8H_8 的 16 個原子不可能存在同一平面。

22　題目是：「氟元素對吡啶（pyridine）的作用」。

的一部份。[23] 但在杜克大學，倫敦教授的興趣已不再在量子化學，而轉移到低溫物理學——液態氦的量子特性了。

　　天機後來離開了倫敦教授，轉入物理系，師從德國女教授史潘那，[24] 正面研究量子化學。[25] 天機與大學物理系研究生經常打交道，也染上了一些物理學界的時髦業餘嗜好——古典音樂、歐洲土風舞、攀登岩石、爬探地洞。

天機領導歐洲土風舞（約在 1963 年）

23　Prof. Fritz London. 他是德國猶太人，在 1930 年代流亡美國。海特勒：
　　Walter Heitler。

24　Prof. Hertha Sponer 是世界著名的分子光譜學家，當時正開始研究量子化學
　　與分子光譜的關係。倫敦教授不久後去世，天機花了一個月為他最後的一本
　　書做了義務校對勘誤工作。

25　利用物理學的量子理論作化學問題的計算。

天機早已通過了化學系的博士甄別試，[26] 杜克大學研究院因此承認他的甄別試資格，特准他免考物理系的博士甄別試。天機聽後鬆了一大口氣；他當時也未必能夠通過這考試呢。

4.3. 單心運算歡輕易：

將分子當作分裂後的大原子。

優秀學者，無償指引

杜克大學經常有優秀學者作為期一兩年的交流訪問；天機幸運非常，竟然能夠先後得到兩位到訪明師無價的義務指引。第一位到訪學者是瑞典烏普薩拉大學物理系的新博士樂夫巔。[27]第二位是美國計算專家金寶教授。[28]

瑞典博士，非同凡響

在瑞典，博士學位的審核非常嚴格。考生先要自費出版自己未經通過的論文，考試委員通常包括國際知名的專家。博士口試完全公開，任由考試委員、在座專家，甚至不請自來的陌

---

26 Preliminary examination. 研究院學生必須通過這考試，才可以寫博士論文。

27 Dr. Per-Olov Löwdin, Uppsala University, Uppsala, Sweden.

28 見下文第 4.4 節。

生人質疑、挑戰；考生必須立時作答。試後考生還要請眾考試委員享受一頓豐盛的晚餐；到了第二天，學校才公佈考試的結果。考生若不及格，不但血本無歸，而且要起碼苦學半年後再斗膽嘗試。所以能夠順利過關的瑞典博士往往有資格獨當一面，取得起碼相當於美國大學副教授的職位。

當時天機自己的量子理論根柢其實並不太穩固，只比「空談」略勝一籌。他衷心感謝樂夫巔博士亦師亦友的義務指導，將自己指手畫腳的空談徹底現實化，把化學問題用量子力學的精密語言表達，因而按部就班，抽絲剝繭，寫出計算問題，以便取得數字答案，與實驗觀察結果作有意義的比較。

一年後樂夫巔博士回瑞典去，不久便被母校升遷為新設的量子化學系系主任了。

大型原子，分子模型

天機現在對自己的博士論文胸有成竹：世人通常把一個分子當作多個分散原子的互動結合。天機卻將把分子當作某個大原子「爆炸」後的碎塊。世人通常將描述分子的「分子波函數」寫成許多「原子波函數」的空間組合；天機卻將「分子波函數」寫成某套「大原子波函數」的組合。[29]

用數學語言來說，我們可以將分子問題的答案演繹成代表

29　本節內容略嫌專門，而且稍為太過抽象。作者已經盡力，但礙難將深奧的量子力學問題完全簡化成為易懂的語言，務請讀者原諒！

某個大原子的無窮級數之和，但如分子本身擁有對稱結構，我們有權選擇擁有對稱性質的級數，開首的幾項也許已能代表這分子的性質了。天機稱這理論為合成原子理論（united-atom theory）。

　　天機發展了合成原子的理論根據後，必須與現實掛鈎：他需要尋找許多個積分的數值，將它們按理論尋求每項的系數，把它們綜合起來，與實驗所得的數據作有意義的比較。他的合成原子理論簡化了每一個積分的數值計算（簡化了「質」的要求），但可能因此需要計算多個簡單積分的數值（增加了「量」的計算）。但如分子本身擁有對稱，「量」的需求也可能大大削減了。

4.4. 電算新知探妙玄：

價值百萬美元的新玩具。

　　天機當時認為這些冗長的計算起碼要用一部 15 位數字的桌上計算機，才可以達到準確有效的地步；但他根本不知道世上有沒有這一部機器。

　　正在惆悵的時候，研究院數學系的同學告訴天機，最近來了一位和藹健談的訪問教授，他是計算專家；何不找他一談呢？

訪問教授：何不電算？

　　這第二位幫助天機的到訪學者是來自橡樹嶺國家實驗室的金寶教授。[30] 略聽了天機的困境後，他立刻說，「你為甚麼不用電子計算機呢？」

　　天機聽說過這些成本以百萬美元計的神奇超速玩具，但承認自己從未有當真的任何接觸。金寶教授立即拿出一本橡樹嶺國家實驗室的「神諭」機器程式書寫手冊，[31] 要天機自己閱讀、熟習、然後活用。他更答應當天機寫了論文需要的程式後，無償在橡樹嶺國家實驗室代天機作他需要的計算！

　　這簡直是天上跌下來的無價禮物！天機大開眼界。在兩個星期內他順利讀完程式書寫手冊，只有一兩處地方需要金寶教授用三言兩語，輕易跨出迷津，指引導航。當時（在 1950 年代）全世界的電算機相信不到 100 部，過半都集中在美國政府的研究機構；而天機已把握了罕為人識的電算機程式書寫技術，利用來作自己博士論文的精密計算了！

　　天機的確幸運絕頂，在杜克大學研究院竟然得到樂夫巔博士和金寶教授的無價、而且完全義務無償的指引。兩位學者對天機都有振聾發聵的重要影響：樂夫巔打穩了天機的量子化學基礎，金寶卻讓天機自己思考，怎樣利用新工具的簡潔語言，

30　Professor Sullivan Campbell, Oakridge National Laboratory, Oak Ridge, Tennessee.

31　這部電算機的英文全名是 Oak Ridge Automatic Computer and Logical Engine，簡稱 Oracle（神諭）。

發展自己的潛能，寫出解決問題之方。後來二人更與天機重遇。[32]

如願進入，電算行業

天機很快就迷上了電算技術，一定要找電算機程式師的工作。1954 年，他博士論文的計算尚未正式開始，[33] 但美國需要電算機程式師的飢渴已是人所共知，天機如願進入全世界最大的電算機生產商：國際商業機器公司（IBM）的研究所，在紐約州上班。[34]

他在夜間利用公司的快速電算機作量子化學的複雜計算；[35]1957 年在杜克大學繳交論文，以「分子的合成原子理論」為題，[36] 成功取得物理學博士學位。他也得到第五條世人欽羨的榮譽學會金鑰匙，[37] 在 1958 年發表了以博士論文為基礎的兩篇

32　金寶教授做了天機的上司，見本節下文。天機後來訪問樂夫巔的量子化學系一年，見第 7 章第 7.1 節。

33　在金寶教授離開橡樹嶺後，神諭電算機被他的死對頭徇私封鎖；天機為論文書寫的多篇程式根本沒有使用的機會！

34　International Business Machines Corporation, Poughkeepsie, New York.

35　IBM 704.

36　United Atom Theory of Molecules，將分子看作大原子，從而用量子力學理論討論它的性質。

37　這些都是美國學術榮譽學會的獎匙：Sigma Pi Sigma（物理學）, Phi Lambda Upsilon（化學），Phi Mu Epsilon（數學），Sigma Xi（科學）；第五條是 Phi Beta Kappa（學術）。其實天機在白朗大學未畢業前已膺選為 Sigma X 榮譽學會的助理會員（Assistant Member），取得了「第 0 條」，較小的金鑰匙。

很有份量的科學文章。[38]

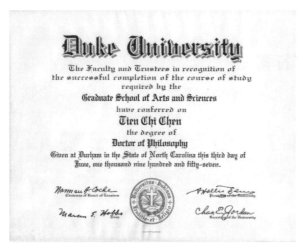

1957 年，天機終於獲得杜克大學物理學博士證書。

天機在 IBM 服務多年，[39] 很有建樹，也屢獲升遷。但因為他的身份屬於難民，直至 1962 年末天機才能離開美國，重訪亞洲。

恩師代請，傑出貢獻

天機在杜克大學的第二恩師金寶教授，不久也隨著天機進入 IBM 公司，還當了天機的頂頭上司。

當時公司新發展出「超級電算機」IBM Stretch。天機自己

38　Generalized United-Atom Theory of Molecules. I, II.　J. of Chemical Physics, 1958.

39　天機在 31 年後（1984）才正式從 IBM 退休。

研習它的結構，發現許多常人（包括發展這機器的工程師）懵然不知的內部操作細節，必須當真了解，才可以充份利用機器的性能。天機當時是唯一懂得充份利用這新機器的專家。金寶教授為此暗中為天機申請了 IBM 公司的傑出貢獻獎，建立了天機、同時也建立了程式師行業在 IBM 公司的聲望。[40]「程式師」不久便成為非常吃香的高科技職務。

天機對此後的超級電算機設計理論也有一定的貢獻，參加了超級電算機 System 360/Model 91 的設計。他在得到美國電工學會終身院士的榮銜。[41] 他除了 IBM 的傑出貢獻獎也有 13 項專利發明，取得了 5 項 IBM 發明獎。

電算機器，普及民間

資訊的處理，只需要靈活運用「0, 1」兩個符號。微電子技術的 0, 1 與巨型機器的 0, 1 在理論上沒有分別，而且由於應用科學技術的飛速進步，雖「微」而仍能普遍利用的程度，每年倍增。[42]

在良性競爭下，電晶片積體電路的新設計不斷出現，企圖全面奪取市場。英特爾公司的摩爾博士提出「摩爾定律」認為

40　金寶教授不幸在 1964 年一次開刀中去世。

41　IEEE life fellow。天機取得這榮譽，原因是「For contribution to computer organization and multicomputer systems」（「為了對電算機結構和多元電算系統的貢獻」）。

42　電路的寬度約略每四年減半，直至 2015 年左右。

每兩年，新面世的電晶片的效能便會加倍於兩年前最佳晶片；另一位同事豪斯又將這「兩年」縮短為 18 個月。[43] 這好景究竟會維持多久？一般的看法，約到 2025 年，但現在電晶片的設計已經需要面對愈來愈多的細節挑戰了。

在良性公平競爭下，市面電算機的速度愈來愈高，資訊容量愈來愈大，機器佔地愈來愈小，耗電愈來愈低；對社會更重要的是：價錢也愈來愈便宜，從 1950 年度的百萬美元跌到區區的幾百美元！

全世界使用電算機的重心也自動轉移，從當初政府房間大小的尖端科學廟堂，變成今天民間、個人解決新時代複雜社會「資訊爆炸」的利器了。

4.5. 半壁江山難捍衛：

共軍奄有華北，蔣總統宣佈下野。

以寡勝多，奄有華北

1947 年，中國國民政府與共產黨和談破裂。兩方在東北正式揭開戰幕。共產政府的人民解放軍贏得農民支持，且能從錯

---

43 英特爾公司：Intel；摩爾定律 Moore's Law，由 Gordon Moore 提出。豪斯：Intel 執行長 David House。

誤中學習，竟然以寡勝眾，在短短兩年之內奄有整個華北。

1949 年 1 月，國民政府總統蔣介石宣佈下野，更將國庫和心腹、精銳軍隊撤到台灣。副總統李宗仁接任，成為代總統。

4.6. 禿頭總統苦周旋：

面對強敵，無銀支薪；士氣低沉，步步退縮。

國民政府，只剩空殼

但在李宗仁名義管轄下的國民政府只剩下一個空殼：無錢支薪；屢敗的軍隊士氣低沉，談判已經沒有本錢了。他同時更要擔負起退兵失地的惡名。

2 月，國民政府遷到廣州；4 月 21 日，人民解放軍成功強渡長江；李宗仁逃離南京，去了桂林。人民解放軍勢如破竹，24 日佔領南京，守軍全面崩潰。

解放軍於 27 日佔領上海。在上海之役解放軍傷亡了三萬多人，但國民政府守軍損失竟達 15 萬多人（傷亡 1.5 萬人，9.4 萬人被俘，4.4 萬人倒戈）。全國其他多處戰況也大致相同：被俘、倒戈的官兵遠多於解放軍的傷亡數字。

國民政府又先後改遷重慶、成都。給旁觀者的印象是避免交鋒，心怯的「逃」，而不是面對強梁，硬拼的「戰」。

4.7. 中華大陸更國號：

中華人民共和國成立；難民潮湧下香港站穩腳跟。

中華大陸，旗幟變色

1949 年 10 月 1 日，共產黨主持下的中華人民共和國在北京正式成立。

人民解放軍在 10 月 14 日開入廣州，[44] 在翌年 4 月進入西康省西昌市，奄有整個中國大陸。

蔣介石總統宣告回復視事，但治下的中華民國國民政府只剩下台灣和幾個小島了。李宗仁心灰意冷，在 1949 年 11 月從香港飛去美國。16 年後，他夫婦回到共產黨治下的中國，受到熱烈歡迎。

難民潮湧，香港繁榮

共產中國初年，社會的顛覆，盲動、經濟緊縮，徹底改變了大陸居民的生活。

香港受難民的潮湧衝擊，人口暴增。幸而英政府面對現實，大力改善民生，把香港變成東南亞最重要的金融、工業中心，與當時的中國大陸成強烈的對比。香港後來更向內地訂下購買

44　此後國軍節節退縮，國民政府再遷重慶（10 月 12 日），成都（11 月 28-12 月 10 日）；終於在蔣介石再度主持下偏安台灣，以台北為首都（1950 年 3 月 1 日）。

東江河水的合同，解決了先天不足的缺水問題。

4.8. 絕食公堂恨怎填：
華南飲食泰斗的悲慘下場。

婉拒徙遷，跌跤斷骨

1946 年（丙戌）江孔殷太史在廣州已捉襟見肘，迫得賣字為生。1948 年（戊子）又重訂了潤例。

江太史重訂賣字潤例
（1948 年）

1949 年，江孔殷太史婉拒了蔣介石請他全家避居台灣的邀請，留在四面楚歌的廣州。廣州解放後，在 1951 年，他去六榕寺禮佛後在寺前石階跌了一跤，右腿斷骨久醫不癒，結果跛了，迫得要扶杖行路。

公堂受審，絕食亡身

　　同年，人民鄉政府派人到廣州逮捕這「地主土豪江孔殷」，押上火車到佛山。因他腳跛，將他放入竹籮，抬進望邊鄉政府受審；他答非所問，一度絕食，終於在 1952 年在鄉間逝世。[45]

吳綺媛在美親筆悼念
江孔殷的遭遇

45　亦見 Wikipedia〈江孔殷〉條，2017 年 8 月 4 日，13:56。

江孔殷肯定跟從前所有富人一樣，在鄉間擁有田地，交給佃農耕種，但獻珠從來未聽過他有任何欺凌佃農的劣跡，「土豪」的惡名實在不應加在他身上。這位蜚聲華南的美食家竟然得到絕食的困境，委實是天大的諷刺，令人掩卷太息！

　　獻珠的親祖母：掌握家庭大權的三妾布蕊馨後來也被解回鄉受公審，不久也病故了。

第五章

綺媛赴美，獻珠工讀

(1949-1962)

5.1. 學能致用針裁巧：

綺媛飛依繩祖，剪裁生意滔滔。

綺媛飛美，女紅出眾

1949 年，繩祖在美國已換了好幾次工程職務，雖然按他學歷、資格，這些工作都只能算是「屈就」，但他總算積聚了寶貴的經驗，和一點積蓄。

在中國兵荒馬亂的 1949 年 9 月，吳綺媛也飛到美國與繩祖相聚。

吳綺媛入美的中國
護照和美國簽證

她多年前在美國伊里諾大學選讀的是家政系，現在學以致用，為中西顧客裁製西式衣服，更為華僑親友裁製中式旗袍，居然得心應手，深受歡迎，生意滔滔。她也替繩祖裁製厚絨西裝、大衣，完全不假外求。

5.2. 入籍幸逢曲直伸：

移民律師蜚聲華埠。

曲能直伸，順利入籍

綺媛是以「探親三個月」資格進入美國的，若想延期居住必須再行向移民局申請。

當時美國政府歧視華人，諸多留難。綺媛幸得一位蜚聲華埠的鬼才移民律師幫忙；這位美國律師名叫Jackson Cook；中文粵音譯名赫然是神來之筆的「曲直伸」！

她順利過關，五年後成為歸化美國公民。此後除了在加拿大居住兩年之外，[1] 都一直留在美國。

繩祖取得航空工程碩士學位，與母系遠親黃瑞兒結婚，生

---

1 綺媛契娘的女兒 Ruby Choy 要回香港辦事，請她到加拿大溫哥華代理華僑商店金利源的生意兩年（1957-59）。金利源後來的老闆是林國鑾；他的妻子是天機的親表姐，九姨的二女兒陳端品，育有女兒林文。

了兒女；[2] 轉了好幾份工作後，航空工程師身份終於獲得正式承認。他在以家庭電器著名的 RCA 公司航天電子部門任職五年（1961-1966）。[3]

5.3. 小鎮窮愁憂出路：

獻珠走避澳門，黏火柴盒幫補家用。

家道中落，貼盒維生

1948 年，獻珠生了兒子林程萬，第四年大學的生涯也因而中斷。家翁林小亞是國民黨要人，廣州易幟前大家庭收拾細軟，匆匆避居葡屬澳門。[4]1950年，獻珠女兒詩婉出世，而程萬不幸染了腦膜炎，翌年夭折，只有四歲。

1951 年獻珠一家合照；
從左起：林淬錚、林程萬、
江獻珠、林詩婉。

2　他們共有三女一子：Kathleen、Joanne、Michael（男）、Diana。

3　Astro-Electronic Division, RCA, Hightstown, New Jersey. 1986 年，RCA 被 General Electric 公司收購。

4　中國大陸居民當時仍可以自由出入英屬香港和葡屬澳門，百年來直至 1970 年代，兩埠都是大陸異見者的避難天堂。

大家庭坐食山崩。澳門畢竟只是一座人口幾萬人的小城，除了紙醉金迷，呼盧喝雉的賭博外，[5] 正式就業的機會委實太少了，當真的工業產品只有火柴和炮竹。

獻珠自己在家黏貼火柴盒的招紙，幫補家用；每一千盒可賺澳幣七毫。當時澳門物價相當廉宜，一家竟然可以勉強藉此餬口。但看來獻珠當真尋找機會的出路是離開小鎮澳門，到戰後繁榮、多采多姿的暴發戶：香港去。

5.4. 崇基工讀八逢春：
文員十年勤奮，成績優異，取得美國獎學金。

工讀文員，八年畢業

1951 年，私立崇基學院承接了過去中國大陸基督教大學的深厚傳統，[6] 在香港成立；首任校長是前廣州嶺南大學校長李應林。翌年獻珠蒙朋友介紹，幸獲崇基錄取為會計組文員，負責點收當時每月徵收的學費；所有學生無人不識這位「江姑娘」。獻珠也受洗成為虔誠的基督徒。

5　古時用五塊木骰賭博，五骰全黑最高，稱為「盧」；四黑一白次之，稱為「雉」。

6　開始時崇基學院得到美國的亞洲區基督教高等教育聯合董事會、紐約的嶺南大學基金委員會與英國倫敦的亞洲基督教大學協會的經濟資助。後來崇基學院成為香港中文大學三間創校書院之一。

1955 年崇基學院全體教職員合照，獻珠是第二行右端第二人。

　　崇基那時人事更換頻繁，而新上任的會計主任往往不懂會計！學院財務的順利執行，都有賴這位小職員。後來她終於正式升任崇基學院的出納，學院也聘請了當真懂得會計的專才：美國籍的范那亞太太當財務長，[7]崇基學院的財務才正式踏上軌道。

　　崇基繼續了廣州嶺南大學的一個優良制度：文員可以每星期離開工作單位四小時，在校免費進修。獻珠利用這個機會，再從大學一年級開始，修讀工商管理，1960 年畢業，足足花了

7　她是美國人 Mrs. Ethel Fehl。

崇基出納美人兒江獻珠，
約 1958-59 年。

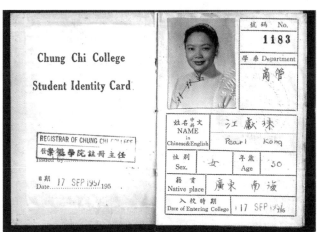

江獻珠崇基學生證，1957 年。

八年。同時加入這工讀制度的兩位文員卻都知難而退，相繼中途放棄了。

1960 年獻珠從崇基學院畢業

　　獻珠熱愛學院生活，也結識了許多朋友，包括校長李應林一家兩代。李校長的兒子小洛是學院初期的出納兼體育主任；在他指導下獻珠參加了許多運動：賽跑、游泳、標槍，還有通常女人家罕試的舉重。

　　當初獻珠一人居住在香港崇基宿舍，每星期工作六天，學校放假時才回澳門。1956 年，全家包括女傭卿姐也搬到香港，居住九龍紅磡。為了養家，獻珠更在下班後擔任兩戶豪門的家庭教師，也在港澳「德星」渡船上用粵語、普通話和英語向旅客廣播航程。獻珠更省下餘款買了一部意大利快意牌小汽車。

當時獻珠廚藝單調，每年請崇基小同事晚餐，菜單都是焗豬腿和薯仔沙律，如是者有六、七年。

雖然勞碌辛苦，獻珠依然成績優異，獲得美國新澤西州費利‧狄更遜大學研究院承諾給予獎學金。[8]

崇基初創辦時自己根本沒有校園、課室，要在港島借用其他學校的課室上課；後來校務蒸蒸日上，更獲得港府青睞；獻珠畢業前崇基已擁有港府捐贈，位在沙田馬料水山腳的青蔥校園了。

林淬錚與崇基也有關聯。學院計劃在新校園建造教堂，淬錚當時做營造工程，成功取得鋪設地基的合同。但施工時發現地下有一塊當初看不見的巨石，搬動這巨石成本奇昂，結果地基工程得不償失。他後來改做其他工作，大致上有盈有虧，不算太成功，與獻珠也漸漸疏離了。

中文大學，三院合成

陳炳權在香港創辦的廣僑書院因經濟拮据，與香港四間專上學院合併，組成聯合書院。[9]

後來因大陸時局關係，難民湧入香港，當中不乏大學年齡的知識分子，而當地公立的高等學府只有香港大學一間，學位奇缺。

8　Fairleigh Dickinson University, Rutherford, New Jersey.

9　華僑書院、文化書院、光夏書院、平正會計學校。華僑書院和平正會計學校都是昔日廣州大學的分支。

香港政府順從眾議，將私立的三間大學程度的書院：崇基學院、聯合書院和國學大師錢穆創辦的新亞書院組合起來，成為香港大學以外的第一所政府資助大學——香港中文大學。這也是香港唯一採用英國牛津、劍橋式書院制的大學。[10]

　　崇基新校園早已立足在沙田馬料水的山腳；港府順水推舟，索性將整座山劃為新大學的校園，而且港府在三院籌備合併時已開始資助，解救經濟燃眉之急。三院也同時提高了教學質素和入學標準，不遜於老招牌的香港大學。

10　大學由好幾間半獨立的書院組成。中文大學的書院當初各自授課，後來教學大致集中在校本部，由各書院負責學生生活。大學的首任校長是美國加州大學教授李卓敏。

第六章

鵬飛香島，久違重逢

(1962)

6.1. 鵬飛環宇停香島：

天機出差歐洲，回程繞道香港探親。

出差巴黎，鵬飛香島

中國大陸變天後，天機便以難民身份留居美國，幸得僱主 IBM 公司幫助申請，取得永久居留證：「綠咭」，可以自由出入國境。[1]

1961 年末，公司派天機伴著金寶教授出差巴黎；十五年來這是他首次離開美國。天機因利乘便，申請假期，在希臘小住十天，更取道開羅遊覽金字塔一天，然後飛到香港探望久違的雙親，才回美東復職，環繞了地球一周。

天機穿上希臘土風舞裝
（約在 1963 年。）

1　後來天機正式入籍，成為美國公民。

6.2. 失母矜持恨怎償:

十五年前一別,竟成永訣!當時的矜持怎能補償?

久別慈母,竟成永訣

1962 年初,天機到香港後,才驚知媽媽已於十日前因心臟病發突然去世,不禁潸然淚下。不料 15 年前一別,竟成永訣了!

媽媽最疼愛,性格也最像媽媽的孩子,其實正是三兒天機。但非常可惜,天機這次遠道回來竟然不能見媽媽最後一面!但媽媽臨死前相信也一定想著,心愛的書獃兒子雖然還未到香港,但正在回來看自己旅途中了。這也算是無奈中的安慰吧!

恨無吻別,何必矜持?

回想 15 年前,天機離開香港,坐飛機去美國。他和媽媽握手言別,轉面走向未盡可知的將來。天機聽到媽媽在後面哭著說,「怎麼連一個吻也沒有呢?」天機低著頭,繼續踏步前行,兩眼滿噙著淚。在當時中國的守舊社會,兒子是不會主動吻他媽媽的,也不敢讓媽媽看到兒子的淚眼。

當時為甚麼要矜持?為甚麼要扮作沒有感情?後來在美國,天機學到要對自己誠實,也盡可能讓真情流露出來。

幸好天機的父親炳權仍然健在。中文大學當時正在密鑼緊鼓的籌備階段,準備在一年後正式成立。而且香港政府早已開始大力資助三間成員書院。炳權是聯合書院任教經濟學的台柱,生活好轉;母親去世前因此也享受過兩三年的安樂風光。姐姐

天籟也在香港任教小學，衣食無缺。[2]

人造智慧，美好未來

　　天機發現當時香港人對所謂「電腦」的認識，全由道聽途說，簡直是一片空白。他於是當仁不讓，在聯合、崇基兩院分別作公開演講，題目是「人造的智慧」，介紹電算機這嶄新、名貴玩具的原理、性能；對社會、人類文化的貢獻、挑戰，和我們可期望它帶出的美好未來。兩次演講都極受歡迎，博得頓開茅塞的滿座聽眾熱烈不絕的掌聲。

6.3. 久別重逢同哭笑：

緬懷往昔，雙墜愛河；共同命運，從此締結。

火花互耀，魔幻慰藉

　　天機在崇基校園得以重逢獻珠，多年前的遭遇回到心頭，不勝感慨！

　　在一個陽光普照的下午，獻珠開小汽車接天機到一個空曠的地方在車內談心，主動打破了侷促下的沉寂。

2　順便一提，天機大哥天樞在美國進修碩士後，在南加州多家科技公司任職機械工程師。他和李慧嫦結婚後生下三個男孩；他們長成後對社會都有貢獻。

15 年前書獃子的冒昧，原來獻珠並沒有忘記！她的確曾使天機失望；但天機當年的失望，也早已變成獻珠自己心靈的空虛。在大時代的動盪下，兩人各自備受磨煉，都成熟了。

一向埋藏在兩個心中的星星火花，終於欣然相遇、互相圍繞，釋放出魔幻般無比的溫暖和慰藉。兩人將多年的思慕盡情傾吐，話舊慶今，墜入愛河，同哭共笑，難捨難分。

1963 年獻珠載天機談心的小汽車 Fiat

這個下午決定了獻珠、天機兩人下半個世紀的共同命運。當然過去已矣，無從更改；但他們仍然可以掌握現在，少談往事，寄望將來。一千多年前的陶淵明不是說過嗎──「念已往之不諫，知來者之可追。」

此後天機留港時與獻珠每天都盡量設法見面，天南地北，無所不談，加深互相的了解、信賴和欣悅。他們發現雖然專業各異，大家都喜愛經典音樂、唐詩、宋詞和古文。天機介紹的

一首短短交響曲，[3] 獻珠愛不釋手，聽完又聽；獻珠在楓林餐室作東請喫的鮮草菇小炒，天機認為是人間奇味。

6.4. 叮嚀再晤越汪洋：

大洋遠隔，魔幻慰藉。

相看淚眼，無語凝噎

天機成功申請延續度假兩星期，但終於要飛回 IBM 復職了；他與獻珠一再叮嚀明年在美國重聚。

獻珠愛誦南宋詞人柳永的《雨霖鈴：寒蟬淒切》：

執手相看淚眼，竟無語凝噎。念去去，千里煙波，暮靄沉沉楚天闊。

今宵酒醒何處？楊柳岸，曉風殘月。

此去經年，應是良辰好景虛設。便縱有千種風情，[4] 更與何人說？

幸喜獻珠和天機在香港共同締造的魔幻，在離別後仍然不停發揮它的魅力：支持與慰藉，鼓勵兩人翌年在八千多英里外的大洋彼岸，再行歡聚。

3　Sergei Prokofiev 的 New Classical Symphony in D Major。

4　風情：意趣。

第七章

緣續海外，四十入廚

(1963-1973)

7.1. 美洲重會姻緣締:

獻珠飛美升學、就業;與天機喜結良緣。

移民插「曲」:鬼才「直伸」

獻珠申請了以中國難民身份移民美國,不料美國政府說獻珠生在香港,不符合「中國難民」的規定,拒絕她入境。獻珠母親綺媛逼得再請鬼才律師曲直伸幫忙,果然奏效如神。綺媛結果只花了美金100元,獻珠的「曲」困境終於得以「直伸」了。

飛美進修,工餘半讀

1963年,獻珠終於如願飛越太平洋,橫跨美國大陸,降落在美東新澤西州,進入費利·狄更遜大學研究院攻讀工商管理,更取得工讀獎學金,每週兼做20小時的輕鬆文員工作,足以應付生活費用。

獻珠的哥哥江繩祖那時也在新澤西州RCA公司任職航空工程師。他在費利·狄更遜大學教過材料力學;一家住在離校20

英里的新布朗斯維克市。[1] 繩祖預先替獻珠安排住宿在大學附近民家的一間客房,房東是原籍加拿大的寡婦厄爾太太,[2] 外貌嚴肅而心腸善良。

天機當時在 IBM 公司服務在鄰近新澤西的紐約州,幾乎每週末都在繩祖家與獻珠相聚。他們盡量享受每一次見面的欣喜,談論天南地北,過去幾天的遭遇,計劃下一次的會面。

獻珠成績優異,兩年後如願取得商學碩士學位,進入知名的旅行家保險公司服務,任全職市場研究員。[3] 公司設在美國全國的保險業中心:康涅狄格州哈特福德市。獻珠自己也搬到公司附近的小鎮居住。[4] 她更「全工半讀」,在紐約市的紐約大學夜班進修商學博士學位課程,每週上課四夜,每次駕車來往共約 100 英里,要費兩個小時,相當辛勞,但不以為苦。

獻珠的母親綺媛初時也搬去與獻珠同住,但有一次回繩祖家後突然中風,幸得腦科名醫 Dr. Shoemaker 主理,在繩祖家附近的醫院開刀。住院二十多天,中間有時胡言囈語,令人憂心忡忡;幸好病癒後竟然完全沒有後遺症。她回到繩祖在新澤西的家居住後,兒女和媳婦更覺得老人家生命的可貴,對她更加尊重、體貼了。

1　New Brunswick, New Jersey. 繩祖一家包括母親江吳綺媛、妻子江黃瑞儀,兩女一子。

2　Mrs. Earle.

3　Travellers, Hartford, Connecticut. 公司的商標是擋住風雨的大傘。

4　Glastonbury, Conecticut,在省會哈特福德市東南約 15 公里。

改駐美西，遠訪瑞典

天機受 IBM 公司任命，改駐 3,000 英里外，美西加州史丹福大學附近的小鎮門羅帕。[5]IBM 當時在那裏特設了一個只容幾十人的小實驗室，目的是在幽靜的環境裏設計一部擁有超級能力、與眾不同的新巨型電算機。

天機更獲得 IBM 公司特別資助，在 1964 年飛到瑞典烏普薩拉大學，到樂夫巔教授主持的量子化學系訪問一年，重拾已經荒廢十載的量子化學研究，在這一年中每季回美國述職一次。他在瑞典發現自己仍能作出貢獻，也發表了一篇很有份量的文章；但對量子化學的興趣業已闌珊了。

這一段時間，獻珠仍在美東任職，與天機見面不易。每次久別後再遇時，大家都盡量珍惜。

終結連理，嶄新開始

天機於 1965 年離開瑞典回美西後，轉入 IBM 聖荷西實驗室。獻珠也辦好了與林淬錚的跨國離婚手續。

1967 年 5 月 5 日在美西賭城拉斯維加斯，獻珠與天機舉行了簡單的婚禮。觀禮的只有天機的哥哥天樞（當時在洛杉磯任航空工程師）和嫂嫂李慧嫦。

JUST MARRIED

Pearl Hin-Chue Kong
Tien Chi Chen
May 5, 1967
Las Vegas, Nevada

獻珠、天機的結婚通知書，
1967 年 5 月 5 日。

5　Menlo Park, California，靠近有名的史丹福大學。

新婚的夫婦，1967 年 5 月 5 日。　　　獻珠、天機及母親綺媛攝於婚宴。

多年的悲歡離合，終於贏得了一個大家微笑牽手、共同面對將來的嶄新開始了。獻珠向保險公司辭職後便到加州與天機同住。

7.2. 著火窗簾漾肉香：

初試做大菜時，有驚無險小插曲。

烹飪還債，火燒窗簾

獻珠愛說：「天機當王老五時欠下了許多朋友的飲食債，我自己被逼上梁山，只好舞刀弄鏟，代夫清還了。」

這話只有部份的真實性。獻珠眼明手快，而且味覺記憶少

人能及，若不善為利用，委實非常可惜！天機的食債，供給了獻珠一個探討烹飪藝術的大好機會和藉口。

獻珠當時對飲食之道其實還未當真入行。但在異國人生路不熟的新環境，假若要享受心愛的中國菜，最好自己動手。天機自己只懂得炒滑蛋牛肉，索性便袖手旁觀，坐享其成了。

粵菜飲食著作在 1960 年代仍然相當貧乏。獻珠手頭只有香港資深廚師陳榮贈送的禮物：《入廚三十年》厚厚一本，但文字粗拙，語焉不詳，份量簡略，更不談「為甚麼要這樣做」。

有一天，天機要請幾位中國同事來家晚飯，著獻珠試煮食客愛喫的紅燒元蹄。

傳統製作元蹄的步驟是：先醃肉，繼「出水」稍煮；再「走油」——準備熱油，放下蹄肉略炸；然後加調味料用慢火水煮幾小時。家裏的鋁煲，僅僅可以塞進一隻大蹄膀。走油時，據她自述：

> ……元蹄一放，油就濺起，濺到爐頭燒得火光熊熊！連窗簾也燒著！我大叫，隔籬德國鄰居馬上帶「搥仔粉」（食用梳打粉），[6] 撒向火頭，火便熄了。……

她嚇得立刻哭起來，但天機仍硬要當夜依照原意在家請客，她邊哭邊煮，幸而成績竟然不錯，備受食客讚賞，只報銷了半

6　Arm and Hammer baking soda，招牌是手執的鐵鎚。

幅窗簾。

　　天機認為當時的堅持，雖然一時令獻珠難過，但假如她畏縮放棄，她的烹飪生涯也許便要改寫了！

　　美國廚房火灶離窗太近；而且廚具通常缺乏中國式的圓鐵鍋；若用圓鍋，即使火灶離窗太近，圓鍋仍可以阻止灶火外洩。後來獻珠當真懂得烹飪之道後，常常出外任教中國烹飪，都將一個小鐵鍋放上隨身的拖車，天機笑稱她喜歡「孭鑊」。[7]

母女團聚，獨臂佳婿

　　1966 年，天機改在聖荷西 IBM 研究所上班，專心研究電算機結構理論。[8]1968 年，小家庭也搬到聖荷西市，靠近 IBM 研究所。[9]

　　同年獻珠正式取得美國公民資格，立即申請女兒詩婉到美國升學。[10]

　　詩婉天真、直率，已在香港著名中學畢業；在香港時她的數學往往不及格。但她在聖荷西市立大學竟然主修數學，而且成績優異！可見從前香港的中學教學，太過著重人云亦云式的背誦，而忽略了怎樣啟發學生的心靈。

7　廣東俗語。「孭鑊」意思是「背黑鍋」：做頂罪的羔羊。

8　IBM San Jose Research Laboratory, San Jose, California. 電算機結構：Computer architecture。

9　地址是 6137 Del Canto Drive。

10　獻珠的英文名是 Pearl； 詩婉的英文名是 Sharon，1969 年到美國升學。

聖荷西市立大學是兩年制大學，畢業後獻珠、天機送了一部小跑車給詩婉代步。詩婉升讀加州聖荷西大學數學系三年級直到畢業。[11]

光陰飛逝，獻珠對飲食的興趣愈來愈濃，常常在家主辦「缽樂」聚餐晚會，[12] 每家自攜一個菜與人分享。飯後男士們打撲克牌，女士們搓麻將。過後洗碗，多半由詩婉（綽號「司碗」）負責。詩婉也自詡說，自己最拿手的本領就是洗碗。獻珠自己嘗試的烹飪很快便大有進步，得心應手，屢有創見；自己成功之餘，更將心得告訴別人。詩婉耳濡目染，少不免也吸收了不少廚藝技巧。

詩婉在聖荷西市立大學認識了同學李子清，[13] 一同升讀加州聖荷西大學；畢業後子清進入加州洛杉磯大學（UCLA）研究院取得了運籌學碩士學位，與詩婉結婚（1974），生了兒子文翰和女兒文軒。[14]

子清從前在大學未畢業前的一個暑假，入 Modesto 市 Tri-Valley Growers 罐頭果子工廠做暑期工作，因上一班工作人員清洗機器時疏忽，沒有妥裝安全設施，慘被砍斷右手。

過去獻珠曾再三告訴詩婉，「千萬不要歧視傷殘人士！」

---

11 聖荷西市立大學：San Jose City College；加州聖荷西大學：California State University, San Jose。

12 Potluck party.

13 Robert Lee.

14 Manfred and Michelle Lee.

詩婉果然沒有歧視。意外發生後，別人認為用手輕而易舉的操作，子清都要重新思考，找出不用右手的方法來。當然這些創新需要有靈活的腦筋才行。子清的不幸遭遇，也可以說是「塞翁失馬，焉知非福？」他後來被人看重的一個長處，正是在複雜環境裏看出、履行解題的方法；這難能可貴的能力在電算行業佔有非常重要的地位。

子清作為程式師服務過三家公司：Burroughs Corporation, Digital Equipment Corporation（迪吉多）和 Hewlett Packard Corporation（惠普），尤其在後兩家，都嶄露頭角，備受尊重。他進入惠普更是由於「獵頭公司」主動的青睞[15]，穿針引線。

1972 年天機、獻珠搬到較寬敞的房屋。[16] 詩婉和子清結婚後當初住在天機、獻珠家，在生了兒子文翰（1975）後一年，便搬到鄰近居住。那時詩婉也找到工作，幫補家計，每週兩日要由婆婆獻珠在家看管剛會蹣跚行路的文翰。獻珠念念不忘每次送他回家後，在車上回頭都看到在窗上孩子依依不捨的招手。

文翰的妹妹文軒出世（1978）後，詩婉便將兩個天真可愛的孩子送到鄰近的日間託兒服務了。[17]

---

15 獵頭公司是一個媒介組織，協助甲公司優秀職員跳槽到乙公司，從而從乙公司取得佣金。

16 6566 Tam O'Shanter Drive.

17 主持人暱稱 Ma Ma Nancy，真名罕用，不詳。

子清、詩婉夫婦和兒文翰、女文軒。

除蟲皇后，電話解惑

詩婉做過的差事相當繁雜，包括在電子工廠生產零件，在美國為太空總署的登陸月球的阿波羅計劃服務，量度照片上月球陷坑的形狀和大小。[18] 她也曾在 Control Data Corporation

---

18　NASA（National Aeronautics and Space Administration）. Project Apollo：美國人登陸月球共六次（1969-1972），登陸者共 12 人。最先登陸的是 Neil Armstrong。

（CDC）和洛歇飛機公司（Lockheed Aircraft Corporation）任職電算機程式師。

在退休前詩婉最受同事倚重，收入也最豐厚的工作，也是她在Ipass公司當電算機程式測試師的職務。

讀者未必知道：書寫程式最難的工作是除錯，俗稱「除蟲」。[19] 程式師寫出來的程式初稿通常百密一疏，總會出現意想不到的謬誤。找出謬誤，修改程式，達到原本設下的目標，是非常重要的偵探工作，需要動用靈活的腦筋。

詩婉的天才，是她不但能迅速修改自己程式的錯，而且能看著同事有錯的程式，點出癥結所在。她更有本領在電話上根本沒法看到程式，而成功替同事除錯。往往她在晚上仍接到夜班同事求救的電話，為他們猜出開解之方。詩婉在辦公室備受同事愛戴、尊重，得到一個綽號：「除蟲皇后」。[20]

文翰成年後在加州柏克萊大學取得公共衛生學博士學位，服務在一家研究人類基因的尖端科技公司。文軒體態輕盈，在中學兼讀校外芭蕾舞班，卓有成就，但她立志幼童教育，在加州聖地牙哥大學畢業後，在日本教了一年初中英文，繼在加州

19　Debugging. 在1940年代，電算機發展雛期，著名女程式師Grace Hopper 發現運算出錯，原來有隻飛蛾嵌在一個繼電器（relay）裏，引起操作失靈。除去飛蛾後，機器操作立刻回復正常。此後凡電算機除錯工作，（其實泰半由於程式書寫錯誤），都叫做「除蟲」。

20　Debugging Queen.

從左起後排：文翰妻子明美（Jena）、文翰、詩婉、文軒女兒 Evelyn、文軒丈夫曾琨（Abieson）、文軒（Michelle）、子清；前排：文翰兒子 Ethan、女兒 Maya、文軒兒子 Aden。

聖荷西大學取得教育碩士學位，現任小學教師，工作愉快。文翰和文軒都已結婚，各有一子一女。[21]

21　文翰的配偶是 Jena Mori（森·明美，她是日父、德母的混血兒），任教中學生物高級班，他們有女兒 Maya（李清美，2004 生）和兒子 Ethan（李清志，2008 生）。文軒的丈夫是曾琨（Abieson Tsang），在聖荷西 Auto Nation 汽車行任職工程師。他們有兒子 Aden（曾慶桐，2008 生）和女兒 Evelyn（曾慶枔，2011 生）。

轉行司廚，樂業不疲

到 2005 年，獻珠已是香港有名的飲食大師了。子清、詩婉家庭經濟也已上軌道，詩婉部份受了母親的感染，毅然辭去了入息優厚、同事愛戴的程式師職務，提前退休，打入飲食行業。

詩婉進入加省職業美食學院，[22] 畢業後做了大大小小的司廚職務，每小時薪金只有當程式師時的十分之一，但居然樂此不疲。她又曾在史丹福大學著名的直線加速器研究所[23]包辦員工的早餐，每週末清晨四時起床開車上班。後來研究所重新裝修，飯堂關閉，她才回復正常的起居生活。

7.3. 雞號黃毛推首選：
肉香可口的唐人街雞。

週駕三藩，採購食材

我們且回到天機、獻珠在 1967 年的新婚生活。他們住在美西加州離三藩市約 40 英里的小鎮門羅帕，[24] 兩年後才搬到聖荷西，離三藩市更遠一些，約 50 英里。

---

22 Professional Culinary Institute. 她已有中菜根柢，學的是西菜烹調。
23 Stanford Linear Accelerator Laboratory，簡稱 SLAC。
24 Menlo Park.

三藩市和400英里外的洛杉磯都是美西華人聚居的大都市，華人需要的貨品，尤其是食材，可以說應有盡有。在1960年代，離這兩大都市愈遠，正式和仿製的中國貨便愈難找了。

天機、獻珠住在門羅帕時，習慣每週末開車去三藩市唐人街一次。每次泊車後立即到相熟的市場，留下一張購物單，然後去飯店飽餐一頓海鮮；飯後回到市場取貨，開車回家，習以為常。

他們在三藩市買的貨物，主角是「唐人街黃毛雞」。

黃毛鮮雞，品種特殊

近幾十年美國的改良飼養，屠宰方式，大大降低了雞的生產成本，1.6磅飼料，在39天內便可以產生一磅的雞肉。但雞禽工業可能同時忽略了，甚至可說破壞了，產品的應有口味。獻珠覺得：[25]

通常的美國雞太肥，肉質如棉絮，味道又腥，絕不似香港不打針的農場雞及大陸的清遠雞或龍崗雞鵝鮮味可口。……美國雞快高長大，飼養時間短成本所以輕，生產也大量。…我家附近有個大養雞場，數以萬計的食用雞全困在籠內，飽食終日，……雞隻平常甚少走動，肌肉因而

25　江獻珠、陳天機：《造物妙諦》，香港：萬里機構‧飲食天地出版社，2005，〈走地雞的矛盾〉，第61-68頁。

鬆弛。不活動則消耗低，脂肪也就長得特別多，而飼料又摻進了魚粉及維他命等等化學藥劑，雞肉便帶點腥味。

唐人街的「黃毛雞」品種來自中國大陸，養尊處優，屬於高檔的走地雞（free-range chicken），價錢不菲，據說平常雞飼養五星期便可以上市，但當真自由行動的走地雞可能需要八星期。三藩市市政府通常要求雞商殺雞後過一夜才出賣奉客，但當時特准唐人街「明記」一間店舖的黃毛雞逐隻即宰即賣，雖然價錢加倍，的確物有所值。[26]

美國市面的家禽有一個令人安心的特色：政府規定：家禽的飼料絕對不許摻入可以催雞生長、但可能有害食客的荷爾蒙。

布烈斯雞，法國三色

獻珠很欣賞在印尼嚐過的高腳雞；牠們到處奔跑，絕對是走地雞；很可能連雞籠也根本沒有。後來獻珠認了郭偉信做誼子，[27] 天機、獻珠在香港常常得到他帶來的「天下第一雞」——法國布烈斯雞。[28] 有紅（冠）白（毛）藍（腳）三種法國國旗顏色。獻珠、天機覺得牠肉厚味濃，別具一格，但美國的唐人街黃毛雞仍然有牠本身的風韻，足以分庭抗禮。

1975 年美軍退出越南，此後東南亞移民大批湧進加州，在

26　作者得益於與衛志華師傅關於美西雞業滄桑的談論。
27　獻珠與郭偉信的認識過程見第 12 章第 12.9 節。
28　受法國政府嚴格管制的 Bresse Chicken。

中型市鎮開了不少有特色的超級市場，也供應新宰的黃毛雞。他們更進入每週開設兩個下午的農人市場，售賣黃毛雞和東南亞品種的青豆、苦瓜、茄子，而且還有不用農藥的有機蔬菜。天機和獻珠上三藩市的需要後來也逐漸降低了。

近年在美國高檔超市更有「有機雞（organic chicken）」，每雞佔地標準比走地雞更高，而且飼料按法不得含抗生素，價錢更約為平常雞的四倍。

美國現時的分類如下：[29]

	歐盟每雞佔地標準	飼養期
室內雞（Indoor chicken）	不容外出	可低至 5 週
走地雞（Free-range chicken）	1 平方米	飼養期：8 週
有機雞（Organic chicken）	2-10 平方米	飼養期：12 週

29　讀者請閱 Wikipedia, Poutry farming, 3. Meat-producing chicken--husbandry systems，2 July 2018, 16:14。

7.4. 龍糊淘飯 [30] 怎能忘：

美東華僑的天才發明。

蝦龍濃糊，華僑始創

美國歷史名城波士頓位在美國東北海岸，附近緬因州海岸盛產龍蝦。獻珠特別欣賞波士頓土生華僑發明的菜式「波士頓龍蝦（Lobster Boston Style）」，和引申出來的蝦龍糊（Jumbo Shrimp with Lobster Sauce：龍蝦糊煮大蝦）和蟹龍糊（Crab with Lobster Sauce：龍蝦糊煮蟹）。她說：

> ……將龍蝦切大塊，炒好鏟出，再在鑊內加蒜頭豆豉爆炒一些肉碎，倒下雞湯，勾個厚芡後淋下蛋液，把龍蝦回鑊便叫「龍蝦糊」，簡單古樸，味道奇美。若以中蝦代之，便稱「蝦龍糊」，美西的蟹，肉豐味鮮，中廚便創出蟹龍糊。

獻珠在美國很早便嚐過蝦龍糊，她在1983年出版的英文《漢饌》已經提供了一個食譜。[31]

粵菜的糊水（芡汁）通常以稀薄透明為勝，不容掩蓋主要

30　江獻珠：《家饌1》，香港：萬里機構‧飲食天地出版社，2010，〈甚麼是美式中菜？〉，第61-62頁；〈蝦龍糊〉，第63頁。

31　Pearl Kong Chen, Tien Chi Chen and Rose Tseng, Everything You Want to Know about Chinese Cooking,（Woodbury, N. Y.: Barrons Education Series），1983, Shrimp in Lobster Sauce, pp. 152-153.

作料；但在上述的華僑海鮮名饌裏糊水濃郁豐富，反而有點像粥，別有韻味，用來淘飯的確是不二之選，食客往往認為糊水愈多愈濃愈好，真可以説「醉翁之意不在酒，在乎龍、蝦、蟹之間也」。「之間」雖然看不見龍、蝦、蟹，卻有濃郁豐盛的「糊」。

在 1960 年代的波士頓更有一家懂得生意經的中國餐室居然供應完全不含海產的一大缽「龍蝦糊」作為小食，價錢不菲，讓食客用來淘飯，大快朵頤。

東莞蟹缽，似曾相識 [32]

1950 年代後期，獻珠在香港曾僱用一位東莞籍女傭棠姐，……她多時會弄一些鄉下菜，其中一味就是蒸蟹缽。她的做法非常簡單，買幾隻蟹「仔」，鹹水的也好，淡水的也好，洗淨斬成一件件，放在一隻深碟內，倒下一些豬肉碎和打散的雞蛋，加幾粒豆豉，調味後在飯面蒸熟，便成，完全沒有竅門。有時蟹仔有膏，味道更甘香，是價廉物美的家常下飯菜。……如果你不介意多花些錢，最超級的莫如用黃油蟹，黃油全流到蛋內，甘香豐腴，我真寧取蛋而捨蟹。黃油蟹季節短，用一般的肉蟹味道也十分鮮美哩！

看來東莞蟹缽與蝦龍糊，除了蟹、蝦有異之外，主要作料

32　江獻珠：《珠璣小館家常菜譜》，香港：萬里機構‧飲食天地出版社，
2004；〈蝦龍糊與東莞蟹缽〉，第 76-79 頁。

基本相同，很有可能是一脈相傳，也説不定。但兩者比較起來，東莞方面是加蛋蒸成的凝固體，波士頓方面是糊水煮出來的濃汁，可以説是「各有千秋」。蟹缽的汁已蒸成膠狀的燉蛋，味道固然鮮美，但用來下飯，相信還是加大量生粉炒出來、濃郁但仍是液態，無孔不入的「龍糊」較為實惠一些呢。

美西版本，淡寫輕描

獻珠和天機住在美國西岸，嚐到的蝦龍糊，往往與美東的版本迥然不同。大致上美西版本把這東岸華僑的發明，改成較似典型粵菜的「蝦炒芥蘭」，上面輕描淡寫地略灑濃厚的糊水，可是這道美東名饌本來不但沒有青菜，而且供應大量的糊水，主要目的是用來淘飯。在美西天機想起清初名士鄭板橋的警句：

難得糊塗（淘）。[33]

---

33 鄭燮（1693-1766），字板橋，善畫竹，是有名的「揚州八怪」之一。「難得糊塗」是他放在漿糊罐前的名句。粵語「塗、淘」同音。

7.5. 異鄉憑憶烹江饌：

舊夢重溫，取悅慈母。

恥居次等、遷地為良

獻珠的哥哥繩祖是航空工程師。他任職在新澤西州以家庭電器見稱的 RCA 公司，總覺得大材小用，活像二等公民。話說回來，其實 RCA 在美國航空工業的地位，也可說是二等公民，總拿不到重要的政府工程合約。

繩祖決定搬到美國飛機、太空工業的公認中心：南加州。他喜得當地四家大公司的招聘，在 1966 年舉家遷到南加州，[34] 任職兼顧民航、軍機的道格拉斯飛機公司，[35] 與天機、獻珠都在加州，一南一北。距離仍有 400 英里，但只需要一個鐘頭的民航飛機。

異域憶舊、味覺重溫

1970 年，醫生發現獻珠母親吳綺媛患了肺癌；那時開刀已經太遲，只能靠電療加上藥物抑制病情。她飛到北加州與獻珠、天機同住聖荷西新家，比較靠近著名的史丹福大學醫院；獻珠載她出入醫院多次，不以為苦。

34　Huntington Beach, California.

35　Douglas Aircraft Company，後來 1967 年重組為 McDonnell Douglas Corporation。1997 年終於被民航死對頭波音公司收購。

綺媛一生為了兒女，飽歷患難流離；她有一個值得安慰的記憶，是昔年在廣州河南大屋風光時期，嚐過的太史江家美食。乖女兒獻珠能做得出嗎？

獻珠小時是不許進廚房的，更根本沒有抓鍋鏟的機會。但她仍隱約記得起十歲前多次當眾背誦母親教過的古文後，得以嚐過的珍饈味道。獻珠面對新環境、新作料，設法複製記憶中的太史食譜，讓母親試嚐、批判，自己改良，再接再厲，居然頗有心得，增加了對自己能力的信心。

獻珠最難忘的，是作「太史戈渣（鍋炸）」的多次嘗試。她說：

> ……我試作她最懷念的「戈渣」多次都不如她意，總嫌脆而不嫩，卻又說不出所以然，我是照陳榮的戈渣食譜來做的，口感硬是不對。經過多番改良，纔得她認可，「太史戈渣」的製法，可說是由先母鑒定的。太史菜茸也是我為病中的母親而調製。

7.6. 慈母仙遊泣斷腸：

屢經患難，幸見兒女有成。

出身望族、屢歷坎坷

在 1972 年 10 月 6 日下午 12 時 10 分，獻珠的母親綺媛在史丹福大學醫院，人人都意料不到的安靜環境，在兩位腫瘤專科醫生照顧之下，無聲無息地離世了。獻珠、詩婉哭成兩個淚人兒。

綺媛出身望族，嫁入太史第後與夫婿聯袂留學美國，一時是眾人爭羨的理想夫婦。不料 1926 年回國後，家庭破裂。雖然得到家翁江太史倚重，她有丈夫等於無。

綺媛帶著兒女離開大家庭謀生，克勤克儉，加上國難，東遷西徙，生活顛簸。繩祖到重慶升學後，她更帶著獻珠在粵北逃難，飽歷辛勞、飢寒。幸而江太史名聲遠播，萍水相逢的朋友都敬重這太史媳婦的書香背景、大家風範，她們得以絕處逢生，多次化險為夷。二次大戰後她到美國與繩祖相聚後，才有比較寧靜舒適的生活。

總結綺媛一生，泰半勞碌，又屢為兒女的前景擔憂；當真安定享福的好日子委實太少了！獻珠在美國試做的太史菜，相信給了晚年的綺媛一點點難得的回憶、慰藉和溫暖。

7.7. 義煮報恩添義教：

紀念慈母，抗癌籌款。

抗癌籌款，義務烹調

　　無師自通的獻珠當時已在家裏開設了中菜烹飪課，用自學的心得和技巧教過好幾班華洋學生，除了入門烹飪外，還為聰敏的學生加開筵席班。

　　她決定藉著廚藝為美國抗癌會籌款，紀念亡母。[36] 好幾位志同道合、不辭勞苦的好學生，追隨獻珠義務「到會」：在鄰近人家設宴，頗有成績。

1974 年在聖荷西抗癌義教烹飪籌款的宣傳單張

36　American Cancer Society.

7.8. 立心四十入庖廚：

遲做勝於永遠不做。

　　獻珠檢討自己應該何去何從。她可以繼續學業，爭取商學博士學位，但婚後的獻珠對工商管理已興趣不再，反而烹飪娛親的工作喚醒了早年培養的味蕾，要她好好珍重、灌溉和發揚。獻珠雖已年過四十，但美國人說得好：「遲做」總比「永遠不做」好！[37]

　　一位年長的方伯伯是住在美西的中國退伍將軍。他善看相，說獻珠大器晚成，必有後福。獻珠半疑半信，後來居然應驗了。但她的後福並不在金錢和物質享受，而是在自己的滿足感，和社會對她一絲不苟、為中國飲食文化努力的評價。

黑市學徒，勤工善匿

　　1972 年，美國總統尼克遜訪華，中美復交，引起一股中國熱。正宗中國廚藝大受歡迎，取代了過去美國多數中菜餐室半雜碎式的烹調。

　　1973 年夏，獻珠子身回香港學師。當時九龍尖沙咀彌敦道有一家以午市茶點享有盛名的金冠酒樓。[38]獻珠的十七姑姐江畹英住在香港，是一位護士，每天替金冠酒樓的大廚黃堪師傅打

37　Better late than never.

38　已關閉多年。

糖尿針；她順便介紹獻珠與黃師傅相識，當他的「黑市」學徒，請他指點點心製作的選料、刀章和火候。每天放工後，大廚更教獻珠怎樣做為筵席特別供應的點心。

獻珠住在酒樓鄰近的一間酒店，清晨六時便踏著丹麥木屐橫過馬路上班。因為她是黑市學徒，每次老闆來巡時獻珠便要躲進洗手間。其實這學徒聰敏明快，一點便懂，而且為了爭取經驗，她任勞任怨，操作不倦；對老闆來說其實是無償的豐富禮物呢！

自發麵種，暢賣叉包

獻珠回美後對廚藝抱滿樂觀和信心。但從香港帶回的一大塊發酵用的「麵種」竟因保養不善而死去。她說：

> ……失望之餘，撫心自問：「是否就此算數了？」
>
> 當然不會算數。沒有了麵種，我去修習西式酸麵發麵法以資參考。[39] 又為了要多方試驗發麵食譜的可靠性，我在家裏索性賣起叉燒包來，賣了千多個叉燒包纔把食譜寫好。……

獻珠又竟然將酒家大得驚人的食材份量削減，應付現代小

39　Sour dough making，與中式的麵種發麵法大同小異。Sourdough starter 就是中菜的麵種。

家庭的要求。她的筆記經過心得、修訂，成為多年後的一本暢銷專書。[40]

芬蘭剪刀，學生必備

獻珠在家開班教中國烹飪，吸引了不少背景不同的成年學生。她也在聖荷西市成人教育中心擔任夜校中菜教師，正式在課堂一試口才。[41]

學生 Andy Anderson 在聖荷西成人教育中心接手教中菜三十多年

獻珠的多年朋友張蘊禮是加州大學柏克萊校址家政學博士，[42] 在 1970 年代，蘊禮擔當聖荷西加州州立大學的家政系主

40　《中國點心製作圖解》，香港：萬里機構·飲食天地出版社，1994。獻珠感謝金冠酒樓麥、張、黃三位大廚師，和在廣州荔枝灣泮溪酒家的「點心狀元」羅坤師傅的指導。

41　成人教育中心主持人是 Mary Little，見第 11 章第 11.8 節：「美西儀式，不速佳客」。

42　英名 Rose Tseng。

任，新開了兩門課：「烹飪計劃——中國菜」，邀請獻珠同教。

獻珠後來更到 40 英里外，大學程度的臥龍里學院夜校施教。[43] 從 1974 年起，她又在家中增開點心班，一邊教一邊執筆寫下食譜。經過五年時間，中國點心食譜的英文手稿稍具雛形，獻珠的英文食譜《漢饌》那時已被紐約州的拜倫氏公司接受，她便將英文中國點心食譜也交給同一公司出版；不料後來公司擔心銷路，打退堂鼓，取消合約。獻珠結果又將中國點心食譜譯成中文，改由香港萬里機構出版，可惜中間竟然耽誤了十多年。

獻珠發現天機從北歐帶回來的芬蘭曲鋒剪刀，[44] 用來剪雞

1974 年在聖荷西州立大學教烹飪宣傳單張

43　Ohlone College, Fremont, California. Ohlone 是從前居住當地的一個小印第安族。

44　芬蘭名廠 Fiskars 公司出品。

骨得心應手，非常方便。她便代學生定購這北歐生產的廚具，作為中華烹飪班的必備品。中國式的長方菜刀反而少用了。

為了在家施教，她索性改建了家中廚房，在電灶後加置一長塊玻璃鏡，讓學生可以從鐵鍋背後把烹飪過程看得一清二楚。她又在廚房一角裝設了粵式煤氣大火灶，好讓學生一嚐中國粵菜大酒家的「鑊氣」。

氣氛輕鬆，嘻嘻哈哈

獻珠的家庭班從來沒有公開招生，初班大致上是由朋友介紹；後來的新生全靠舊生的口碑。學生大都是職業男女和他們的親友，除了一批華僑之外，更來自不同國家。天機當時在IBM 公司聖荷西研究所任職；來研究所進修的德國 IBM 專業人士的家眷更是穩定的學生來源。

獻珠的家庭教授方式視學生而定。上課時氣氛輕鬆，嘻嘻哈哈。在示範、鼓勵、實習之下，學生無論國籍、背景，對中華廚藝都得到相當的掌握和自信，雖然仍未必能把握使用筷子的技術。

獻珠早期的中國學生最出色的一位是牙醫沈大陸的太太沈楊世芬。[45] 她在上完課程之後燒了一席「謝師宴」創了一味「脆炸百花蝦球」，[46] 賣相奇佳，席上人人都讚好，只是稍為太大，

45　沈大陸：Douglas Shen；沈楊世芬：Joyce Shen。

46　蝦膠團蘸上麵包小方塊，放進油鍋炸脆形成兩吋直徑的球。

重了些，不易用筷子夾食。[47]

雀巢博士，同學結緣

還有世界知名雀巢食品公司的一位瑞士籍高級職員——昂喜·狄倫博士；[48] 他來自公司瑞士總部，當時與史丹福大學的雙重諾貝爾得獎人鮑林（Linus Pauling）合作，[49] 研究落後地區的營養問題。

昂喜上過蘊禮、獻珠在加州大學的兩門課後，意猶未盡，又和柬埔寨女華僑杜一珍（Jeanne）一同加入一個獻珠特設的中國筵席課。兩位都懂法文，而且在飲食、營養方面志同道合，後來便索性「拉埋天窗」，締結良緣，成為夫婦了。

他們回瑞士居住後生了一個絕頂聰明的女兒；這天才女兒後來當了醫生。三十多年來天機、獻珠一直與他們經常來往，1984 年還到瑞士在他們家小住，和他們一齊享用「世紀廚師」Fredy Giradet 的天才廚藝。[50]

47　其他好學生包括 Melissa Yau、Frank Mauer、Edna Hanson、Grace Okasaka、Andy Anderson、劉華安（Anne Liu）、Marlene Louie、Diane Stevens、Jackie Torres、Andy Anderson、Pat Concklin、Belinda Chan、Yee Wong、Jeannie Hsu。

48　Dr. Henri Dirren，營養學博士。

49　諾貝爾化學獎，1954；諾貝爾和平獎，1962。

50　請閱第 10 章第 10.5 節。

第八章

有經無譜，喜遇明師

(1973-1979)

8.1. 《食經》指引開茅塞：

這書指出「為甚麼」，但少談細節的「怎樣做」。

有經無譜，啟迪開竅

60 年代末期，獻珠對中華廚藝仍在探索階段。她偶遊舊金山唐人街舊書攤，買得殘破的《食經》數小冊，如獲至寶，愛不釋手，後來又再購入了全套十冊。

《食經》的主力在清楚寫出「為甚麼」，而細節的「怎樣做」卻幾乎完全欠奉，謂之「冇譜」也不為過。[1]《食經》作者自己也寫道：

> 如果有讀者以為讀了《食經》，跟足去做就可以弄出好菜，那你就會失望了。我講的是做個菜的道理。……我不是在講幾匙油幾匙鹽，是講為甚麼要放油放鹽。

---

1 粵語俗話，「冇譜」通常的意思是「雜亂無章」。

但獻珠那時當真需要的，正是「為甚麼」的指引。獻珠説：[2]

> ……書內的食經是一篇篇短文章，説出某一道菜，用甚麼作料，怎樣纔能做得好，為甚麼要這樣做，多時還會加插這道菜的來龍去脈，但從不詳細列明火候和份量。我開始先挑些比較簡單的家庭菜式，照著書內的提示試做，然後由淺入深，成績不錯，如是數年，燒菜大覺進步，而且興趣甚濃，殊不知這位啞老師為何許人也。

作者自稱「特級校對」。他究竟姓甚名誰？是何方人物？怎樣出身？獻珠百思不得其解，也無從探問。

8.2. 豈料明師現眼前：
踏破鐵鞋無覓處，得來全不費工夫

特級校對，席上眼前

經過幾年後，獻珠自學的廚藝已大有進步；獻珠更用義教、

2　本章獻珠本人的敍述見特級校對《食經》原著，江獻珠撰譜：《傳統粵菜精華錄》，香港：萬里機構・飲食天地出版社，2005：xviii-xxii 頁〈特級校對和我〉一文。全書懷舊篇（46-136 頁）更有本章講及的名菜食譜。

義煮，為美國抗癌會籌款，紀念在 1972 年去世的母親。[3]

1974 年，住在聖荷西的好友周張麗芳請獻珠義煮「到會」，在家燒一圍菜款客，也請獻珠本人列席。席上一位「聲如洪鐘，高談闊論，雙目炯炯有神的老者」，原來竟然是《食經》的作者，獻珠心儀已久的特級校對！

特級校對真名陳夢因，曾任香港《星島日報》的總編輯。當時他已退休來美，住在加州灣區，在舊金山對岸的阿拉米達市，[4] 距離天機、獻珠在聖荷西的家約 50 英里，只需一小時的汽車路程！[5]

家貧輟學，專訪成名

陳夢因是廣東中山縣人，1910 年生在澳門窮家，小學還未畢業時便因父喪被迫輟讀。但他自學不倦，做過排字工人，輾轉在廣州打進新聞行業，成為專業記者。1933 年，陳夢因秘密專訪路過香港的日本關東軍特務頭子土肥原賢二，立時蜚聲中國新聞界。

1936 年末，甘為日本作倀的偽軍進佔綏遠北部的重鎮百靈廟，國軍在綏遠省主席兼第七集團軍總司令傅作義指揮下大敗偽軍，一舉收復了百靈廟，舉國振奮，為後來在蘆溝橋開火的

3　請看第 7 章第 7.7 節。

4　Alameda, California.

5　聖荷西：San Jose, California. 其實天機、獻珠都喜歡譯作略有畫意的「山河西」。

全面抗戰奠定了心理基礎。陳夢因北上綏遠，訪問抗敵大捷的國軍和當地半獨立的蒙古王公，記錄了傅作義將軍攻佔百靈廟的戰役。

陳夢因在綏遠取得了兩大收穫：他執筆的《綏遠紀行》是當時罕有的戰爭報道文學典範；更重要的是，他認識了從上海北上勞軍的滬江大學年輕女學生余瑞芳。後來兩人在香港重遇，志同道合，喜締良緣，結為夫婦。

《食經》十集，畫龍點睛

抗日戰後，陳夢因在香港《星島日報》升任總編輯，每天都要檢閱全報草稿，決定取捨、增減、編排，更修正筆誤，他便謙號自己為「特級校對」。

陳夢因更用「大天二」的筆名在《星島日報》寫「波經」，[6]報道香港足球比賽過程、個人評估和幕後情報，極受球迷讀者歡迎。

陳夢因本人想像力強，舌感敏銳，文筆利落。他走遍大江南北，廣食博聞，的確是罕見的美食家。1951 年，特級校對在《星島日報》副刊開闢了餅乾方塊飲食專欄「食經」，報道日常飲食的趣事，自己對飲食的心得，發揮對美食的要求，和筵

6　粵語黑社會頭子。正牌的大天二本來是中山縣的綠林首領，陳夢因深入虎穴，曉以大義，他竟然改邪歸正、接受招安。這名字現在泛指土匪頭子。陳夢因也採用了「大天二」的筆名，大概因為他自詡擁有天不怕地不怕，有話便講，冒犯名人在所不計的硬漢性格。

席菜餚的配搭。更重要的是：他點出美食「行家」輩往往心知
肚明，但通常自己悟出，而不寫給別人看的「為甚麼？」秘笈。
這些文章後來被輯印成薄薄的十集《食經》；這十集正是獻珠
發現、珍愛的至寶。

毛遂自薦，弟子廿年

　　認識特級校對後不久，獻珠便毛遂自薦，願拜他為師。陳
夢因欣然答允，但從不以老師自稱。獻珠依著特級校對的三兒
兩女，尊稱他做「亞爸」，也尊稱他溫柔敦厚，和藹可親的夫
人做「老媽子」。

　　獻珠於暮年選擇飲食寫作做畢生職業；在她自學烹飪的歷
程中對她影響最深遠的正是老師陳夢因。他雖然不是甚麼名廚，
也不肯自詡為食家，但他對獻珠講過的話，無論做人處事的原
則或烹調之道，獻珠引為寶鑒，從未稍忘。

　　獻珠做了「亞爸」的弟子前後 23 年。她說：

　　　　我……一有暇便登門造訪求教，多年的啞老師便成為
　　我的活老師。這位老師從不親手示範，也不注重細節，但
　　一說起要做好某一個菜，他的話題真多，有時不厭其煩，
　　說了又說。

　　　　……只要跟貼老師的標準，我便能做出我小時家中飯
　　桌上的好菜。他口味挑剔，主意多多，要求又高，在他先
　　貶後褒的指導下，我慢慢能體會他的苦心，悟出他的意念。

獻珠的「亞爸」——「特級校對」陳夢因與「老媽子」陳余瑞芳。

老師並不是在廚房中或在課堂上的那種老師，就算日常言談間，都蘊含教誨，雖然他的措詞有時流於苛刻，我也絕不介意，默默從中得益。

亞爸的二公子紀臨後來寫道：

江獻珠是個執著而認真的學生，而我父親是個率性的「大天二」，批評江獻珠絕不留面子。記得有一次，江獻珠「落足心機」準備了幾天，做了一席菜請我父母親，飯後請父親點評，誰知父親指出了幾處菜式的不足，記得其中一條是指她在同一席的不同菜式中，用了兩次青豆，父親認為這樣配材料是犯了大忌。誰知父親話未落音，卻見江獻珠眼淚湧出，哭了起來，嚇得家母慌忙打圓場。江獻珠深明嚴師出高徒的道理，之後仍堅持不斷地討教「等罵」，執弟子之禮，從未間斷，直至97年父親去世。

慎勿忘記，一粒蒜頭

香港一位葉姓高級警官是獻珠好友伍紓的親戚。他退休後移民加拿大溫哥華，開了一家小店「漢記」，生產正宗的廣東餛飩生麵，極受北美華僑歡迎，其門如市。獻珠和學生經常合份向溫哥華訂購整批生麵，空運來加州分發。

有一天陳夢因要獻珠採用這難得的好食材做廣式雲吞麵。

她不敢怠慢，精心炮製。亞爸嚐後說：[7]

> ……雲吞做對了，夠爽。湯也做對了，碗底的豬油和
> 韭黃都有了，只是你煉豬油時忘記下一粒蒜頭。

特級校對的敏銳舌頭，和一絲不苟的批評作風，可見一斑。

蛋中尋骨，方是良師

讀者也許認為亞爸太過苛刻，簡直是在雞蛋裏挑骨頭。但不苟的批評，修正的方向，正是獻珠最需要師傅指點的地方。

亞爸的授徒作風與《食經》一貫，通常只講大體；獻珠仍須自己悟出細節。幸喜若她當真做對了，亞爸也不吝公開讚賞，與獻珠祖父江太史只罵不讚的作風，簡直有雲泥之別。

獻珠雖然是他親自督導出來的唯一弟子，但他對獻珠全心從事撰寫食譜的事，卻大不以為然。他還「賜」給這群教烹飪、寫食譜之輩一個很不客氣的外號：「食譜師奶」。

7　江獻珠，《我食我思》，香港：萬里機構‧飲食天地出版社，2005，第70-71頁。

8.3. 獅子餐單開大口：

民初四饌，一網打盡。

四大酒家，一網打盡[8]

亞爸認為獻珠在美西籌款紀念自己母親的義宴，味道固然不錯，但只供應家常菜式，獻珠的操勞固然有目共睹，可惜所得的善款有限，正是事倍功半，委實太不值得了！不若飛躍大大一步：回到 1930 年左右、飲食黃金時代，至今依然膾炙人口的老廣州，將當時四大酒家名菜，一網打盡。[9]

他寫出一席的餐單：

四熱葷： 太史鍋炸

官燕竹笙

鳳城蠔鬆

江南百花雞（文園酒家）

湯： 太史菠菜茸羹

四大菜： 紅燒包翅（改自大三元酒家的紅燒大裙翅）

---

8 獻珠這平步青雲的經歷，見江獻珠：〈特級校對和我〉一文，載在特級校對、江獻珠：《傳統粵菜精華錄》，香港：萬里機構·飲食天地出版社，2005；第 xviii-xxii 頁。特級校對菜單由江獻珠撰著的食譜載在同書〈懷舊篇〉46-136 頁。

9 關於四大酒家名菜的報道已見本書第 2 章第 2.1 節。

蠔汁鮑脯（改自南園酒家的紅燒大網鮑片）

鼎湖上素（西園酒家）

珧柱蒜脯

甜羹： 杏汁太極露

點心： 迷你蛋撻

棗泥酥盒

好一個「獅子大開口」，把獻珠嚇呆了！

亞爸開單約半個世紀前，在民國初年，廣州著名的四大酒家各有一味獨步珍饈，當時共佔風騷，互不相讓；同席出現，確是聞所未聞，而且獻珠不但要一手包辦，更要添上自己祖父江太史的名饌！

但亞爸認為獻珠本人其實擁有足夠的天份，只要她肯下苦功，在短期內便可臻達大師的境界，繼承祖父的家風了。

關於四大酒家四大名菜，當時找得到的的記載只有掌故家呂大呂的區區六頁短文。短文作者肯定不是職業廚師，相信也根本沒有機會嚐這些名饌。他只根據道聽途說，介紹每道名菜傳聞的特色只有寥寥數句，更完全沒有談到烹調的步驟細節。

獻珠只好把這四道難題，作為老師定下的學術論文：「已知作料，求最佳烹調方法」。她放膽猜測，嘗試下廚烹調，也在一般的到會席上嘗試供應，讓食客（包括味覺超凡的亞爸）品味，評估得失，從而悟出可能改進之方。獻珠說：

……一席這樣的高檔菜，資深廚師尚且不易為，何況我只有一人之力！但特級前輩以為事非不可為，視乎有否決心而已。於是我便開始搜集資料……逐道代表菜加以研究練習，然後分別在一般的到會筵席上試驗。

　　燒菜當然要講經驗，但耐力和勇氣也很重要。如果當時沒有夢因先生的支持和鼓勵，我燒的菜不過爾爾，不會更進一步。他只訂菜單，並沒有當年真動手教我怎樣做，不過每一道菜的標準他倒說得一清二楚。例如炒蠔豉鬆，要求切工精細，每種作料要切得粒粒均勻，炒時按作料的性質分先後下鑊，用油要適量，碟底不能留油，連包（蠔）鬆的生菜，每片都要大小相同，盛器也應與菜饌配合，如何達到這標準，那就是我的事了。幸而第一次試菜他便大加讚賞，以後這道菜便成了我的招牌菜。

8.4. 東籌西措食材先：

時空暌隔，作料難尋。

金山鈎翅、吉品上鮑

　　我們且回到高檔菜席的探索過程。首先要解決的，是作料問題。民初（約 1925 年）的廣州，不同於在 50 年後（約 1975 年）、6,000 英里外的美國加州，要搜集需要的食材，談

何容易！

亞爸雖然是獻珠的師父，但並不高高在上，發施號令；他反而自告奮勇，親力親為，購買、挑選海味。獻珠說：[10]

夢因先生……專程往華埠為我買了一大箱金山勾翅細心教我挑選，……本來廣州「大三元」酒家用的是裙翅，他覺得成本太重……決定改用九寸勾翅。[11]從浸發、上笪、煮軟、煨、蒸、到推芡全套步驟，他老人家都從旁一一指導，使我獲益不淺。南園的大網鮑亦因成本而改用吉品鮑。[12]除了太史菜我可以自行斟酌，其他的菜完全經他老人家逐一品嚐。他味覺特別敏銳，菜饌的調味和質地（口感）稍有失誤，即被他試出，挑剔之處，……難以忍受，現在想來，若非當年有他的督導，我燒菜決沒有今天的把握。

鼎湖上素的作料包括「三菇六耳」：

三菇：冬菇、草菇、蘑菇；
六耳：雪耳、黃耳、榆耳、木耳、石耳、桂花耳。

---

10 特級校對、江獻珠：《傳統粵菜精華錄》，香港：萬里機構・飲食天地出版社，2005。

11 裙翅（鯊魚的臀鰭）是翅的上品，如裙形，長在後腹；鈎翅（鯊魚胸鰭）是第二品，長在兩邊。

12 網鮑、吉品鮑、窩麻鮑都來自日本，產地不同。網鮑最大、最貴；今日吉品鮑次之，窩麻鮑又次之。

這些都是乾貨。亞爸認為冬菇非肉厚香濃的南雄北菇不可。蘑菇也必要華北張家口的特產。石耳和桂花耳已經非常難找，獻珠自己在美國到處張羅，勉強足夠應付當時的需要，今天甚至在香港市面上也已經絕跡了。

8.5. 騰空百試終酬願：
苦練成功，卓然應手。

馬步切鮑，舉手不回

獻珠自學紅燒鮑脯，發覺最難的地方是橫削鮑魚薄片；鮑魚煮熟後黏刀，要每片切前將刀先行抹油。天機看她做時先像華夏武林高手，擺出「馬步」，鄭重其事，全神貫注。而且要如國手下棋，「舉手不回」，一刀了斷，方能達到每片薄薄如紙的完美境界。

鼎湖算「素」，江南「走」雞 [13]

廣東肇慶有鼎湖山，山上有一座慶雲寺，據說自明末南明永曆年間（1623-1662）慶雲寺已有清嫩滑爽的「鼎湖上素」名

13　粵廚俗語「走」意思是「不用」。另又「走雞」粵語意云「沒有（機會）了」。

饌。[14] 廣州西園的鼎湖上素，靈感可能果然來自這古剎，但卻是用葷上湯煮成的，稱它為「鼎湖算素（數）」也不無道理呢。三菇六耳和竹笙等不同作料都要分別清洗、分別烹調，讓它們保存各自的特有風味，然後合煮奉客。

廣州四大名菜之中，最匪夷所思、妙想天開的是江南百花雞。原來這道名菜完全不用雞肉。它只是雞皮包住的百花膠，[15] 但重整得恰似好像一隻蒸熟、斬件砌好的全雞。實際上這名菜本身的「雞」在廚房早已不脛而「走」掉了。

獻珠的江南百花雞

---

14 見《百度百科》「鼎湖上素」條，2014-11-23。
15 百花膠是海蝦肉和碎肥豬肉打成的肉醬，熟後凝固，色澤粉紅，爽滑可口。

試做江南百花雞時出現了一個當初想像不到的問題，幸好獻珠自己想出了圓滿解救之方。

　　許多年後，獻珠在澳門演講飲食烹調。有一位當廚師的觀眾發問：怎樣可以才能使百花膠黏住雞皮不放？

2005 年澳門粵菜文化 100 年紀念會；圖中右至左：Yuka（楊耀強）、細 Winnie（徐穎怡）、獻珠與天機。

　　問得真好。顯然這位觀眾自己試過、失敗，才有此問。因為煮時部份作料放出氣體，把雞皮推離裏面的百花膠。幸好獻珠已做這道菜多次，而且早已寫出心得。秘訣是在蒸前先用鋼針在生雞皮上遍刺小孔，好讓煮時生出的氣體自動洩去。而雞皮熟時小孔會自動封閉，看起來仍是天生完整的一大塊。

悟出這些小動作，要有足夠的想像能力和實際烹調多道佳饌的經驗。

8.6. 美膳民初再見天：

半世紀後，七千英里外的創舉。

四大名菜，重見日天

經過幾個月的苦練嘗試後，獻珠也覺得自己的廚藝果然精進了。亞爸更負責宣傳，表揚廣東四大名菜，但因為上等鮑魚來源不太穩定，他們終於決定取消南園鮑脯。

她說：

到我操練可以上陣了，他為我定價每位一百（美）元，又在報上為文介紹這席菜的源流。那時較佳的翅席，每席不超過一百元。雖說是籌款，我也擔心乏人問津。但他堅信菜單的內容一定會引起美食者的興趣，不必多慮。結果屋崙賣了一席，聖荷西兩席，洛杉磯兩席。我和幾位學生，跋涉五百英里，到會去也。

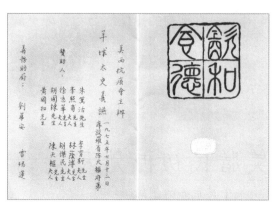

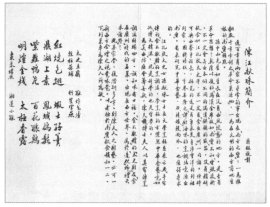

特級校對為江獻珠義煮籌款寫出的餐單，和在洛杉磯義煮的食客名單。

第一次到會是遠在 400 英里外，在洛杉磯天機哥哥天樞的家。[16]當地權威日報《洛杉磯時報》飲食專欄的名女記者 Lois

---

16 天樞是機械工程師，當時在北美洛維爾（North American Rockwell）公司任職，參加太空艙設計。當時幫忙獻珠的有 Marlene Lui，劉華安兩位好學生。

Dawn 居然也列席；她餐後在洛杉磯時報上執筆大讚一番，[17] 為獻珠打了一劑強心針。

這位食家特別欣賞獻珠的紅燒包翅，[18] 認為她的太史豆腐提升豆腐這低廉作料到美食層次。她更大力褒揚獻珠「不可思議」的太史鍋炸，認為只稱它為區區的「炸湯」便委屈了這道美饌了。[19] 她也讚賞兼備酸、甜、辣、鹹四種味道的「薑芽鴨脯」。

獻珠在同一席上推出民初各自標奇立異的美饌，更加上江家全盛時代，廣州食壇爭相模仿的「太史」名菜。這的確是華南食壇前所未有的偉舉。陳夢因慧眼看出獻珠的潛質，耐心引導她，在短短幾個月的苦練下，踏入「粵菜烹飪大師」的境界。「亞爸」的確是背後推動、沉默的英雄。

那時獻珠已當了三年義教義煮，而且早晚都要到數十英里外的臥龍里學院任教，[20] 若如此繼續下去，實在支持不住，她在義煮大菜四席後便光榮結束了義宴籌款計劃。

但她經過幾個月苦練名饌之後，得到一個非常寶貴的經驗。此後繁複的烹調工作，往往難不倒獻珠。她通常嚐過陌生的食物後，便能立即猜出製法，或只要問一句話：「是否……如此這般？」只需對方説：「是」或「否」。

---

17 Roundabout 欄，by Lois Dawn, Los Angeles Times. Sunday, July 27, 1975, page76, 78.
18 這是獻珠的紅燒包翅，仿效廣州半世紀十三元酒家的紅燒大裙翅；見本章第8.3節。
19 她用的英文形容詞是「incredible」。
20 Ohlone College, Fremont, California. 每星期授課四天。

獻珠並沒有自我宣傳,大力張揚這「不世之功」。在「亞爸」去世後,她才借用詮釋《食經》的形式,正式公開她當時苦練下悟出的名饌食譜。[21] 獻珠也說:

> ……他是長輩又是老師。若非當年有他的督導,我燒菜決沒有今日的把握。在「亞爸」刻意挑剔之下,無形中養成我精益求精的心態。年復一年,「亞爸」的美食觀念牢固地在我心中扎根,凡是奉客的,絕不敢有所怠慢。我教女兒燒菜要加意,不可馬虎偷工,她常頂撞我說:「又不是亞爸來喫飯!」

廿載教誨,終身難忘

獻珠與天機在 1979 年遷到香港中文大學,但每夏仍回美西兩個月,每次都設法與「亞爸」見面。「亞爸」也常親到香港,與舊友和獻珠品評粵菜的走向。

獻珠拜師二十三年後,「亞爸」與癌病搏鬥九個月,1997年 10 月 21 日在美西逝世,終年 87 歲。獻珠寫道:[22]

> 我與特級校對廿多年的交誼,以癌始,亦以癌終,實

---

21 這席主要的名菜食譜載在特級校對《食經》原著,江獻珠撰譜:《傳統粵菜精華錄》,香港:萬里機構‧飲食天地出版版社,2005。〈懷舊篇〉,第46-134 頁。

22 見江獻珠:〈特級校對和我〉,載在《傳統粵菜精華錄》,第 xviii-xxii 頁。

始料不及！

　　……若非當年有他的督導，我燒菜決沒有今日的把握。……在「亞爸」刻意挑剔之下，無形中養成我精益求精的心態。年復一年，「亞爸」的美食觀念牢固地在我心中扎根，凡是奉客的，絕不敢有所怠慢。

　　……廿多年來「亞爸」與我，情逾師徒，親若父女。雖然「亞爸」不會再來喫飯，但他在我的心中仍是那位既教又罵的好老師，既嚴厲又慈祥，可敬可愛的老人家。

　　獻珠的確找對了師父，同樣特級校對也找對了唯一的徒弟。兩人相得益彰。沒有師父，獻珠只是中上級的小聰明廚娘；沒有獻珠，師父在飲食抱負的實踐也只限於《食經》半空泛的理論而已。[23]

加州結緣，飲食同道

　　獻珠在加州以飲食結緣，也交了好幾位「志同道合」的好友。主要的是在三藩市主持華廚訓練班多年的梁祥；中學化學教師出身，移民美國後被迫改行，成為三藩市公認的名廚師黃燊培；[24]1950 年代香港名詩人、前美國外交官、改任中菜食評

23　請參閱第 12 章第 12.2 節。

24　曾被舊金山市表揚，將一天定為「黃燊培日」。 他家中有兩隻並列大鐵鑊，與粵式大餐館無異。他曾在家用這兩大鐵鑊向電影諧星 Danny Kay 傳授粵菜的鑊氣秘笈。

家的馬朗；和中西兼通，屢有創舉的少壯派廚師衛志華。

獻珠在加州以飲食結緣，從左起：前排梁祥、黃燊培、獻珠、天機；後排馬朗、
衛志華。

1995 年獻珠回美後在
三藩市中菜研究會演講

8.7. 漢饌大全英語譜：

獻珠第一本中國烹飪書竟是用英文寫的。

英文著作，漢饌全書

獻珠把在美國教學的心得，寫成筆記，也積聚了幾百個英文食譜，在每食譜裏她清晰列明菜餚的特色，作料分別的預備處理，調味料的分類、次序，烹前的準備，烹飪的步驟、過程、觀察、應變之方。這種寫法與過往粗枝大葉、語焉不詳的中文食譜成鮮明的對比。這也許正是亞爸不屑做的「食譜師奶」細節工作罷？

但學生、讀者往往需要按部就班的指點，萬無一失的保證。膽粗的固然能夠自己作主、跨越細節；但萬一出現差錯時仍可以亡羊補牢，細讀重做。

她決定在美國出版她的英文食譜書《漢饌》，並得到天機寫漢饌歷史和中國地方飲食派系、張蘊禮寫中國飲食與養生。但三位作者對美國出版界都幾乎完全沒有接觸經驗，只好看報上招收書稿的廣告，盲目放矢。

幸喜《漢饌》竟然獲得一位出版經紀荷維芝女士的青睞和支持。[25] 她看過書稿後，認為這是不可多得的傑作，而且找到紐約州的拜倫氏公司允代出版。[26] 從接受合約到正式出版，獻珠經

25　Adele Horwitz，她是作者與出版商間的自由經紀，若新書成功出版則領佣金。

26　Barron's Education Services, Inc., Woodbury, New York.

過了好幾年的書信往來、修改，和拜倫氏公司編輯伯格利的英文潤色。[27]

拜倫氏鄭重其事，請獻珠、天機飛到紐約最著名的大酒店小住，[28] 以便「監製」；由攝影名家拍攝彩圖。甚至瓷器碗碟的選擇也絕不怠慢，它們產自法國 Limoge 名廠，每天租金竟要 800 美元。

獻珠認為書商拜倫氏固然滿懷善意，但飲食不同死物，攝影時不能慢條斯理行事，例如剛出爐的美食，熱騰騰冒煙多汁；攝影時要捕捉「活」的一面，不容冷乾變形；她提出諸多意見，後來都幸蒙接納。

這一本書終於在 1983 年面世，厚厚的 504 頁，定價美金 $19.95。拜倫氏以英文命名為：《你想知道關於中國烹飪的一切》，也許可以意譯作《漢饌大全》罷？[29]

好一個膽粗的名字！但當時相信沒有一本更像漢饌百科全書的英文作品。

《漢饌》出版時（1983）天機、獻珠夫婦早已移駐香港中文大學，天機也已擔任了中文大學聯合書院的院長職務了。

27　Carole Berglie.

28　Hotel Waldorf Astoria.

29　Pearl Kong Chen, Tien Chi Chen and Rose Y. L. Tseng, Everything You Want to Know about Chinese Cooking,（Woodbury, N. Y.；　Barron's 1983）.

獻珠與天機一起回味《漢饌》

珠璣小館，專欄開端

1978年夏，天機到上海交通大學教電算機原理短課一個月，與獻珠同行，路經香港[30]。獻珠後來說：

30　江獻珠：《珠璣小館飲食文集》（共五冊），香港：萬里機構‧飲食天地出版社，2005。第 5-6 頁（序）。

……值《飲食世界》雜誌籌組的「香港第一屆美食大賽」正要舉行，為了索取入場券，認識了雜誌的主編梁玳寧女士，蒙她一力約稿，回美後便開始作初次嘗試。我那時只是個教中菜的老師，從來沒有寫飲食文章的經驗，起初很膽怯，後來獲前輩特級校對陳夢因先生的鼓勵，他也開了一個專欄，每月陪我一起寫。外子陳天機偶然也來湊興，於是便有〈珠璣小館飲食隨筆〉一欄的誕生。

外子生在職業人家，缺乏家庭飲食薰陶，而且老早便留學就業於美國，中菜的飲啖經驗極其有限。幸喜他讀好了書，入了當時最吃香的電腦公司作研究，常到外國公幹或講學，接觸了很多不同的飲食文化，品嚐了不同民族的食制，而且他是個如假包換的書獸子，見書便讀，這麼一來，既閱且歷，自有他對飲食的見解。在飲食酬酢的場合，每有人稱他做「江先生」，他也不以為忤。79 年他開始回香港教書，每年夏天回美歇暑，對中西飲食文化的差異，別有一番體會。

「珠璣小館」也者，江獻珠、陳天機的小廚房是也。我們取了兩人名字的中最後一字作館名，本應為「珠機」，但我們的祖先都是在南宋時從粵北南雄珠璣巷避難散居廣東沿岸的難民，選了「珠璣」為名，略可代表我們廣東人的身份。

……整體來說，每月一篇約四千字的飲食文章成了一個好的習慣，使我不能不留心一切與飲食此刻有關的事情。

在過去漫長的日子，由於不停的閱讀和親身的經歷，塑造了現在的我。

上文寫在在 2005 年。〈珠璣小館飲食隨筆〉最初面世在香港的《飲食世界》雜誌（1978），後來移師到《飲食天地》雜誌，寫至 1988 年雜誌停刊為止。[31]

8.8. 硬僵制度怨連篇：

盲目追隨管制教條引起的消極無奈。

大陸管制，有心無術

1978 年，天機在上海交通大學講授電算機原理六週。期間與獻珠入住有名的錦江飯店。

他們也短暫訪問了杭州、西安和北京。

所見所聞使獻珠與天機搖頭太息：計劃生產的錯失、食材供求的脫節、運輸的障礙、尤其是工酬的管制、大大阻滯了中華美食傳統的延續，更講不起發揚了。例如在上海以廣東菜久享盛名的新亞飯店竟然沒有蠔油奉客！

政府從蘇聯老大哥引進的計劃經濟制度，相信大大低估了

31　再後來她每週為《飲食男女》雜誌撰稿十年。見第 11 章第 11.4 節。

多層管制工作本身的成本，也大大高估了政府全面推行、不容錯失的能耐。這些問題可以用新出的電算技術解決，至少輕減；但當時蘇聯的電算技術落後於美國至少十年，中國跟著蘇聯老大哥馬首是瞻，便更加追不上了。

當時大陸飲食行業除了極少數超級廚師之外，有句消極、無奈的口頭禪：「做也三十六，不做也三十六。」[32] 工資與成績不成比例，使人得過且過，無心上進。幸而有不少廚師，謹守崗位，更薪火相傳，教出極少數追求理想、不計酬勞的下一代。我們應該感謝這些只問良心、力求貢獻的沉默英雄；但相信不少過去飲食的優良傳統，已被缺乏競爭的環境淡化，甚至淘汰了。

資訊流通的閉塞也阻滯了知識的交流。天機、獻珠在杭州餐後曾與廚師會談，讓他們自由發問；第一個問題竟然是

甚麼是漢堡包？

幸喜正在那一年（1978），鄧小平、胡耀邦和趙紫陽已開始提倡改革開放，[33] 這些令人苦笑的故事現在業已全面消失。中國矯正了許許多多過去的閉塞、謬誤、冤枉；在 21 世紀已經拋離日本，躍升為全球第二大經濟體，僅次於美國了。

32　月薪人民幣 36 元。

33　對內改革，對外開放。主要提倡的人是中共中央副主席鄧小平、總書記胡耀邦和總理趙紫陽。

第九章

舊地新職，飲食結緣

（1979-1983）

9.1. 舊地重遊新路向：

回到久違的香港，找到人生的新方向。

散文名家，邀執教席

陳之藩是白話文運動先鋒胡適的非正式徒弟，著名的散文作家；他的清麗作品《旅美小簡》、《在春風裏》和《劍河倒影》幾十年來都是中國大陸以外中國知識青年的重要精神食糧。

但世人未必知道，這位散文作家也是出色的電機工程師。他在美國賓州大學取得碩士學位後，到英國劍橋大學進修兩年，便輕易地取得博士學位（1971）。（他笑說自己交上碩士論文，但劍橋大學說那篇文章已值得博士學位了。）後來他在美國休士頓大學任教，天機得摯友：休士頓大學電算系主任金廣初介紹，[1] 結識了這位風趣過人、不拘小節的學者。

1977 年，陳之藩離開美國，進駐香港中文大學，擔任電子

1　Professor Willis King, University of Houston, Houston, Texas. 後來他也榮任美國電工學會電算會總裁（President, IEEE Computer Society）。

系主任。兩年後他邀請天機到系任教一年。天機取得 IBM 公司特准，在這一年內照常支 IBM 的薪水。大學當然樂得有這位免費的訪問教授。

香港對天機和獻珠絕不陌生：1938-41 年，獻珠、天機都在香港讀中學，學業被侵略的日軍打斷。戰後 16 年間，香港在重新掌權的英政府治下消化了難民潮，把當初的巨大行政包袱，轉化為建設新香港的人力資源。

港府最影響兩人的德政，是中文大學的建立。香港是獻珠工讀八年的地方，當時她是崇基學院每月催學生交學費的「江姑娘」。1963 年，天機在香港與獻珠重逢，一同墜入愛河。

書院制度，劍橋、牛津

那時中文大學已將成立，以英國的牛津、劍橋書院制為藍本。當初每書院開設自己的課，後來「教學統一」，由大學校本部統籌；書院負責的其實主要在學生生活。1964 年，大學創辦時成員書院只有三間；後來至 2007 年，大學竟擁有大小書院共九間了。

在 1979 年，天機的父親陳炳權久已從中文大學退休，遷居在美國加州離聖荷西約 40 英里的屋崙市。但在聯合書院曾與他同事或上過他經濟學課的人仍有不少。他們對新來的天機都有不少間接引起的自動親切感，幫助天機安心適應嶄新的環境。

聯合書院，新系温床

聯合書院是中文大學新學系的温床：書院創辦了電子系、生物化學系和政治行政系。三系都卓有聲譽，為大學增光。

電子系的創系教授是留學英國的高錕博士。[2] 他後來在美國加入國際電訊公司，[3] 升任副總裁，又回香港擔任中文大學校長。2009 年，他已從大學退休，因多年前光學纖維的劃時代發明，榮獲諾貝爾物理學獎。

天機加入中文大學時，中文大學校長是馬臨教授，他也來自聯合書院生物化學系。當時聯合書院的院長是薛壽生教授；他同時是政治行政系系主任。

在 1979 年，電子系師生都清一色地隸屬聯合書院。天機在電子系只教一課：「電算機原理」。他更加獨力、無償開辦兩個使用個人電算機的入門課：文稿處理語言 PC Write，和簡潔易學、靈活的電算語言 APL。[4]

這些課引導了不少大學同人「入行」。天機同時也積極參與書院教職員的活動。

起飛經濟，刮目相看

暌違了 16 年的香港經濟平地起飛，成為東亞四小龍中最自

2　Charles Kao.

3　International Telephone and Telegraph（IT&T）.

4　Dr. Kenneth E. Iverson 發明的電算機語言。由他謙稱「A Programming Language」。

由、最具彈性的暴發戶經濟體。[5]同時「華南美食中心」的皇冠，也從老牌的廣州，自動轉移到早以生猛海鮮見稱的香港了。

香港的繁榮，與當時中國大陸教條主義下的停滯不前，成強烈的對比。香港居民需要買食油寄給住在大陸的窮親戚；大陸人民更爭相爬山、泳海，偷渡來香港，加入「資本主義走狗」的行列。[6]

淡泊名利，不涉江湖

獻珠在中文大學擁有雙重身份：這位聯合書院院長夫人在崇基學院老家回復了「江姑娘」的面目，得以重見許多舊同事、老校友，蒙升格為「大師姐」。當然不少以前的小夥子已成為學院的教授了。

看來香港到處都是名利雙收的好機會。但獻珠謹守崗位，並沒有沾名圖利。她說：

> 最記得離美回港定居前，老師很嚴肅地教訓我，要我謹守羊城飲食世家後代的身份，絕不能以飲食作為博取名利的手段，只能就個人興趣發展。30年來我幸不辱師命，不曾涉足江湖，居定簡出，在灶下自得其樂。

5　東亞四小龍是南韓、台灣、香港、新加坡。

6　鄧小平在1978開始逐步實施的「社會主義市場經濟」，相信借鏡於香港的成功，以香港的鄰市：深圳為主要實驗室；香港政府更嚴格管制出入口，偷渡潮也漸漸消退了。

江家美食，傳人李霖

獻珠成長後，在 1980 之前，少緣接觸江家舊廚房的人物，但約在 1983 年在倫敦卻再遇到一位陳掌師傅。陳掌從前只是在江家每天跟著大廚盧端尾後手挽菜籃的小夥子，根本沒有正式舞刀弄鏟的機會，但他耳濡目染，加上後來力下苦功，居然自學有成，成為倫敦全市的權威中菜飲食顧問了。獻珠、天機曾在倫敦訪問過他，暢談 40 年來華南的飲食滄桑，且蒙受他餽贈製餅的金屬小餅模。

在香港獻珠也有緣重嚐正宗的太史五蛇羹。香港恆生銀行職員的餐廳「博愛堂」以美食見稱。江太史最後一名正式家廚：李才曾在博愛堂掌廚，而且親教同村徒弟李煜霖（李霖）五年，傾授真傳。李才退休後，李煜霖便接手掌理博愛堂廚政，長達33 年。聯合書院校董何添博士是恒生銀行創辦人之一，每年秋天都借出博愛堂一夜，讓書院同寅一嚐太史五蛇羹的美味。他更介紹李煜霖與獻珠相識。

唯一著作，兩紙菜單

2001 年，李煜霖從博愛堂退休，在西營盤開了一間只容一席的私房菜小餐廳「廣榮霖記」。獻珠、天機好幾次在這小餐廳請客，也請過這位大廚親來中文大學宿舍「到會」。

煜霖和獻珠互相敬重，可說是「英雄所見略同」。他的甜品創作：「南瓜紫米露」，獻珠讚不絕口，問他一句「是否……

如此？」得到「否」的答案後便自己做出來，絲毫不差。[7] 後來煜霖被富商李兆基禮聘到高檔的國金軒酒家做中菜部顧問，獻珠與他見面的機會也相對地減少了。

煜霖廚藝精湛，實事求是，饒有太史大廚的風度，但可惜他從來沒有機會教出當真的接班徒弟。他的廚藝「著作」也限於兩張寫得密麻麻的、送給獻珠參考的菜單。後來詩婉在母親遺物中檢得這菜單，複印了一份送給煜霖師父。他非常開心；原來自己的一份早已丟失了！

9.2. 自由己律樂軒昂：

書院蓬勃的自信新朝氣。

聯合書院，行政生涯

1980 年，在中文大學電子系任教一年後，聯合書院院長薛壽生改任新成立的澳門東亞大學校長。天機蒙馬臨校長不棄，委任為聯合書院署理院長。就 IBM 公司來說，天機仍然是「在假」，但薪水便開始由大學支付了。再一年後他更被聯合書院院務委員會正式選為院長，每年暑假仍回美國 IBM 公司工作兩個月。

---

7 《珠璣小館家常菜譜》，香港：萬里機構 · 飲食天地出版社，2004，〈偷師記〉，第 120-123 頁。

天機任院長職務前後八年；中間度假一年。到了 1988 年 7 月，天機才正式請辭。

在中文大學，書院院長在理論上只是兼差職務；天機依然是電子系講座教授。但書院的行政竟佔了他一大半的工作時間。

行政生涯，對天機來說，是人生的大轉變：也是天機第三個學術歷程。第一個歷程是量子化學；當時他仍是研究院學生；第二個歷程是在 IBM 公司時的電算科學；這第三個歷程是大學書院行政。

天機以前做夢也從未想過會擔任教育行政的工作，一切要由頭學起：「摸著石頭過河」。幸好書院組織健全，加有同事幫忙，天機只需決策和提供意見，而且與同學作適當的交往；教育行政的實踐並不困難。

避免空談，爭取自尊

在 1976 年，大陸「四人幫」業已下台；但過往極左浮誇、忽視現實的風氣當時已渲染了香港教育界，尚待根除。天機一反過去盲目冒進的教條主義，強調自我認知、主動參與。

書院同學歡迎天機實事求是的態度，平易近人的作風；他不像板著面孔的老師，反而像一位大哥哥。天機在美國讀書時與德文女教師共舞華爾茲，體驗到的「民主」一套，居然也派上了用場。[8]

---

8 見第 4 章第 4.1 節，〈華爾茲舞，步法兩分〉。

同人已有不少改善書院的方案，只待天機認可，批准施行。最重要的是，在書院有限的資源內施行「四年一宿」制度，擔保每位同學無論住家遠近，在大學四年總有起碼一年寄宿的機會。書院更設立兩間「走讀生舍堂」，讓走讀生有休憩之地，與「宿生會」分庭抗禮。[9]

　　天機與書院同人為了擴展同學的視野和體驗，也舉辦國際民歌晚會、土風舞會和葡萄酒品嚐會，一新同學、同事耳目。

書院使命，非在形式

　　天機初掌聯合書院後，覺得許多中文大學師生對書院功能都不甚了了。他於是宣稱書院的使命，是「非形式教育」：不在於教室講授，而目的在促進同學的自我修養。天機理想的書院特色是：

　　地靈，人傑，半超然的生活，主動式的求知。

　　「地靈」固然大部份來自書院的自然環境，但也需要同學的積極參與，把書院「活起來」。後面三項的開動卻主要來自同學自己。天機更提倡「十字寫出」的「五自真言」：

　　自由、自強、自律、自信、自愛。

9　主要提倡這些德政的同事是當時的書院輔導主任，政治行政系講師鄭宇碩博士。

他更公開認為師長對同學的態度並非愚民政策式的

民可使由之，不可使知之。[10]

而是經過清末民初大學者梁啟超加添了標點符號的民主信條：

民可，使由之；不可，使知之。[11]

一位新亞書院的同事告訴天機，[12] 聯合書院的同學好像在舉止上增加了自信心。天機聽後非常高興；希望自己果真為聯合書院帶來了清新的朝氣，感染同學，讓他們主動求知，不必等待師長的細節灌輸。

獻珠生活，舊友新朋

獻珠在香港早已有很多舊友，現在大部份由於天機的書院工作，更添上新同事和好幾百學生，比在美國時肯定加倍忙碌了。但她仍然照常為《飲食天地》每月書寫飲食隨筆。

10　《論語‧泰伯篇》。

11　〈孔子訟冤〉，登在《新民叢報》第八號《雜俎》欄《小慧解頤錄》，1902
年）。（假如人民夠資格自主，便讓他們做；假如他們不夠資格，便啓發他
們罷。）

12　化學系麥松威教授。

她更開設了高級烹飪班，傳授恩師特級校對的教誨、經自己消化整理後的心得。當時學生只有四人，包括電算機女程式師姚麥麗敏「Teresa（亞Sa）」。[13]亞Sa是獻珠在香港教導飲食最出色的學生，後來她從資訊技術生涯退休，致力飲食，卓然出人頭地，是「珠璣小館」公認的首領，[14]人人稱她為大師姐。在21世紀，亞Sa正式打入香港美食製品業，也以「大師姐」作為響亮的招牌。獻珠在美國還有一位更早的首徒：沈楊世芬；那位更早期的首徒也許該稱為「大大師姐」呢。

江獻珠與大師姐亞Sa

13　Sa字讀陽平聲。
14　見第12章第12.10節。

人人稱大師姐的「老公」姚廣源做「大師公」，粗聽來好像升高了一輩。大師公與亞 Sa 合做的金錢雞串燒，用的是精選的豬肉、雞肝、肥肉，質感獨特，脆而不膩。原來大師公少時曾任屠宰工作，他的拿手好戲是選購燒烤後會變爽脆可口的肥豬肉。

大師姐亞 Sa、大師公、天機與江獻珠。

　　獻珠全面投入書院生活。她開辦為師生分設的烹飪班，教授飲食技巧，滿足同學的興趣、好奇心，也栽培他們的味蕾。她更主動開辦每月一次的點心會，為書院教職員無償供應點心，順便訓練對飲食有深切興趣的教職員。

1980 年獻珠與廣東點
心狀元羅坤

　　有好幾個聖誕節，她領導同事在三家各燒一隻大火雞，一時義務同事在三家廚房來回奔跑，好不熱鬧！燒熟的火雞集中在書院教職員餐廳「文怡閣」好讓教職員大快朵頤。肉報銷後，骨頭留給義務同事拿回家煲粥，作為當然的獎賞。義務同事中最得力的是書院輔導處職員蔡陳曼萍；曼萍從未正式上過獻珠的烹飪課，但後來在珠璣小館被尊稱為「中師姐」。

獻珠與眾徒弟，
從左起：前排
獻珠、天機；
後排中師姐陳
曼萍、詩婉、
大師姐亞 Sa
（姚麥麗敏）、
小師妹岑陳煌
麗。

獻珠在大學更常常請客，她的殺手鐧——江南百花雞更贏得在座食客（包括校長馬臨）的激賞。

獻珠在中文大學請客的菜單，可以看出半世紀前羊城四大名菜的影子。

易做而且容易討食客歡喜的蒜子瑤柱脯。天機認為躲在瑤柱底下的蒜子最好喫。

9.3. 浴缸洗刷彰民性：

按部就班，涓滴不漏。

聯合首創，德國佳節

在 1980 年代的中文大學，外國語文教學還未歸中央統籌；當時德文組隸屬聯合書院。想學德文的同學，不論書院、系別，都要來聯合書院上課。

一天，德文組主任來見，[15] 他抱怨同學對德文和德語民族文

化認識太淺，選讀德文的同學委實太少了。其實當時聯合書院與德國頗有淵源。一位校董：韓士文是德國人；[16] 一位知名的教授（政治行政系關信基）在德國留學，取得政治學博士學位。

天機與書院同人於是舉辦了長達一週的德國節。

德國週的宣傳海報

15　Dr. Dieter Dethelson.

16　他的名字是 D. von Hamsemann，譯名韓士文。

天機與書院同學大跳
歐洲土風舞

科學方法，洗刷浴缸

　　德國節非常成功。書院供應德國香腸晚餐，介紹德國校董和關教授。又請關教授演講留德觀感。關教授說他的的主導教授想他用「中國問題」作為博士論文題目，但他認為人在德國，應該選一個與德國有切身關係的問題，庶幾不枉此行。結果他選了「德、蘇關係」。天機聽講時認為「中國問題」對關信基教授來說，也可能太容易交卷，不夠挑戰性呢。

　　關教授又說德國人辦事按部就班，一絲不苟，饒有科學精神，例如他的德國房東太太就教過他怎樣洗刷浴缸：先刷最高一圈，然後下降一格，再刷未潔部份最高的一圈，餘此類推，涓滴不漏，直至全缸刷勻為止。關教授至今仍然採用德國房東太太洗刷浴缸的科學方法。

天機認為這方法，推而廣之就可以說是「化一大為眾小，逐步擊破」的戰略，可能是關教授德國之旅的最大收穫呢！

9.4. 三百週年拯奧疆：

三百年前土耳其大軍圍攻維也納，竟遭慘敗；歐洲形勢從此全面改觀。

書院遙賀，三百週年

1683 年，維也納破解了土耳其軍的圍攻，更奠定了全面反攻，收復南歐大部的局面。

奧地利是德語國家。天機特地在勝利 300 週年的紀念日，舉辦了「維也納之夜」，敦請奧地利駐港領事仉儷到聯合書院主禮。[17]

領事贈送同學奧國啤酒一箱；天機、獻珠回贈剛剛到港的第一本英文《漢饌》，作為紀念。

17　關於維也納的解圍和劃時代的後果，請看第 12 章第 13 節；〈奧京圍解西歐保〉條。

第十章

食德，「開心」；倦勤引退

(1984-1993)

10.1. 食德飲和開視野：

訪德四月，眼界大開。

飲和食德，美食良機

「飲和食德」是相當常用的詞語，但它的出處和意思其實都不太明顯，[2] 正式的意思大約是「以飲食施恩於人，因而覺得自在」。本章的狹義意思卻是：飲食德國供應的作料。德國的飲品、食材，有不少東方人想像不到的地方，肯定值得深切探討。

從 1980 年開始前後八年，天機做了聯合書院院長，當初他每年暑假都回 IBM 復職兩個月。1984 年，天機在大學取得一年休假，[3] 回美國 IBM 全職工作四個月，到巴西 IBM 訪問兩週後，

---

1 關於外國飲食請參閱江獻珠，陳天機：《佳廚名食》，《造物妙諦》，香港：萬里機構‧飲食天地出版社，2005。

2 見百度百科：通常的解釋來自唐朝魏徵執筆的隋朝歷史《隋書》的半句「飲和食德」。「飲」字讀「蔭」，意思是「給人家喝」。

3 由生物化學系李卓予教授任代理院長。

便利用 IBM 公司當時供應的「黃金降落傘」機會，[4] 提前正式退休了。天機繼進入位在德國的「IBM 科學中心」，服務了四個月。[5]

天機、獻珠短居德國時，有幸能欣賞到罕為外國人領略的一面。他們以前對西歐飲食的接觸，只可以算是「走馬看花」；但趁這良機，他們可以取得更深切的體會了。

跨越國界，覓食四方

他們也趁這難得的機會，擴充「飲和食德」到「以德國為基地，四出跨越國界，滿足飲食慾和好奇心」。天機、獻珠一到週末便到處找尋食肆。德國在歐洲中部，接近許多飲食名區，除了在本土尋幽之外，跨越國界也毫無困難。真是朝發午至。

身在德國，英文寫書

獻珠在德國並沒有偷懶：她完成了英文的中國點心書。[6] 獻珠在德國也學到與市井人物打交道；可能她的德語比天機更流暢得多呢。

4　Golden parachute, 公司為裁減人員，特加津貼，獎勵退休的措施。

5　IBM Wissenschaftszentrum, Böblingen, 鄰近是有名的大學城海德堡（Heidelberg）。

6　獻珠感謝萬里機構吳錦銳先生當時的大力幫忙。

10.2. 貴霉天賜美醇香：

德國酒的學問。

關於「飲和」，作為「在和諧氣氛中飲用美酒」，德國啤酒享有盛名，幾乎每大城市都有不止一家啤酒廠。從每年 9 月中旬開始，慕尼黑市慶祝約 16 天的 10 月民俗啤酒節，[7] 每年參加的人竟然有好幾百萬！

白酒掛帥，界別森嚴

但令德國名揚世界的飲品，卻是白葡萄酒。

可能因為天氣較法國寒冷，德國生產的紅葡萄酒品質不如法國；但德國的白酒以雷司令（Riesling）葡萄掛帥，的確是世界第一，Sylvaner（Silvaner）和 Müller-Thurgau 產量高但品質較遜，可以說是德國第二、三名的白酒葡萄。

德國葡萄成熟後，果皮上往往會生出叫做「貴霉（noble rot）」的霉菌。這貴霉是天然的釀酒恩物：它是每粒葡萄上千萬支微細吸管，將葡萄裏的水份揮發外出，增加葡萄天然糖份的濃度。

德國白酒名稱多樣，在政府監管之下，界別森嚴，不容踰越；品類、級別印上酒瓶招紙，飲者可以一目瞭然，未進口前已經

7　Oktoberfest.

胸有成竹了。[8]

　　獻珠和天機喜歡雷司令葡萄的 Kabinet, Spaelese, Auslese 三種佳釀，作為餐酒。它們清冽甘香、伴著粵菜，天衣無縫；更能與咖喱、辣椒的霸道共行不悖，適宜配合川菜和泰國菜。[9]在這些餐酒中他們尤其喜愛慕笑區（Moselle）餐酒的清柔，[10]萊茵區（Rheingau）餐酒的豪邁。不少慕笑區餐酒往往冒出微細的氣泡，更增加醇酒唇邊的享受。

10.3. 歐洲飲食雙奇詭：
兩種迥異的養生長壽方式。

　　營養學家近年指出，歐洲的飲食傳統擁有兩個弔詭：[11]地中海岸居民飲食延年，法國人暴食但心臟健全。[12]

　　1. 南歐地中海岸（例如希臘）居民平均壽命很長。他們罕

8　請閱第 12 章第 12.15 節，〈酒律森嚴無踰越〉。

9　部份摘自 Wikipedia：German wine classification 條，18 August 2017 at 07:16. 雷司令或譯為韋司令。

10　Moselle 其實是法文，這河的德文名字是 Mosel。通常的中譯是「莫澤」。

11　http://www.oldwayspt.org/

12　江獻珠：《飲食健康》，香港：萬里機構・飲食天地出版社，2005。第 109-115 頁有較詳細的討論。

有心臟病、癌症、肺病和老人癡呆症；身體也不易得到敏感和哮喘。

2. 法國人看來暴飲暴食。他們放膽吞食肥膩的食物例如鵝肝，乳酪，但死於心臟病的人的百分比竟然遠低於美國。1999 年，在十萬個 35-74 歲的美國男人中，115 人死於冠狀血管疾病（coronary heart disease），是相當的法國死亡數字（只是 83）的 1.39 倍。

金字塔式，飲食習慣

地中海飲食習慣可以用一個尖端向上的三角形（通稱「金字塔」）表示：

（尖端）少食：紅肉、糖果；

（近尖）較多：禽類、蛋、乳酪、酸乳酪（yogurt）；

（近底）更多：魚和海產；

（底部）最多：蔬果、穀類（整粒（whole grain））、
橄欖油、豆類、果仁、香草和香料。

　　隨意飲用：小量紅酒。

我們在這裏且作較為深入的探討。

用油煮食，忌取飽和 [13]

脂肪可以分為「飽和性」和「不飽和性」兩類。飽和性脂肪有損衛生，不宜多食。動物脂肪，例如華北烹調常用的大油（豬油）便大致屬於飽和性，對食客無益，亟應取締。

對人最有益的脂肪是單元不飽和脂肪（mono-unsaturated fats），每脂肪分子含有一個，但只有一個雙鍵（double bond）。地中海兩岸盛產橄欖，橄欖油的 80% 正屬於這種有益的脂肪，希臘居民煮食，普遍採用橄欖油。

華南煮食用的植物油與地中海的橄欖油相差不遠：華南常用的花生油含有這種有益的脂肪 51%；近年市面常見的菜籽油（canola oil）含有 61%；這些都比動物性的油有益衛生。

米麥食物，宜用全穀

穀麥類食物可以多食，但文明社會所供應的，往往經過精磨，因而揚棄掉營養豐富，但較難消化的外殼。

從營養學的眼光來看，全麥比精磨的麥粉要好，糙米比精米有益。地中海飲食，通常用的是全麥。

希臘、華南，習慣相似

希臘居民少吃肉，多吃魚類和蔬果。這些與華南的習慣相

13　江獻珠：《飲食健康》，香港：萬里機構‧飲食天地出版社，2005，第85-89頁。

似。主要不同之處是：

希臘居民多喝牛奶，多喫乳酪，華南居民少喝牛奶，少喫乳酪。[14]

希臘居民進食時往往喝小量的葡萄酒，華南居民通常少喝酒。

魚是華南人喜歡而且常用的食材；它富含有益心臟的「奧米加 -3 酸（omega-3 acid）」，不妨多喫；紅肉則以少喫為妙。中國的「炒」通常只用小量的紅肉伴著大量的蔬菜；這烹調方式其實很值得外國人、包括希臘居民效法！

看來華南城市居民只需養成喝牛奶、喫乳酪、喝葡萄酒、食糙米的習慣，在飲食養生方面便會大致與地中海居民看齊了。

法人暴食，心臟健全 [15]

在 1991 年，美國 CBS 電視節目播放了一次叫做《法國飲食弔詭》（French Paradox Diet）的採訪。[16] 在節目裏法國科學家賽赫・雷諾博士（Serge Renaud）指出法國人習慣進食高脂肪、高熱量的食物、抽煙、很少運動。但看來壽命並不因而減短。在每十萬中年法國人中，只有 143 人患上心臟病；而每十

14　順德大良牛乳在華南不算普遍。今日的雙皮奶昔大多有名無實。薑撞奶易做易精，值得提倡。

15　請參閱江獻珠：〈法國弔詭〉，載在《飲食健康》香港：萬里機構・飲食天地出版社，2005。第 76-79 頁。一篇比較學術性強的文章見 https://www.ncbi.nlm.nih.gov/pmc/articles/PMC1768013/

16　http://chihe.sohu.com/20130815/n384237927.shtml

萬中年美國人竟有 315 人患上心臟病！比率是 2.203。

雷諾博士發現，《法國飲食吊詭》的原因是：法國人平均每年飲用 16 加侖的紅葡萄酒，八倍於美國人的 2 加侖。這節目在美國引起一股紅葡萄酒熱：當年北美紅葡萄酒的銷量猛增了 39%。

法國人看來的確暴飲暴食，而且常喫很多富含飽和脂肪的食物；這些食物醫學界通常認為是引起心臟病的元兇。但在 1999，35-74 歲男性因冠狀動脈心臟疾病（coronary heart disease）引起的死亡率在美國是 10 萬人中 115 人，但在法國只有 83 人，比例是 1.39。[17] 在 2002，每位法國人平均吞食 108 克的動物脂肪，而美國人只喫掉 72 克。法國人食掉四倍於美國人的牛油，幾乎三倍的豬肉，和超過百分之六十的乳酪。

近年科學家提倡服食抗氧化劑（antioxidents），抵抗人體老化和癌症的出現。紅葡萄（例如法國著名的三種釀酒葡萄：赤霞珠〔cabernet sauvignon〕）、黑比諾（pinot noir），和梅洛（merlot）的葡萄皮裏都含有一種化合物：白藜蘆醇（resveratrol）；這化合物有顯著的抗氧化能力，而且保護人腦，防止老化。在法國比較少見的馬爾貝克（malbec）葡萄皮最厚，白藜蘆醇含量也最多，是赤霞珠的兩倍。

釀成葡萄酒後，白藜蘆醇繼續留在酒裏，在飲者身體裏發揮延年益壽、同時抗癌的作用；至少這是在動物身上實驗的結

17　見 Wikipedia French paradox 條，27 December 2018, 20:50。

果。[18]

許多科學家因此認為這神奇化合物正是在法國弔詭現象幕後，不露聲色的英雄主角。但也有科學家說葡萄酒裏白藜蘆醇份量委實太少，葡萄酒裏含量較豐富的其他化合物相信也該共享法國弔詭的殊榮呢。[19]

看來法國弔詭的神奇答案的確不限於單種化合物，但這答案果然躲在紅葡萄酒裏。我們每天可以享受一兩杯紅酒補身，同時希望延年益壽；但相信未必一定要喝法國的產品。

我們將在本書對全球飲食習俗和平均預期壽命有比較深入的探討。[20]

白藜蘆醇，不限紅酒

近年的弔詭研究，主力在找尋紅葡萄酒裏可能引起這弔詭的化合物。現在的看法是，原因可能不止一種，但白藜蘆醇（reservatrol）的確擔任非常重要的角色。

我們考究法國弔詭現象時，竟然「殺出了一位程咬金」：華人常喫，價廉物美的土產：花生（尤其是煮熟連衣的花生）！花生竟然也含有高量的白藜蘆醇，但過往比較上少被醫學界注意。

其實白藜蘆醇存在多項食物中，例如花生、堅果、葡萄、

18　有興趣的讀者請看 https://en.wikipedia.org/wiki/Resveratrol#Heart_disease
19　例如多酚（polyphenols）；在它名下有許多化合物。
20　見第 12 章第 12.14 節。

紅酒、白酒、藍莓、可可和黑巧克力。原來植物會自動生產白藜蘆醇，用來抵抗菌類的侵犯、紫外線輻射、壓力和傷害。

下面是一個簡略的比較：（Linus Pauling Institute,[21]Liji Thomas[22]）

花生與葡萄白藜蘆醇含量的粗略比較：（毫克：mg）

食物或飲料	單位	白藜蘆醇含量	單位	白藜蘆醇含量
煮熟花生（連衣）	1 杯（180 克）	0.32-1.28 毫克	1 公斤	1.778-7.111 毫克
花生醬	1 杯（258 克）	0.04-0.13 毫克	1 公斤	0.155-0.504 毫克
紅葡萄	1 杯（160 克）	0.24-1.25 毫克	1 公斤	1.500-7.813 毫克
紅葡萄酒	1 杯（5 安士）	0.03-1.07 毫克	1 安士	0.006-0.214 毫克
白葡萄酒	1 杯（5 安士）	0.01-0.27 毫克	1 安士	0.002-0.054 毫克

華南居民喜用花生油，喜歡喫花生作為消閒食物；花生也常用在中國大菜裏，例如宮保雞丁。

花生探討，界限橫跨

JAMA（美國醫學協會雜誌）是美國的權威醫學雜誌。[23] 它

21　Linus Pauling Institute, https://lpi.oregonstate.edu/mic/dietary-factors/phytochemicals/resveratrol

22　Liji Thomas, Resveratrol in Wines and Grapes. https://www.news-medical.net/health/Resveratrol-in-Wines-and-Grapes.aspx

23　The Journal of the American Medical Association.

做過兩個關於進食堅果和花生的大規模研究，橫跨了地理，種族、民俗、和家庭入息的界限。[24]

1. 72,000 美國人，歲數 40-79，住在美國南部 12 個州。他們多數是低收入人士，而且 2/3 是非洲種的美國人。約在五年內，常喫花生的一組有 21% 較低的死亡率（死於任何原因）。

2. 在中國上海的 135,000 人，歲數 40-74。在 6-12 年間，常喫「硬果」（其實是廉價的花生）的一組有 17% 較低的死亡率（死於任何原因）。[25]

難怪價廉物美的花生也被中國人尊稱為「長生果」了。

10.4. 食物多方任品嚐：
德國民間美食往往有過人之處。

鮮魚公司，全國一家

獻珠愛喫鮮魚，但她住德國時（1984）發現全國只有一家

---

24 https://www.health.harvard.edu/blog/peanuts-linked-heart-longevity-benefits-pricey-nuts-201503057777

25 https://jamanetwork.com/journals/jamainternalmedicine/fullarticle/2173087

賣鮮魚的公司：「北海」；[26] 德國的顧客買魚，都要光顧這公司的當地分店。

在別的國家，這情況必然引起不公平的壟斷和爭議，但在德國竟然人人安之若素。德國的魚多數來自北方海岸，但公司冷藏，運輸得法，完全沒有腥味。

白嫩露筍，世界第一

露筍正名「蘆筍」。在亞洲和美洲，露筍都是青綠色的。但歐洲露筍通常都是白色。原來農人在露筍將出時先備泥堆，露筍在泥堆裏生長，完全見不到陽光，便保留白色，不會變綠了。

德國的白露筍，堪稱世界第一。露筍季節是6月初到7月底，烹調方法是清一色的白煮，食時蘸荷蘭醬、[27] 牛油，伴以煮馬鈴薯，務求不奪它本身無比的清嫩。

德國國肉，食而忘眠

在德國童話裏，仙女問凡人：最安樂的是甚麼？仙女自己的答案是「睡眠」，我們未必同意；德國老闆娘卻不假思索，一針見血地回答說：「當然是喫豬肉了。」

獻珠發現德國豬肉味道鮮美可口，不愧為德國的「國肉」。

26　Nordsee.

27　Hollandaise sauce.

獻珠一天在德國火車上萍水相逢，結識了一位二十來歲，聰明而有點冒失，名叫「花枝」的日本女大學生。她初到德國，對德國地理環境、火車時間表都不甚了了。獻珠耐心指點她的去路，與她結成好朋友。一個週末，她來獻珠家，獻珠和她一齊做了一次粵式燒乳豬，皮脆肉嫩，味道鮮美異常。

後來花枝姑娘由天機介紹，和天機丹麥程式師朋友的一位年輕下屬結了婚，至少她已學會粵式燒乳豬的技術，不會當真捱餓了。

韃靼牛扒，生豬入饌

德國政府管制豬肉非常嚴格，豬肉絕無旋毛蟲寄生之患，竟然可以生食。德國名菜「韃靼牛扒」靈感來自中世紀叱咤風雲、佔地跨歐、亞兩洲的蒙古騎兵馬鞍下、被馬汗鬆化的生牛肉。但在德國許多大餐廳，這「韃靼牛扒」竟然是生豬肉！[28]

冰晶豬肘，陰柔、陽剛

德國的水煮熟透的冰晶豬肘（Eisbein）名揚世界。在本土分成兩派，柏林冰晶豬肘的顏色粉紅，配上本地的小麥白啤酒（Weissbier）加上傳統的一小杯覆盆子（raspberry，紅桑子）糖漿，顏色匹配，相得益彰。

杜塞多夫（Düsseldorf）卻自詡為冰晶豬肘的發源地；它

28　請閱第 12 章第 12.1 節提到「笑談牛肉，汗馬江山」。

土產的冰晶豬肘顏色深棕，味道濃郁，和當地琥珀色的陳啤酒（Altbier）也是絕配；令人想起陰森塵封、蛛網處處的中世紀古堡地窖。我們可以說柏林的粉紅名饌具有陰柔之美，而杜塞多夫的深棕冰晶豬肘則別具陽剛的個性。

耶穌是猶太人，例應拒喫豬肉；但在杜塞多夫一間教堂的彩色玻璃窗竟赫然有耶穌喫冰晶豬肘的畫像。

坦克戰場，橡實餵豬

但德國豬肉是否全球第一呢？天機和獻珠認為他們起碼找到一個反例。

一天，天機、獻珠在比利時開車趕路，幾乎迷途後，在黃昏終於到達名城列日（Liege）。正是「飢不擇食」，見到第一家餐室便入內光顧，竟然喫到最美味的豬扒！

原來列日緊鄰亞顛森林，[29] 這橡樹森林正是 1940 年德軍坦克假途，繞過走不動的馬奇諾防線，攻入法國的通道；它也是四年後盟軍反攻的主要戰場。

當地居民每年秋天例將豬群驅入森林，讓牠們飽餐橡樹上掉下來鋪滿一地的橡實，肉質自然鮮美可口，說它是世界第一，相信附和的食客並不在少。亞顛豬肉釀成的火腿甘香可喜，蜚聲國際，也是天機、獻珠不二之選。

29　Ardenne Forest.

10.5. 四訪三星尋至味：

為口奔馳，四出探幽。

三星名廚、各有千秋 [30]

米芝蓮公司是著名的法國汽車輪胎生產商。法國人三句不離飲食，輪胎主人當然不惜「為口奔馳」了。米芝蓮公司順理成章，預先幫顧客一手，廣派人員到處多次匿名試食，將精簡結論綜合印行，立場剛正不阿，成為公認的權威飲食指南。

現在米芝蓮指南已遍及全世界，每地域每年一冊；米芝蓮指南新版的出現是全球飲食界的盛事。自 2008 年開始，《米芝蓮指南香港、澳門》也開始面世，不乏令人驚喜的介紹。

從 1936 年起，米芝蓮指南已經開始用「星」來表示餐室食製的等級：

沒有獲獎星星的餐室，既能夠題名金榜，已經不俗；
獲獎 1 星的餐室，飲食供應出人頭地；
獲獎 2 星的餐室，非同凡響，不妨繞道品嚐；
獲獎 3 星的餐室，獨特超群的食制，值得專程旅行朝聖。

米芝蓮的三星餐室名揚世界，是老饕嚮往的對象，在法國

30　請參閱江獻珠：《遊食四方》，香港：萬里機構 · 飲食天地出版社，2005，第 20-50 頁。

特別多。1984 年，獻珠與天機，既然身在歐洲，鄰近法國，當然未能免俗，要盡量朝聖了。他們所找的，大都是當年標榜法國新派廚藝（nouvelle cuisine）的餐室。獻珠對傳統法國菜早已胸有成竹，毋庸跋涉品嚐；而新派飲食大師都傲骨天生，不屑抄襲，食客因此可望每餐味道都別有洞天。

1984 年天機、獻珠去過的三星餐室，除了一家在瑞士，都在法國：

漪河居（Auberge de L' Ill, Illhaeusern, Alsace, France）

雅閣是得體（L' Archestrate, Paris, France）

金字塔（Restaurant de la Pyramide, Vienne,（近 Lyon），
　　　　　France）

亞倫、雪飄（Alan Chapelle, Lyon, France）

芝或地（Girardet, 近 Lausanne, Switzerland）

兩訪漪河，三代經營

其中他們最滿意的是位在法國阿爾薩斯的 Auberge de L' Ill（獻珠的譯名是「漪河居」）。這也是留學法國的數學大師陳省身教授大力介紹的著名餐廳。

阿爾薩斯鄰近德國，有獨特的德法糅和的本土文化。她的白葡萄酒非常出名，尤其是雷司令（Riesling）和瓊瑤漿（Gewürztraminer）。天機特別欣賞後者的獨特荔枝味道。

漪河居家庭餐廳開張在 1950 年，1952 年已取得一星，1957

年更取得兩星，自 1967 年以來都享有三顆星星，直到今天。

　　餐廳在名叫漪河（L'Ill）的小溪旁，風景幽靜可人，餐廳由希伯靈（Haeberlin）一家主理，佈置得體；甚至瓷碟也由大廚的叔叔特別設計。別具一格的菜單也帶有本土風采。獻珠和天機對漪河居非常滿意，還與當時的大廚 Marc Haeberlin 大談中國飲食，發現廚房牆上掛著一個中國的竹製蒸籠。

　　後來在 1992 年獻珠和天機更帶同詩婉、子清和他們的兒子文翰、女兒文軒一同前去享用美食，讓他們開開眼界，也培養一下他們的味蕾。

獻珠、天機、詩婉、子清與文軒在漪河居前橋上（1992）。

星出星隕，人面桃花

獻珠認為當年的試食對象大都各有千秋，果然值得去「朝聖」。但事過境遷，人面桃花，星出星隕，今天講起，已沒有太大的意義了。但讀者也許有興趣知道這些名餐室的滄桑。

雅閣是得體已在 1985 年關門大吉。三星名廚亞倫、雪飄在 1990 年過世後，餐室丟了一星後在 2012 年也關門了。芝或地本人在全盛時期享譽為「世紀廚師」，獻珠嚐時覺得有點名過其實。他已在 1996 年退休；但接班人仍得保持三星榮銜。

金字塔餐室是烹飪大師 Fernand Point 創法國新菜的「聖地」。但獻珠、天機去試時，大師早已去世，餐室由他的寡婦繼續主持，三星搖搖欲墜。獻珠食時已認為不值遠途跋涉去喫了。他們離開時，寡婦在大門伸出顫巍巍待握的手，有點可憐；試後不久，三星便慘被摘下了。現在餐室復甦，但在 2018 年只得兩星。

10.6. 開心興築五橋樑：
冠心病發，飛美築橋五道。

敏感近視，鼻涕常流

天機小時除了深度近視，需要佩戴眼鏡之外，還有相當嚴重的敏感症，鼻涕常流，久醫不癒。幸喜他在美國 IBM 公司多

年，和在香港中文大學工作初期（到 1984 年），健康問題對工作都沒有重要影響。

力不從心，氣喘如牛

1984 年在德國，天機當發力操作時已有「上氣不接下氣」的感覺。回香港途中在印度首都新德里機場轉機，要與其他搭客在百手交集的凌亂氣氛中搶拉行李，更覺得力不從心，氣喘如牛。

無奈開心，橋樑五道

回香港幾天後，天機決定一訪駐校名醫蔡永業。[31] 不料上午見他，在下午蔡醫生便要天機立即進大學保健處休養，不許操勞，每天 24 小時接受觀察。蔡醫生的緊急措施緩化了天機的危險冠心病，可能救了他一命！

在保健處休養時天機結識了中文大學心臟科胡錦生醫生，蒙他照顧天機，自那時起，前後三十多年。胡醫生認為當時香港心臟手術設備，尚未臻世界水平；他聯絡上美西史丹福大學醫院，定期做手術。

1985 年初，天機和獻珠飛到美國入院，天機接受「開心」手術：醫生從右方小腿割取血脈，作為原料，在心臟裝了五道通道，越過阻塞不通的心臟動脈；香港口語稱為「搭五條橋」。

31　他曾任香港醫學總監。

此後幾年，天機心臟仍有較小規模的栓塞，又在美國「吹過兩次波波」。[32] 幸喜吉人天相，三十多年來在藥物幫助、醫生按季調理之下，心臟操作大致正常，並沒有干擾天機的職務。

10.7. 新猷電算公同學：

電算室一新同學耳目，增長對書院的認同。

電算撥款，卓予功高

在天機離開書院的一年，代院長李卓予教授成績卓越；一件天機沒有做到的要事，他竟然做出來了。

電算普及民間，進度一日千里。天機四年來一直希望能在書院興建一間微型電算機室，讓每位同學親身領略電算的奧秘，同時對進入實際社會時也有所準備。他用盡間接方式，企圖引起書院基金會的慷慨撥款；但可惜一直看不到成果。

但在天機缺席一年時，卓予卻輕易地申請到聯合書院基金會撥款，在書院圖書館裏騰出一間大房，裝上 20 部微型電算

32　進行血管成型術（angioplasty），將導管插入血管，局部擴大，推開阻塞，維持血液流通，醫生可能更留下硬筒，防止當地阻塞的再現。天機在美國聖荷西前後三十多年的心臟科醫生是 Robert Quint。

機，[33] 基金會還有餘款聘請一位專業管理員。更令天機汗顏的是，卓予「張冠李戴」，竟命名這房間做「天機電算室」！

1985 年天機電算室成立開幕典禮

那時是普及電算技術開始起飛的 1985 年。書院這新猷使同學向自我修養、合作解題，踏入未來科技社會、邁進了巨大的一步；其他書院，甚至中文大學校本部要好幾年後才趕得上。同學對聯合書院產生的衷心認同，更是意料之外的巨大收穫。

33　初時有 18 部彩色 IBM-compatible 桌上電算機，加上兩部黑白蘋果 Machintosh，每年都有添置、更改。

最初同學喜歡把電算機作為娛樂工具，一窩蜂地搶玩電子遊戲。但不久後便開始設計、施行有意義的運算了。而且電算室也鼓勵同學合作，眾志成城，一齊解決重要問題。聯合書院有一課「最後一年計劃」：[34] 這是小規模的畢業論文，鼓勵同學分組研討，解答有意義的問題。電算機肯定是鼓勵合作研討，不可多得的理想工具。

10.8. 短劇心聲感意長：
從迷惘無主到絢爛美滿的團結。

打破迷惘，多采多姿

　　任書院院長八年後，天機辭去聯合書院院長職務，著力研究工作，蒙校長高錕委任為電算系主任。

　　天機寫道：[35]

　　　　1988 年，我在任的最後一個月會裏，同學表演了自編自導的短劇。

34　Final year project.

35　摘錄自陳天機：〈八年嘗試雜憶〉，載在吳倫霓霞：《明德新民：聯合書院四十年》，香港：香港中文大學聯合書院，1996，第 86-88 頁。

背景是蒼茫的一片空白：十多個慘白色、低著頭的小人物在蠕動，漫無目標；沒精打采地訴出苦悶的心聲：哪裏有歡樂？哪裏有友愛？甚麼是學問？甚麼是人生？甚麼是我？

書院生活打破了他們無奈的迷惘，感染了他們，也讓他們感染鄰居。從右到左，慘白的小人物靜靜地轉過身，抬起頭來，看呀！每人都變成多采多姿，活力充沛、滿懷自信的書院成員；合起來卻成為錯落有致、五色繽紛、和諧團結、友愛的整體。背景反映著他們的成就，同時也變成絢爛的巨畫。

短短幾分鐘的表演，總結了同學們對書院自發的評價。他們本身自發的努力帶來他們的成就和友愛；這就是書院的光榮。

同學這衷心的表現濕潤了天機的眼睛。

中文大學對天機可說是青眼看待。大學的正常退休年齡是60歲；但大學行政部門特別替他延長了五年。在 1993 年，天機「終於」從中文大學退休，回到美國了。

但天機與大學的關係，可說是「藕斷絲連」有想像不到的峰迴路轉。欲知詳情，請看下章分解。

第十一章

舌尖貴族，鴻爪雪泥

(1994-2014)

11.1. 宇宙人生通識課：

天機第四次學術歷程的引端。

宇宙人生，無心插柳

聯合書院有一個饒有意義的傳統：所有一年級學生都必修一個大課：「大學生活與學習」。天機任院長時認為責無旁貸，自己擔起大旗，在短短兩至四小時內播映好幾百張幻燈片，講述：[1]

「至大無外」：宇宙的形成和看得到的現狀；

「生生不息」：地球上生物的滄海桑田；

「頂天立地」：人類演化、終於君臨全球的故事；

「西就東成」：東西文化的互相衝擊與交流；

「明德新民」：書院對同學的期望；

---

1 當初用了兩課，共約四小時，後來濃縮到一課；約兩小時。天機感謝中文系楊鍾基教授獻議的吸引性四字標題。

全講以科學、史實為主，讓書院同學粗略了解他們在天地、人世間的地位，自己找出邏輯、道義上的結論。寄望他們眼看大體，好自為之。

中文大學一向標榜通識教育。這短課是高度濃縮的通識教育課，也是書院「非形式教育」與正規課堂教育間的一道簡短橋樑。

院務秘書李松柏為這短課按了一個無所不包的名字：「宇宙、學術與人生」。這短課變成了天機學術生命的一部份：自1980到2014年，足足34寒暑，天機每年都抽空任教，甚至他在1993年從中文大學退休後仍按時飛回香港教這短課。絕無間斷。

不料這課對天機將來的取向和獻珠的事業生涯，更有最初想像不到、莫大的影響！因著這一門課，天機竟然在退休整整五年後，得以回到中文大學，重操教業16年，真可說是「無心插柳柳成陰」了。

退休生涯，百無聊賴

1993年，天機從大學退休後，回美國聖荷西市生活了五年。

他念念不忘學術，寫了兩篇頗有份量的應用數學文章，自費飛到保加利亞的應用數學會議發表，但後來覺得這些會議的負責人「醉翁之意不在酒」，目的其實不在學術，只為主辦組織賺取外滙，便不再繼續下去了。

差強人意的是，天機竟有機會一跳在美國學過的保加利亞

土風舞「我的凱倫」,[2] 雖然旋律明快急速,天機居然與圍成半圓形的二十多位土著同步飛扭身段,左右踢腳,應付裕如,覺得非常開心。天機回美後竟然得到一位保加利亞女士的電郵,讚許天機嫻熟的舞步!

在這五年內,天機每年仍回聯合書院自己掌教的「宇宙、學術與人生」短課,早期的幾百張幻燈片早已變成一卷錄影帶了。有一年他複製了一卷,贈給中文大學當時的通識教育委員會主任梁秉中教授。[3]

原來梁教授和來自美國匹茲堡大學歷史系的訪問教授許倬雲正在考慮開辦一門通識課,標榜理論上無所不包的新潮「系統科學」。[4] 天機的錄影帶正好幫助他們加快了步伐。

---

2 原文是「Eleno mome」。
3 他是中文大學醫學院骨科講座教授,當時兼任大學參議會通識教育委員會主任,負責指導、監察大學的通識教育課程,但課程的行政主管仍是大學通識教育主任。
4 Systems theory.

11.2. 湧泉學海構思新：

標榜「湧現特性」的系統科學。

三週討論，系統新課

1997 年，這兩位教授正式召開了一個前所未有，跨越院系、為時三週的討論會，考慮中文大學應否開設這樣的一門系統科學新課。

討論會的十多位成員包括諾貝爾物理獎得主楊振寧教授和中文大學前校長金耀基教授。梁秉中教授顯然受到那卷錄影帶的影響，也特別邀請天機飛回香港列席。

長話短說。結論是：大學果然應該開設這門討論系統科學的新課。許倬雲教授竟然命名這新通識課為天機在聯合書院所採用的：「宇宙、學術與人生」！大學更邀請天機擱置退休生活，回到中文大學當這新課程的一位講者。

學術生涯、又一轉變

天機的學術生涯從量子化學轉到電算，到大學教育行政，到通識教育，經歷了三次大轉變。他每次都適應了新環境，對新事物都發生濃烈的興趣，都全力投入，可以說每次都有「覺今是而昨非」的新鮮感。這一次轉變竟然也不例外。獻珠更把握這再臨香港的大好機會，不懈寫作，贏得「飲食多產作家」的地位，在 2014 年更得到「舌尖上的貴族」的榮耀稱號。

在 2003 年，中文大學提名天機為第二屆榮譽院士（Honorary

Fellow）。這是大學內部相當於榮譽博士的榮銜。先由一位教授宣讀讚辭，然後穿著大學特別定造的大紅袍的天機趨前，向主禮的高錕校長鞠躬，雙手領取證書。同屆獲譽的竟然還有中文大學前任校長馬臨教授。

2003 年天機榮膺
中文大學榮譽院士

系統新知，湧現特性

我們且用短短幾句話概括系統科學。系統科學有點像數學裏的代數，無論世間任何事物，都可以說是一個系統；一個系統所包含的事物都可以說是「次系統」。系統科學討論系統間的關係。但系統本身所代表的細節：（相當於代數的「x，y究竟是甚麼？」）卻要由用家按實際情況作出決定了。

系統科學的一個重要新鮮概念是「湧現特性」。[5] 在一個系統裏，次系統間的相互作用可以產生新的事物；這些新事物是

5　Emergent property. 這中文翻譯是許倬雲教授的神來之筆。

原本系統所無，它是次系統環境「湧現出來」的特性。

從這眼光來看，系統科學果然無所不包。但與代數一樣，處理實際問題時需要使用者與現實掛鈎，決定「系統」與「次系統」究竟代表甚麼事物。天機在聯合書院短課裏的題目：「宇宙、學術與人生」，可以是系統科學一例的肌肉，所欠缺的是支持系統理論的骨骼。

演遷結果，獨腳唱戲

這系統科學新課在開頭兩年經歷了很大的改變。從當初眼花繚亂，走馬燈式的「多人合教」，到天機唱獨腳戲；教材也從當初的散漫乏序，演變到後來的有條不紊，取向分明。

天機本人在這過程中也成為系統科學的不二信徒。在 2016 年，再一次退休後兩年，他更出版了一本以湧現為骨幹的通識教育教科書《學海湧泉》。[6]

覽大自然，講述文化

1999 年，大學通識教育主任張燦輝教授提議天機多開一課，好讓他向大學上司交代。天機便開辦了「大自然與文化」課，從宇宙肇始的大爆炸講到近代人類社會，粗略地代表新潮的「巨歷史」[7]，也可以說是充實了聯合書院短課「宇宙、學術與人生」

6　陳天機，《學海湧泉》，香港：Oxford University Press，2016。

7　Big history.

的筋肉。

天機也為這新課寫了厚厚的一本教科書《大自然與文化》，在中文大學出版社出版，十多年來，銷路竟然不錯。[8] 書評家洪清田說：[9]

> 全書都見作者殫精竭慮，在找尋大自然與文化的關係，時而靈光一閃，俏皮一筆，睿智雋永，啟人深思和會心一笑。⋯⋯中學生或需要特有慧根才能得益，中學通識老師和大學生不能不看。

陳天機著作的通識書籍如下 ：（關於飲食部份皆與江獻珠合作，請參見本書附錄 7：徐穎怡 ：江獻珠著作年譜。）

1. 陳天機、許倬雲、關子尹：《系統視野與宇宙人生》，香港：商務印書館，1999。增訂版，2002。
2. 陳天機：《大自然與文化——環境、創造和共同演化的故事》，香港：中文大學出版社，2004。
3. 陳天機：《天羅地網：科學與人文的探索》，香港：Oxford University Press，2008。
4. 王永雄、彭金滿、陳天機：《天問：宇宙真貌的探索》，

8　陳天機：《大自然與文化》，香港：中文大學出版社，增訂版，2006，共 524 頁，約 30 萬字。
9　香港明報，2005 年 6 月 4 日〈明報時代〉短欄。

香港：Oxford University Press，2013。

5. 陳天機：《學海湧泉》，香港： Oxford University Press, 2016。

2008 年天機著作《天羅地網：科學與人文的探索》獲當年「十大好書獎」，由名作家倪匡頒獎。（「十大好書獎」後改稱「香港書獎」。）

天機任教這兩門特別的通識課前後總共 16 年，到了 2014 年才再次從中文大學第二次退休。

11.3. 奈何病魅身心困：

獻珠身體過敏之下，逐漸衰退。

獻珠身體，相當健康

獻珠身體向來相當健康。在崇基學院工讀時更積極參加多項運動，包括女界罕做的舉重。在美國和天機結婚後不久，她

便買了一套槓鈴，躺在櫈上舉重。

她曾經流產過好幾次，後來醫生又發現她有先天的邊界性糖尿病，獻珠於是喝咖啡時必用代糖。獻珠的眼睛也出現了毛病。她做過白內障手術（2012 年）後，眼睛仍屢見飛蚊。

獻珠一向不施脂粉，只用點唇膏。歲月不饒人，60 歲後她身體漸漸衰退：一頭秀麗的黑髮開始灰白。獻珠當初喜歡用一種紫黑略帶光澤的染髮劑，它不算天然，但別有一種風韻。如是約十年後，獻珠覺得頭髮灰白其實並無不妥，自己也無需矯扮年輕，便索性順其自然了。

她的雙手由於每天操作，也從本來的柔荑變成粗糙；這是獻珠多年來委身廚藝的當然代價。

身體過敏，困擾多年

但最困擾獻珠的，是自己身體的過敏。

她一向對許多花粉、貓狗毛、硫磺、味精和盤尼西林都有敏感反應，家裏從來不養寵物。在 1989 年，天機的大學同學，印尼工業巨子黃景文的女兒玉蓮（Lily）結婚，獻珠被邀從香港遠飛印尼參加盛大的婚禮，有一天獨自坐在景文的工廠幾個小時；房間窗外後園有個工業原料硫磺堆成的小山，窗上的冷氣機更將未過濾的後園空氣吹進室內。獻珠敏感反應大作，回香港後對別的東西（例如味精）的敏感也大大增加，她的呼吸系統更受影響，要早晚呼吸哮喘噴藥了。

獻珠後來更患過嚴重皮膚過敏引起的、非傳染性的病：天

疱瘡，[10] 四肢生出一顆顆紅腫疼痛難忍的水泡。她在醫院住了兩個星期，醫生狠心重下的類固醇果然奏效。但出院後皮膚變得嫩薄，輕微的衝撞也引起多日的青腫。獻珠的兩腮也腫起來，昔日俏麗的瓜子臉竟變成「國字臉」了。

天疱瘡癒後，獻珠身體大不如前。她也覺得關節僵硬，皮膚痠痛。後兩者幸得針灸醫師巫忠華每週上門治理。巫醫師有一手絕技：「一針貫兩穴」，一枝針可以同時貫穿兩個相鄰的穴道。

校友醫生，一見如故

因天機在大學服務的關係，獻珠也可以到中文大學的保健處打免疫針，看西醫；萬一病況超過保健處的範圍，保健處也可以聯絡近在沙田的威爾斯親王醫院。

2013 年 9 月初，獻珠就因心臟病住院一個月。她當初入威爾斯親王醫院急症室，後來病情好轉，轉去以療養為主的沙田醫院休養觀察，獻珠在那裏認識了中文大學校友鄧穎嫻醫生，一見如故，大家都是基督教徒，常常一齊祈禱。

出入醫院，屢歷虛驚

2014 年初，獻珠突然覺得氣喘，便到保健處求診。主任醫

---

10 Pemphigus.

師認為事態不容忽視，[11] 便立即叫救護車送她進威爾斯親王醫院急救室；幸好病況可以用藥劑控制；獻珠當天就可以出院。後來在同年獻珠還進了醫院兩次，每次症狀不算嚴重，但次數的頻繁令人擔心！

11.4. 十度暑寒執筆頻：
每週一篇，蔚成多產食譜作家。

環境塑造？自投羅網

天機第二次在中文大學任教時，獻珠更半被環境塑造、半由自投羅網，一直不懈寫作。逼她登上這新梁山的，竟然又是公關大師梁玳寧！梁玳寧的確是發掘人才、穿針引線、在香港食壇慧眼識得千里馬的伯樂。

執筆十年，每週一篇

由梁玳寧大力推薦，再加《飲食男女》週刊總編輯馬美慶多次敦請，獻珠開始每週為這雜誌撰寫一篇饒有份量、圖文並茂的食譜：〈珠璣小館隨筆〉，長達 10 年，罕有脫節。

11　陸偉昌醫生。

2007 年飲食男女執筆五週年紀念冊；天機、獻珠、《飲食男女》雜誌主編馬美慶（Betty）、大 Winnie（黃詩敏）。

獻珠為《飲食男女》攝製食譜

這經歷塑造了更進一步的江獻珠。在不知不覺間，她成為香港最多產的飲食作家之一，而且可以說愈寫愈開心，寫得愈來愈精彩。攝影師梁贊坤（Michael Leung）任勞任怨，從無失誤，更值得稱道。

梁贊坤（Michael Leung）與子清

11.5. 整月凱旋娛食客：

獻珠食譜在沙田馬會公饗食客一個月。

馬會江饌，曇花一月

早在 2000 年代，香港沙田馬會凱旋廳（中餐部）年輕有為的大廚林雲輝師傅久慕獻珠盛名，敦請她做顧問，並請她設計一套「江氏家廚」食譜，公饗食客一個月（2004 年 4 月全月）。

獻珠定下自己食譜裏幾個簡單易做的小菜，擇日聯同大師姐亞 Sa（姚麥麗敏）、小師妹岑陳煌麗到沙田馬會中餐部預先試食，看見馬會廚房井井有條，而且願意汲取新知，覺得非常滿意。

獻珠、 大師姐亞 Sa（姚麥麗敏）與小師妹岑陳煌麗

馬會凱旋廳的江家餐單

　　到了馬會正式奉客時，食客人人讚好。中文大學逸夫書院院長陳佳鼐教授特別喜歡獻珠的豆豉雞：平凡不過的作料，竟然做出意想不到的美味。

除了豆豉雞之外，馬會還供應了獻珠的

南瓜魚湯，三豉蒸石斑腩，牛肉炒露筍，東莞蒸缽蟹，
魚露豬肉，粉絲蝦米煮玉瓜，瑤柱炒蛋，杏汁南瓜紫米露。

根據中文大學崇基學院校友香樹輝（筆名喬菁華）的回憶：

大家喫得搖頭擺腦，讚不絕口。

馬會仍想翌年再做，但獻珠因有另事，礙難分身；而且林
師傅又獲升職到香港馬會總部，已不能兼顧了，結果沙田馬會
的客串江廚節目曇花一現，只做了那一個月。

11.6. 留家公子味求真：

留家廚房的「珠璣小館宴」。

留家劉晉，興廣才高

十年後（2014 年），香港食壇對江家美饌又發生新的興趣
了。

首先是中文大學藝術系校友劉健威開辦的美食餐室：留家
廚房，大廚是他令郎、迷上了烹調藝術的建築師劉晉。獻珠認

為劉晉天份高，肯創新，願嘗試，而且不恥下問，是飲食界罕見的人才。

留家廚房取得獻珠同意，選了幾個最富代表性，但未必易做的江家食譜，劉晉預先秘密練武，請天機、獻珠試菜兩次；第二次的太史鍋炸和金華玉樹雞都比上次好，獻珠說都做對了。

初次正式將「珠璣小館宴」公開奉客時，座無虛席，反應熱烈。食客也包括不少認得的記者。劉健威、劉晉父子與在座的獻珠、天機也都非常開心。

太史戈渣
Deep-fry custard of chicken broth

炒桂花素翅
Stir-fry imitated shark-fin with eggs

菊花魚雲羹
Soup of fish head

江南百花雞
Steamed chicken stuffed with shrimp paste

杏林春滿
Stir-fried finely sliced pigeon and various ingredients

三豉蒸斑球
Steamed grouper fillet with fermented soy bean

腿汁芥菜
Braised mustard green with ham sauce

鮮菇辦伊麵
Stir fry noodle with assorted mushrooms

杏汁南瓜紫米露
Sweet soup of pumpkin and almond with black glutinous rice

江獻珠
二〇一四年拾於田中大

留家廚房「珠璣小館宴」菜單。（《蘋果日報》：2014 年 07 月 23 日：精心設計「珠璣宴」。上有江獻珠簽名。）

11.7. 海灣賀慶彰江饌：

鄭重其事，緊密合作；兩大美饌，任君選擇。

君悅標榜，江家美食

香港君悅酒店著名的餐廳「港灣壹號」為慶祝開辦 25 週年，決定在 2014 年 7 月大張旗鼓，正面標榜江家美饌，特請獻珠供應心愛食譜，並在早兩個月前答應作多方面的緊密合作。

幕後雙方多層人物往來頻繁，中師姐蔡陳曼萍花了不少時間和心血奔波聯絡；詩婉那時在香港，也積極參與策劃、篩選、品評。君悅更請獻珠貢獻墨寶，以示鄭重其事。獻珠已多年不寫大字，[12] 試寫了三四次才覺得稍為滿意，勉強交卷。

「港灣壹號」決定同時供應兩張全餐菜單。讓食客有所選擇，第一張菜單稱為「味味珠璣」，第二張菜單命名「品嚐君悅」。食客可以分兩次品嚐全套。

幕後全面試菜一共舉辦了兩次，印象非常美滿。在座的包括獻珠、天機、詩婉、子清、大師姐亞 Sa（姚麥麗敏）、中師姐陳曼萍、小師妹岑陳煌麗。總廚李樹添師傅更從善如流；他說餐廳廚房為了獻珠的食譜，改變了不少操作程序。

12　請參看第 12 章第 12.5 節。

味味珠璣

SET DINNER MENU II

炒雜菌蠔豉鬆	Stir-fried minced dried oysters, pork sausages and fungi in lettuce cups
炸牛奶	Deep-fried crispy fresh thickened milk
冬菇黃肉參	Braised sea cucumbers and black mushrooms
菊花鷓鴣羹	Minced partridge broth with Chrysanthemums bamboo shoots and fungi
百花松茸夾	Matsutake sandwiched with shrimp paste
草菇炒鮮鮑片	Stir-fried sliced fresh abalone and straw mushrooms
蜜糖子薑鴨脯	Stir-fried breast of duck with young ginger in honey sauce
鼎湖新素	Gala mix of fungi and vegetables
黃耳蛋白杏仁露	Almond cream, yellow fungi and egg white

每位 $868
只適用於兩位或以上
任何信用卡優惠不適用於此
凱悅美食卡會員
享有八五折優惠

$868 per person
Minimum order for two persons
Credit card promotional offers are not applicable
CATH members are entitled to a 15% discount

所有價目以港元計算另加壹服務費　　All prices in HK$ and subject to 10% service charge.

港灣壹號賀慶奉客的江家餐單「味味珠璣」

香港君悦酒店 25 周年
GRAND HYATT HONG KONG 25TH ANNIVERSARY

品嘗君悦　　SET DINNER MENU I

炒鵪鶉鬆	Stir-fried minced quail and assorted vegetables in lettuce cups
太史戈渣	Supreme Scholar's deep-fried custard
珧柱蒜脯	Dried scallops braised with garlic cloves and sea moss
碧綠菜蓉羹	Minced spinach soup with supreme stock
清湯蝦扇	Fan shape prawns in clear sauce
夜香花炒魚球	Stir-fried garoupa fillet with night-fragrant buds pine nuts and bell peppers
古法豆豉鶏	Stir-fried chicken fillet, fresh basil shallots in preserved black bean
黃菌炒玉米粒	Stir-fried chanterelles with basil and sweet corn
南瓜紫米露	Sweet pumpkin soup with purple glutinous rice

每位 $838　　$838 per person
只適用於兩位或以上　　Minimum order for two persons
任何信用卡優惠不適用於此　　Credit card promotional offers are not applicable
凱悅美食卡會員　　CATH members are entitled to a 15% discount
享有八五折優惠

所有價目以港元計算另加壹服務費　　All prices in HK$ and subject to 10% service charge.

港灣壹號賀慶奉客的江家餐單「品嚐君悦」

港灣壹號總廚李樹添與江獻珠

港灣壹號試菜團、從左起：前排獻珠、天機；後排中師姐 陳曼萍、大師姐亞Sa（姚麥麗敏）、君悅助理飲食部總監 Fiona、詩婉、總廚李師傅、子清、小師妹岑陳煌麗。

熱烈歡迎，座無虛席

7月10-27日，港灣壹號餐廳正式慶祝25週年喜慶，以江家雙食譜奉客時，受到熱烈的歡迎，座無虛席。

在7月16夜，天機、詩婉、子清和親友也去品嚐，都非常滿意。

唯一可惜的是，幕後主角江獻珠已經進了醫院，無緣看到食客的開心反應了。7月22夜，獻珠結束了88年傳奇的一生。與「港灣壹號」的開心合作，是她對人間最後一次的貢獻。

後來李樹添師傅說，港灣壹號曾考慮過不如停止慶祝，以示哀悼；但慶祝江家美食不也表示出對這位「舌尖上的貴族」的敬意嗎？

特別由於食客的熱烈反應，李師傅也決定在慶祝期過後，將一部份食譜繼續供應，作為餐廳的新特色。

雪泥鴻爪，人生留痕

蘇東坡曾說：

> 人生到處知何似，應似飛鴻踏雪泥。泥上偶然留指爪，鴻飛那復計東西？

這些在沙田馬會、留家廚房、港灣一號的公開飲食節目的參與，是獻珠留給香港飲食界雪泥上的一部份指爪。獻珠可惜已去如飛鴻，不復返回塵世了。

獻珠留下的其他指爪包括：親友對這舌尖上的傳奇貴族一生的懷念、食客心頭的美滿回憶；發黃的報章新聞和褪色的照片。十多本書，更有亞爸不屑寫、但這位「師奶」留給讀者的一千多個食譜。這些食譜不應看作偶然留下的指爪；它們都是獻珠刻意贈送讀者的不朽心血結晶。

11.8. 貴族舌尖少一人：

已準備正式退休回美，可惜終難如願！

「江娘才盡」？準備退休

其實在 2014 年初，獻珠、天機都早已密鑼緊鼓，準備在夏天正式退休，告別香港，回去遠在美國的家了。

獻珠自己也説已經在《飲食男女》寫夠了。她愛用的形容詞，是「江娘才盡」；[13] 其實她也已覺得每週食譜牽涉到的附帶工作太過傷神了。

獻珠、天機想念在美國的親友，尤其是女兒詩婉、女婿子清，和他們的兩個兒女、四個男女孫。他們也開始嚮往那裏的平淡恬靜的生活。還有家中後園的大柿樹，每年冬天都掛起

---

13 南北朝時代的大文學家江淹（444-505），歷仕宋、齊、梁三朝，據説夢到多才多藝的郭璞索還五色筆，此後便無佳作，人稱「江郎才盡」。

一千多個紅燈籠樣的柿子，慶祝新年的來臨。

但獻珠同時也捨不得香港的朋友和多采多姿的生活。當別人問起：「你當真捨得永遠離開香港嗎？」她的眼睛總有點潤濕。這是擁有兩頭親友現世人的苦痛。過往獻珠、天機還可以每年越洋穿梭，但後來坐飛機也變成一件苦差了。

詩婉改行，廚藝精進

2014 年 5 月，詩婉從美國飛來香港。一班朋友在天機家「缽樂」聚餐，[14] 水準很高。詩婉自改行飲食後，廚藝精進，當夜做了兩道好菜——炸牛奶和太史菠菜茸羹。

2014 年 4 月缽樂夜攝。從左起：前排黃太太、天機、獻珠、黃胡信醫生；後排梁太太、詩婉、王永漢、梁廣錫、李健康、李太太。

---

14 參加者有三位電算系同事：梁廣錫、李健康、王文漢；梁夫人惠華，李夫人小貞、李健康摯友黃胡信醫生及夫人、獻珠、天機、詩婉，一共十人。

不捨女兒，母親流淚

詩婉不久便要飛回美國。獻珠依依不捨。不禁淚下漣漣。詩婉安慰説：「媽媽不要哭，不要哭，我很快就會再來相聚了！」

天機在旁也忍不住暗中潸然。他雖然算是已經融入了社會的書獃子，但仍然不懂怎樣用辭句來安慰別人，同時也安慰自己。在科學化的現代，遠隔重洋，固然可以朝發夕至，但新時代也帶來很多分離的需要，仍要依循多月前訂下的時間表。

天機已教了 16 年中文大學的通識教育，他的力作：《學海湧泉》是通識教育課「宇宙、學術與人生」的課本，已經寫好，蒙牛津大學出版社主編林道羣接納出版。2014 年 5 月，天機亦已經上了通識教育最後一課。他在中文大學作了一次公開演講「學海湧泉」，在 90 分鐘裏，由淺入深，以成語「三個臭皮匠，一個諸葛亮」引出系統的湧現特性，博得滿座如雷掌聲。獻珠也在座，開心看到觀眾熱烈的反應。

中文大學新任通識教育主任梁美儀博士是歷史學家；她已答應為天機十年前出版的《大自然與文化》一書修訂新版。天機知道自己的創作的出路和延續已有下落，放下了心頭的一塊大石。獻珠、天機現在都可以安心回美國了。

當年 6 月中旬，詩婉和子清果然如約再來了！獻珠、天機都非常開心。

詩婉蠔鬆，連食五包

在 6 月底，詩婉特別邀請天機在聯合書院的同事晚宴，一

手包辦，貢獻了：

蠔豉鬆

炸牛奶　　珧柱蒜脯

白玉藏珍（簡化的冬瓜盅）　　越式牛柳粒

八寶鴨　　淮山雲耳百合炒絲瓜

尾檯：紫米南瓜露

她的蠔豉鬆色彩繽紛，不在話下，而且切工細膩，味道雋永，恰到好處，更贏得全場讚賞。獻珠一人竟連喫了五包；這肯定是她個人對詩婉精進廚藝的評價。她從此便不愁「後繼無人」了。但天機因此相信獻珠更覺得與親友聚首的難得可貴。當時沒有人會知道：這晚餐竟然是獻珠參加的最後一次宴會了！

此後幾天《飲食男女》記者陳曉蕾來訪，盡量寫下獻珠的大小瑣碎，從中可以看出這「舌尖上的貴族」的為人、性格、奮鬥和不少罕為人知的一面。[15]

醫院急救，病情好轉

一天清早，獻珠忽悄然離床，獨坐客廳，不言不語，好像與外界完全隔絕。子清、詩婉立即送她到威爾斯親王醫院急救

15　陳曉蕾後來寫了「江獻珠：一生尋真味」，《飲食男女》週刊出版，2014，共7章，15頁。

室接受醫療。

四天後病情受到控制，獻珠認得到訪的朋友，而且主動與他們笑談。聯合書院故院務秘書劉鍾潔冰的兒子劉鎮東屢找不到對象，是有名的的王老五；獻珠看見他來探病，笑說：「東東，你結了婚未？」天機心裏放下大石：講笑通常是身心健康的特徵。果然，不久醫院便診斷她的病為 E. coli 發炎；[16] 這是相當常見的腸胃感染病。天機、詩婉、子清和到訪親友（包括亞 Sa、中師妹蔡陳曼萍、小師妹岑陳煌麗、好友陳華英）都安了心。

肺炎肆虐，呼吸辛勞

威爾斯親王醫院也說獻珠的病況已經好轉了，不久便送她到以病後療養為主的沙田醫院。醫生照 X 光時發現一小塊白斑，說：「處理後便可以正式出院回家了。」

不料這白斑竟然是肺炎可怕的標記！

肺炎有許多種，需要對症下藥，但每天只能試幾種。獻珠、天機當年其實都早已打過肺炎預防針，但抵抗力薄弱的獻珠仍然受到它無情的侵襲！

兩三天後，獻珠的症狀變得不受控制，呼吸非常辛苦，要倚賴大劑鎮痛嗎啡，而且她對外界刺激已沒有表示了。鄧穎嫻

16　Escherichia coli，通常簡稱 E. coli，是腸道寄生的病菌，發炎時往往引起肚瀉，痙攣。

醫生說獻珠的肺功能只剩下常人的一半。但鄧醫生仍鼓勵到訪
親友多向獻珠講話，說她其實聽得懂，但已做不出反應了。

感謝多年，魔幻時光

天機跪在獻珠床旁，低著頭噙著淚說：「感謝妳多年相伴！
我們共度時光的許多、許多魔幻；我不會忘記！」

在 1960 年代，獻珠已在崇基學院接受洗禮，成為基督徒。
2014 年 7 月 21 日下午，崇基學院的伍渭文牧師向她行了最後
告別儀式；獻珠終於當夜去世，從辛勞呼吸中解脫了。

淚眼同慶，絢麗人生

在 8 月 10 日，天機、詩婉和子清在崇基禮拜堂舉行獻珠紀
念儀式；同夜又安排了在君悅港灣壹號飯店一個 200 人出席的
晚餐，名為：

同慶：陳江獻珠風儀姿采絢麗人生

重溫過去三個月獻珠與李樹添廚師合作的結晶：江家食譜，
讓食客享受美麗的回憶。菜單如下：

炒雜菌蠔豉鬆　太史戈渣　珧柱蒜脯
菊花鷓鴣羹
夜香花炒魚球　江南百花雞　草菇炒鮮鮑片
古法豆豉雞　黃菌炒玉米粒
南瓜紫米露

獻珠說過：

「有生一日，我當竭盡全力維護傳統，讓如今的人知道喫是福氣，要好好珍惜。」

「曾經活過」總比「沒有活過」好，但無可避免地親友更特別感受到失落的悲痛！

美西儀式，不速佳客

天機、詩婉和子清回美國聖荷西後，在 8 月 23 日再次舉行簡潔的紀念儀式。參加儀式並且發言的嘉賓中竟有 40 年前，獻珠初試教烹飪時聖荷西「成人教育班」的女主持人：Mary Little。

91 歲的 Mary Little 看報得知獻珠去世的消息，親自到追悼會作紀念悼詞；她還贈天機一張與獻珠在成人教育中心夜班教室合攝的老照片，獻珠兩孫（孫兒文翰、孫女文軒）即刻認出，他們在聖荷西讀 Bret Hart 初中時上「家政」班，所用的也是同一間課室！參加追悼會的還有一位獻珠當時在成人教育中心的好學生 Andy Anderson；他接替了獻珠留下的課長達 35 年之久！

獻珠多年的同道朋友，蜚聲美國電視食壇，綽號「Yan Can Cook（甄能煮）」的名廚師甄文達也親臨弔唁，並致悼詞。

約八十年前，小獻珠在祖父江孔殷酒席後朗朗背誦〈滕王閣序〉等古文典範之作，其實是母親吳綺媛家教之功；但她因

約在 1973 年，江獻珠在聖荷西「成人教育中國烹飪班」與主持人 Mary Little 合攝。

此得以入席與賓客同座，品嚐當時獨步南粵的珍饈，培養味蕾，為自己三十多年後打入食壇建立了不朽的根基。在聖荷西的紀念儀式，女兒詩婉特地找到一套《古文觀止》放入靈柩，為母親雛年的飲食啓蒙作一個紀念。

青山長埋：舌尖貴族

獻珠下葬在聖荷西市橡樹山紀念公園，風景宜人的半山上。墳墓碑刻著總結她一生的：「舌尖上的貴族」。

美國加州聖荷西市江獻珠墓

第十二章

生活花絮，東西偶拾

12.1. 文字遊嬉多妙趣：

順手拈來，聲東擊西，增添生活趣味。

語言曲解，遊嬉多方

中文單字何止一萬；[1] 而普通話只有 1,347 個字音，方言語音的貧乏程度也與普通話不相上下。我們光聽一個字音，通常都猜不出相應的單字。中文脫胎於圖像式的甲骨文字，更有「字形」含糊的特色：不同的字，可能看來相似。語音、字形的含糊性往往要用上下文來破解。

文字遊戲往往就利用這些含糊，順手拈來，聲東擊西；所指的事物看來、聽來好像是「甲」，原來卻是當初完全想像不到的「乙」，引起聽眾、讀者的莞爾、呵笑、捧腹、甚至噴飯。

---

1 1716 年的《康熙字典》收了 47035 個單字。上海辭書出版社 1999 版《辭海》收了繁、簡體共 19485 字。台灣公認的「國字標準字體表」有 4,808 個常用繁體字，6,301 個次常用繁體字，共 10,147 個比較常用的繁體字。中國大陸推行簡體字，公認的常用字有 2,500 個，次常用字 1,000 個，共有 3,500 個。

中西文字、方言、語音、語法，也都是遊戲的好材料，可以夾雜穿插，橫生妙諦。獻珠和天機都是廣東人，對粵語情有獨鍾，認為它的文字遊戲特別傳神。

古文根柢，來源各殊

　　一個中文文字遊戲的主要來源是許多人半懂不懂的古文。

　　獻珠、天機都有相當不錯的漢語古文根柢。獻珠本人的古文根柢與貴為翰林的祖父只有間接關係，其實是母親吳綺媛教出來取悅祖父的；但結果使獻珠得以與祖父的宴會賓客同餐，培養了她的味蕾。[2] 她也讀過幾個月私塾，學會吟哦唐詩、宋詞。在 2014 年她輟筆時謙稱自己「江娘才盡」[3]；正從這貫通今古的雋句可以看出：她當時並非當真「才盡」，只是寫膩了，不想再繼續下去罷了。

　　天機的古文卻多半來於興趣自學，往往在閱讀時只隨著意之所之，偶遇生字，通常懶得去查字典，得過且過，能夠猜出意義就算了。他的生字發音也往往採用「有邊讀邊」的策略，含混過去；但這策略並非萬無一失，他也遇到過不少意外。天機當聯合書院院長時，與同事交談便悄悄地改正了好幾個字的發音，例如：

2　已見第 1 章第 1.6 節。
3　已見第 11 章第 11.8 節。

「擴充、馳騁、夢魘、邯鄲」[4]

王大將軍，衣冠欠奉

在晚上大家都睡不著時，天機與獻珠便經常在睡床上競背古文；通常總是天機不敵投降。特別在背誦〈滕王閣序〉時，天機還未到最出名的兩句：「落霞與孤鶩齊飛，秋水共長天一色」，往往便已經背不出了；獻珠卻輕易地繼續下去。

但獻珠有時也故意出錯，為的是引出一個司空聽慣的粵語老笑話。在「騰蛟起鳳，孟學士之詞宗；紫電青霜」後，她特地改讀原文的：「王將軍之武庫」做「王將軍之冇褲著」以博一笑。[5] 開心之後，大家睡意也濃了。

活用語文，合璧中西

獻珠與天機婚後，便立即申請女兒林詩婉來美國升學。天機替她起了一個與普通話名字發音相近、但不太常見的英文名字：「Sharon」，在眾多同學中別樹一幟。詩婉到了美國後不久，獻珠便送她一個一英尺長、塞滿豆豆、身形肥胖、眼睛明亮、憨態可掬的布袋洋娃娃，並命名這可愛的趣物為中西合璧的「Bean 個」。[6]

4　粵語讀如「廓充、馳逞、夢掩、寒單」，不是「鑛充、馳併、夢厭、鉗鄲」。
5　「冇」粵語意云「沒有」，「冇褲」粵語與「武庫」同音。「着」，粵語作動詞時粵音「爵」，解作「穿（衣服）」。獻珠有時也會說「王將軍之冇着褲」。
6　粵語「邊個？」，音「bean gor」，意思是「（你是）誰？」

天機在活用中西成語方面也不無心得；他把美國人在迷惘時常用的英文成語：「Don't know what's cooking」直譯成中文的「莫名其炒」。他也出過一個與外文有關的燈謎：「懸崖勒赤兔」，打國名一。[7]

得「參」應手，[8] 海港揚「崴」

獻珠善於處理珍貴食材。但她的拿手海參食譜，卻是當初受亞爸區區「鴨汁」兩字的悶棍之下逼出來的。

亞爸當時吩咐，燜海參不能用雞汁，而必須用「鴨汁」。但鴨汁何來？他拒絕再加解釋。獻珠明知亞爸有心試她，自己逐頁遍查《食經》全套十本，發現「鴨汁」只出現在一味「鴨汁燜伊麵」裏，她纔恍然大悟：「燜伊麵的鴨汁，原來是酒家每日烹製陳皮鴨留下來的」。因為雞湯味嫌淡薄，只有鴨汁濃厚豐腴，最適宜中和海參本身的灰腥味。

為了應付亞爸的挑戰，獻珠預先燜好了一隻四磅多重的陳皮鴨，讓亞爸親自考驗獻珠有沒有猜對「鴨汁」的來歷。[9]

……那時每有新菜，他老人家會來我家試菜。這次他

---

7 答案是中美洲的小國「危地馬拉（Guatemala）」。「赤兔」是三國時代關公的坐騎。

8 粵語「參」、「心」同音。

9 見特級校對《食經》原著，江獻珠撰譜：《傳統粵菜精華錄》，香港：萬里機構‧飲食天地出版社，2005，第 115-119 頁。

一入門，即大嚷「鴨在哪裏？」在桌下找到一鍋（全隻陳皮燜）鴨，他才不作聲。…

但光用鴨汁而不顧全鴨，未免可惜！於是她將青椰菜花（西蘭花）圍繞陳皮鴨胸，再將巨型海參在外圍繞，全碟略像一隻巨型鮑魚，倒也清雅脫俗，足以一新食客眼福。但獻珠卻不讓海參食客同時享用在這巨型模擬鮑魚中心的鴨子，因為亞爸教訓過，同味的食物不應同上一桌；鴨子與煮過的海參味道委實太接近了。[10]亞爸相信也不會反對把這道美麗的菜式分多次享用罷？

天機戲稱獻珠烹製的巨無霸海參做 Vladivostok（中文：海參崴（威））[11]。這是雄踞東亞，人口六十多萬的俄國海軍要港的名字，俄語意思是「東方的霸主」，與中文名字配合，可說是東西輝映，天衣無縫。但天機查過，中文「海參崴」其實是滿語的音譯，滿語原文的意思只不過是乏趣可陳的「海邊小漁村」而已。

10　同文第 118 頁。獻珠説：這道菜要的只是鴨汁，鴨子應是幕後作料，不應上桌（同時供食）。攝製圖片時覺得海參中間有空位，不太雅觀，順便把鴨胸肉填補進去而已。

11　俄國東岸著名軍港，曾屬遼、金、元、明、清五朝，1858 年，清朝在威逼下簽訂「璦琿條約」割讓與帝俄。

可以多次享用的鴨汁
Vladivostok,「鴨汁海參」。

「如翅」無魚，價廉物美 [12]

　　獻珠已多年不用魚翅，因為近年在許多地方都有仿製魚翅出售，它粗細劃一，價錢廉宜，只是比較容易折斷。這新作料的主要成份是膠原蛋白質，明膠和褐藻酸鈉，營養豐富；在味道、口感方面都相當於真的魚翅。它煮前只需浸水半小時，不像真魚翅要費一兩天。

　　仿製魚翅更有一宗天大的好處：它完全不需要屠殺可憐的鯊魚，因此為保護生態作了不可磨滅的貢獻。這新食材其實可以獨立一幟，不必當做冒牌貨看待。[13]

12　江獻珠：《家饌5》，香港：萬里機構，2012，第121頁。
13　但素菜館的仿翅（或稱「素翅」），反而味似粉絲，是完全不同的作料。

獻珠大力介紹這新食材，名之為「如」翅。這名字幽默妥貼，但可惜少人採用，相信主要原因是：粵語「如翅」「魚翅」讀音完全相同，委實太容易混淆了。「仿翅」是市場常用的名稱。

將相本無，巾幗不讓

一年天機替端午節的主角：糉，起了個威風凜凜的名字：「將相本無」，博得亞爸一粲。[14]

香港是東南亞生猛海鮮的匯集地。活在東南亞珊瑚礁畔的「蘇眉」肉質鮮嫩可口，更是老饕愛食的對象，據說已喫到瀕臨絕種了。天機譽稱這海鮮做「巾幗不讓」。[15]

百戰將軍，菜彰豪士

周張麗芳是介紹特級校對給獻珠認識的多年好友，也是北伐、抗戰名宿張發奎將軍的女兒。一次張將軍從香港來美探麗芳，獻珠請他們兩位午膳，莊而重之，當然少不了自己的得意招牌菜：鳳城蠔豉鬆了。

天機寫菜單時，認為這道佳餚應該反映貴賓叱咤風雲的身份，於是臨時更名為「豪士鬆」。

14　粵語「種」、「糉」同音。北宋神童汪洙：「朝為田舍郎，暮登天子堂；將相本無種，男兒當自強。」

15　粵語「蘇」、「鬚」同音。蘇眉魚學名 Cheilinus undulatus，眼尾有深色的長紋，略似眼眉。「鬚眉」是男子的代稱。巾幗不讓鬚眉：女子的表現不差於男性。

仆街成習，細雨夢回

天機表弟杜長寧移民美國後，立家在加州三藩市普爾克街。街名紀念美國第十一任總統詹姆士·普爾克。[16] 廣東華僑稱這街名做「仆」，「仆」的意思是「跌倒」，「仆街」這句粵語通常是用來咒人的，意思是在街上忽然心臟病發，倒地死去，傳神之處相當於英語的「drop dead」。

長寧的母親（天機的舅母）卻喜歡開自己的玩笑，説她每天一出門就「仆街」了。

天機喜愛南唐中主李璟《攤破浣溪紗》裏的千古名句：「細雨夢回雞塞遠，小樓吹徹玉笙寒」，特地為長寧擬了一個詩意盎然的菜名：「細雨夢回」，代表「雞（炒）菜薳（塞遠）」，[17] 害得表弟婦溫熹如整個月天天都要燒、喫這道菜。

本來無襪，怎惹塵埃？

2013 年 9 月，獻珠因氣喘心臟病，在醫院裏接受觀察一個月。一天，好友蔡國英和夫人陳曼萍到訪，順便一問有甚麼瑣事可以幫忙。獻珠説覺得兩腳略熱，請他們幫忙脱掉襪子。他們揭被一看，兩腳卻已經是光光的。

坐在旁邊、愛賣弄的天機立即插嘴説：

16　James Knox Polk（1795-1849），在他任內美國戰勝墨西哥，取得包括整個加利福尼亞州的大片土地。

17　雞塞：漢武帝建立的邊防要鎮，在今天的內蒙古，這是在公元 89 年，東漢竇憲北擊，大勝匈奴的出師站。塞音「賽」，但粵音同「菜」。

「本來無一襪（物），何處惹塵埃？」[18]

這是唐初佛教禪宗六祖慧能一舉成名的警句，駁斥五祖弘忍首徒神秀的偈詩：

「身是菩提樹，心如明鏡台；時時勤拂拭，莫使染塵埃。」

據說慧能自己不識字，央請別人代寫四句：

「菩提本無樹，明鏡亦非台；本來無一物，何處惹塵埃？」[19]

但從這小故事我們已經看出，獻珠當時身體對冷熱的感覺和控制可惜已經出了毛病，大不如前了。

蒙古征伐，汗馬功勞

天機一共自作、和與同事合寫了五本頗有份量的中文學術書。[20]但他中文寫作的開始，卻是在獻珠鼓勵下執筆的飲食遊戲文章。

---

18 粵語「物」、「襪」同音。
19 師父五祖當夜傳交代表教宗的衣缽，叫他立即出逃，以免被師兄神秀迫害。慧能在粵北馬壩南華寺建立禪宗南宗，主張「頓悟」，與神秀主張「漸悟」的北宗抗衡，慧能的弟子神會後來辯倒北宗，為南宗取得勝利。
20 已見第 11 章第 11.2 節。

自 1978 年開始，獻珠每月在《飲食世界》和繼續美食傳統的《飲食天地》寫美食文稿，前後足足二十寒暑。看著她不倦創作，天機不禁技癢；獻珠便也邀他執筆。天機對鼎鼐之道，其實乏善足陳；但在食材方面，卻不無涉獵。他於是便放膽嘗試，寫了一篇〈笑談牛肉〉。這在 1978 年面世的遊戲文章是天機自 1943 年中學畢業後採用中文寫作的開始。他後來又寫了四篇相類、莊諧交錯的飲食文章。[21]

我們在這裏且粗略介紹他執筆〈笑談牛肉〉文章的後半部。

成吉斯汗（1162-1227）崛起蒙古大漠，睥睨強敵，東征西討，領域東至黃海，西至整個裏海，南至黃河之北，與當時國運已衰、苟延殘喘的金國為界。他在 1227 年去世後，子孫的鐵騎還未完全佔領中國（1279）前，已經西向遠征歐洲，戰無不勝，攻無不克了。

1241 年 4 月 9 日，成吉斯汗長孫拔都率領的遠征軍在波蘭西部、靠近德國的里格尼茨更大敗基督教聯軍；[22] 聯軍主將波蘭公爵亨利二世捐軀戰場，慘被懸首矛端。但勝後蒙軍並沒有西搗德國，反而南指匈牙利[23]，建立金賬汗國。[24] 西歐幸得因而瓦全。

---

21 江獻珠、陳天機：《造物妙諦》香港：萬里機構・飲食天地出版社，2005：〈笑談牛肉〉，第 16-20 頁；〈德國仙女與丹麥神豬〉，第 21-25 頁；〈七面威風話火雞〉，第 26-31 頁；〈椒門四傑〉，第 32-38 頁；〈地下蘋果馬鈴薯〉第 39-45 頁。

22 里格尼茨：德文：Liegnitz。

23 因為當時的西歐森林遍佈，不利騎兵牧馬，而匈牙利卻有遼闊的草原。

24 即欽察汗國。

蒙古騎兵身壯力健，勇猛耐勞；他們的飲食習慣，相信不無可取之處也。原來他們愛喫牛肉，並且發明了鬆化牛肉的天然、天才技術。

他們將整塊鮮血淋漓的生牛肉放在馬背上，馬鞍下，然後飛身上馬，遠征異域。戰馬在奔馳中不住冒汗；馬汗滲入牛肉，引起化學作用；一連幾天之後，牛肉自然鬆化可口，甚至適宜生喫了。蒙古騎兵飽餐鬆化牛肉，征無不克；奪得的錦繡江山，顯見是無可誣衊的「汗馬」功勞。

麵包夾住，碎肉牛扒

兩塊圓麵包夾住碎牛肉的漢堡包是美式便利飲食的開路先鋒，風靡世界百年不衰。但漢堡包的天才發明歷史，至今仍存在不少疑團。

一個相當可靠的說法是：德國名城漢堡土產的碎牛肉扒，通常叫做「德國牛扒」亦稱「漢堡牛扒」，由德國「漢堡美國輪船公司」供應給橫渡大西洋的移民食客，傳入美國東部，[25] 但初時牛扒外面仍未有兩塊圓麵包；後者相信是美國人的不朽貢獻。

---

25 Hamburg America Line. 始於 1847，123 年後，在 1970 與 Norddeutscher Lloyd 輪船公司合併。

功歸汗馬，壯志難酬

唐朝的張打油始創了「打油詩」。他詠雪的雋句是：

黃狗身上白，白狗身上腫。

「腫」字傳頌千古，的確是神來之筆。天機在〈笑談牛肉〉
一文裏也戲寫了一首猜謎式的「打牛詩」，我們在這裏且錄後
半首：

汗馬江山胯下奪，[26]
粉身漢堡志難酬！

讀起來好像是總括百戰梟雄東征西討一生，惜以個人悲劇
收場的墓誌銘。

機停漢堡，一場擔心

寫完〈笑談牛肉〉文章後不久，天機身在倫敦，因公事要飛
去荷蘭首都阿姆斯特丹。航空公司人員說，飛機必先停德國漢
堡。天機想起自己的打牛小詩。天啊！「粉身漢堡志難酬」，這
還了得？但航線如此，無從更改！天機只好硬著頭皮踏上飛機。

26　胯下：秦末漢軍大將韓信未達時曾被流氓迫鑽胯下。但這裏所指的是：兩腿
　　間不住受馬汗鬆化的牛肉。

當日天朗氣清，陽光普照。飛機準時降落漢堡，接送航客，再準時衝霄起飛，毫無故障。天機透了一口大氣：詩裏所指的悲劇梟雄，原來並非作者自己，天機又何必庸人自擾呢？

而且想深一層：天機還未品嚐過胯下汗馬鬆化牛扒的滋味，也許正因為沒有滿足這「先決條件」，[27] 所以仍未曾贏得下一步「粉身漢堡」的資格呢。

12.2. 續貂狗尾亦文章：

「食譜師奶」為師父的《食經》寫譜。

《食經》十集，畫龍點睛

香港《星島日報》總編輯陳夢因以「特級校對」署名的傑作《食經》面世在 1950 年代的香港（1951 － 1957 年），至今已有六十多年了。[28] 而他的《食經》十小冊有許多地方，依然「歷古常新」。

1960 末期，在中華飲食界初露頭角的江獻珠在美國舊書攤買到《食經》殘本數冊，如獲至寶；在 1974 年，終於認識了《食經》的作者不久後，便拜他為師。[29] 在高度濃縮的短短幾個月，

27　Prerequisite condition.
28　獻珠認識陳夢因的經過見第 8 章第 8.1、8.2 節。
29　已見第 8 章。

陳夢因將獻珠從「偶有創見的飲食教匠」一舉提升成為「廚藝大師」；獻珠對這位「亞爸」的教誨，終身沒齒難忘。

亞爸一向認為食譜只是「食譜師奶」的領域，但也沒有當真阻止獻珠這抽絲剝繭、樂此不疲的工作。顯然手執《食經》而無所適從的讀者大有人在；即使慣於操作的專家也會偶然失手，「老貓燒鬚」。而獻珠成名之處，卻正在食譜的書寫。

《食經》添譜，勉為其難

獻珠講起亞爸，説：

> 他去世後，我在《飲食世界》雜誌登了一篇悼念他的文章，其中談到重編《食經》的意願，竟獲「萬里機構」的注意，願意作出版人。我本已退休多年，到此只好重操故業。[30]

為《食經》寫譜粗看來好像只是「狗尾續貂」的淺陋工作，但獻珠卻鄭重其事，盡量用食譜來詮釋《食經》所講的「為甚麼」。[31]

《食經》共有十集，每集約有 80 道菜式；為了篇幅限制，

---

30 特級校對《食經》原著，江獻珠撰譜：《粵菜文化溯源系列》：1.《傳統粵菜精華錄》，2.《古法粵菜新譜》，香港：萬里機構‧飲食天地出版社，2005。摘文來自《傳統粵菜精華錄》前言：〈特級校對和我〉。

31 她為添加食譜也特別取得「老媽子」陳夢因夫人的同意。

獻珠只能選用總共 100 個左右；平均每集只選 12 道；獻珠為每樣選用的菜式寫出細節的食譜，配上彩圖。她也盡量保存「亞爸」《食經》的原文和飲食名家的序言。

今昔有別，字體劃分

這工作產生了《粵菜文化溯源系列》，共兩本很有份量的書：《傳統粵菜精華錄》和《古法粵菜新譜》。獻珠說：

> 我深知夢因先生十分重視自己的文章，除不選入時間性過強之食經外，在文字方面，不作任何更改，完全保留原來風格。但有時我會按今日之情，對昔日的食事加以分析而作出批評，使讀者能明白時代不同，飲食模式的迥異，可能不夠客觀，個人偏見，似乎在所難免了。

在這兩本書裏，獻珠的意見，印出來所用的字體與師父陳夢因《食經》的原文完全不同，絕對不會混淆，而且我們可以說，獻珠意見的介入，使《食經》更迎合今天讀者的需要。

一套二冊：掌故、菜式

《古法粵菜新譜》以家常佳饌食譜演繹食經，務求「譜裏有經」。這書將菜式分成六類：雞鴨類、肉類、魚鮮類、豆腐蔬菜類、湯類、小食類。

《傳統粵菜精華錄》卻以掌故為主，食譜為輔。獻珠除了

《食經》十集講及的飲食掌故之外，還加插了一些特級校對的近作：《講食集》內的著作精華、《鼎鼐雜碎》談及的滿漢筵席，和「亞爸」教導獻珠的一些關於古老排場和他到美國後創製的新菜。這書共分五篇：〈故事篇〉、〈滿漢筵席篇〉、〈懷舊篇〉、〈講食篇〉、〈創新篇〉。〈懷舊篇〉中，獻珠更寫出在亞爸鼓舞下，「鑽進了精食的牛角尖」，嘗試複製半世紀前的廣州四大名菜的過程。假若獻珠不寫在〈懷舊篇〉，讀者便完全沒有機會領略她當年苦練下成功的衝天飛躍了！

《食經》重現，一共三次

在「亞爸」的大媳婦吳瑞卿努力奔走之下，原套《食經》在天津也得以重印成簡體字本，[32] 在香港又得以重編分類，印成五冊。[33] 在這兩套重印的《食經》出版之前，獻珠和吳瑞卿都希望能夠加入食譜，但當時都遭受「亞爸」個人的堅決反對。

《食經》的重現，現今總共有三個版本了，可說各有讀者羣，各有千秋。獻珠參與的兩冊圖文並茂，引入不少新知，加入的食譜詳細，容易上手，，但只涉及原書的冰山一角（10%）；天津簡體字版適應今天大陸讀者的閱讀習慣；香港商務版將原書重新分類編排，嘉惠讀者不少。

32　陳夢因：《食經》上、下卷，天津：百花文藝出版社，2009。
33　陳夢因（特級校對）：食經：壹：平常真味；貳：不時不食；叁：烹小鮮如治大國；肆：南北風味；伍：廚心獨運。香港：商務印書館，2007。

12.3. 微波風險何從出？

微波烹飪，美味安全；作料鮮明，促進食慾。

出版新徑，英文譯中

除了已在 1983 年由拜倫氏出版的英文《漢饌》之外，獻珠還有兩本用英文書寫的書稿。一本是拜倫氏退出合約的《中國點心製作圖解》英文本，另一本用英文書寫的書稿是《微波爐中菜大全》。這兩本書後來都被獻珠改譯成中文，在香港出版。[34]《中國點心製作圖解》在香港銷路奇佳，印了 13 版，總共賣出了兩萬多本，原來不少烹飪學校採用它來做課本。

精心創見，誹言中傷

微波烹飪採用大戰後才轉向民用的雷達技術，是劃時代的烹飪突破。《微波爐中菜大全》也是獻珠精心體驗下寫出、多有創見的重要作品。

當時香港市面雖然已有微波爐，但根本沒有微波爐中菜食譜。可惜出版時（1992），據說新加坡某高官之子患癌，傳謂與用微波爐煮食有關云云；書的銷路因而大受影響。誹言破壞性強，而傳播者不負責任，實在可悲！

後來有一個夏天，獻珠和天機在香港多逗留了一個多月，

34　《微波爐中菜大全》香港：萬里機構‧飲食天地出版社，1992；《中國點心製作圖解》，香港：萬里機構‧飲食天地出版社，1994。

獻珠每天都靠微波爐用書上的食譜煮食，乾淨、利落、美味，而且完全看不到有任何不良後果。現在美國超過 90% 的家庭都已經擁有微波爐了。

微波力弱，省電安全[35]

順便一提：微波是電磁輻射中很「弱」的一種。[36] 在戰爭中它完全沒有原子彈雷霆萬鈞的殺傷力。它的主要軍事用途是：利用微波反射的時間差距，來探測物理對象與光源間的距離，因而採取應付之方。1940 年 7 到 10 月，英國的雷達利用微波技術，發出德國飛機來侵的警報，因而及時起飛戰機迎擊；雷達救了當時孤軍抗戰的英國。

通常家庭的烹飪方式是間接加熱：先燒熱容器（例如鐵鍋、鋁煲），然後讓容器傳熱煮物，所用的熱能大半浪費在食物本身之外的環境裏。但微波採取的烹飪方式迥然不同；它通常直接影響組成食物的分子（主要是水的分子），使它們肉眼看不見地旋轉、震盪，產生摩擦。放出熱量，煮熟食物。所以微波烹飪是直接從內而外的，與家常從外而內的間接烹調方式大異其趣。在夏天用微波爐煮食，更不會熱透整個廚房。

微波烹調最有效的對象是含有水份的作料。它將作料加熱，通常不會超過水的沸騰點（100 ℃），不會達到燒焦食物、或將

35　部份摘譯自 Wikipedia, Microwave oven 條，2018 年 1 月 25，15:46。

36　強度與波長成反比。微波波長以厘米計，約為 X 光的一萬倍，強度因此只約為 X 光的萬分之一。

食物變黃的温度（約 140℃）。因此微波烹飪的一個特徵是食物煮後顏色鮮明，誘發食慾。

微波爐供應商的設計以用家安全為大前提：煮食時微波爐爐門若不緊閉，微波便根本不會出現；爐門緊閉後微波也絕不會洩漏。微波爐開着時，產生的微波只限於爐裏盛載食物的方室，而吸收微波的只是烹調的作料；載食物的容器通常也不受微波影響；容器倘若變熱，多半只是由於容器內的受熱食物的傳導。[37]

微波爐一熄，微波便完全消失。用戶大可放心：食物、容器、爐和空室都絕不會保留微波輻射。

微波烹飪，優劣並陳

微波烹飪的好處可以概括如下：

a. 快速烹飪，快速解凍；

b. 保存作料的天然味道和營養，避免食物乾化或收縮；

c. 省電；節省勞力；

d. 安全、潔淨、清涼。

---

37 容器，包括透明膠紙，應該附有「微波爐安全」字樣，才好放入。金屬和鍍金屬的器皿可能引起電流甚至火花，不宜使用。液體也可能過熱而不產生標誌式的沸騰現象。還有不可不知：產熱的食物通常膨脹，產生蒸氣。雞蛋如不先打破或穿孔，內部變熱膨脹，而受蛋殼所阻，結果便會爆炸。栗子也應先劃破外殼，方用微波處理。

但微波烹飪也難免有缺點：

a. 微波烹飪不能取代所有烹調方式。它通常只能取代烹調的蒸、煮；不能做煎、炒、炸，或明火烹調。它沒有廣東人通常習慣的「鑊氣」。

b. 限制每次烹飪的食物份量。

c. 從任何角度，微波只能深入作料約 1.5 吋。

微波爐罕會取代平常的火灶，但為食物供應一種嶄新的烹調方式。一些適宜微波烹飪的食物如下：

粉麵類，魚，蔬菜，薯類；已煮過但已變冷的食物。

充份利用，可勝傳統

微波烹調獨特之處，如充份利用，往往比傳統烹調方法更簡單、更省時、更經濟。而且有些充份利用微波特色的菜式，可能比通常烹調方法更加美味可口。微波煮食可以完全不用常規佔用地盤的火灶，甚至整個廚房。在今日寸金尺土的香港，微波作為唯一烹調方式更值得讀者考慮。

1990 年代末期在香港，細 Winnie 徐穎怡曾依循《微波爐中菜大全》煮食，眼到手到，非常成功；她和丈夫楊耀強後來親自到美國探訪獻珠，企圖合作在加州大展拳腳，只因主要夥伴

突然逝世，計劃被迫中斷。[38]

　　非常可惜的是，《微波爐中菜大全》一書面世過早，當時又受無知之輩的誹言中傷，書的銷路竟然不符理想。

　　現今民智大開，已少人再質疑微波爐的安全問題，而且它已成一般家庭常備的炊具了。但多半人家將微波爐大材小用，只用它來燒開水、爆栗子，和將冷藏的食物解凍、加熱。

大小馬力，輕易換算

　　《微波爐中菜大全》出版在 1992 年，已有四分之一世紀了，當時微波爐通用的馬力相當低，只到 700 伏特左右。現在市面的小型微波爐仍保持這馬力，但許多微波爐已達 1000-1500 伏特，而且有爐內吹風設備，使食物大致平衡加熱。更有加入其他焗爐設備，在此不贅。看來《微波爐中菜大全》的食譜好像需要重新改寫，才可以充份滿足新時代的需求了。

　　但我們可以用高馬力微波爐，繼續使用《微波爐中菜大全》的食譜。最簡單的方法是將高馬力設備備而不用，只用低馬力部份。更進一步，我們可以利用它的高馬力來節省加熱時間。如書上寫明要用 v 伏特加熱時間 m 分鐘，所需的總熱量是 wm，我們通常可以改用 V 伏特加熱 M 分鐘。總共需要的熱量是

$$vm = VM$$

38　見第 12 章第 12.10 節。

因此需要的加熱時間是

M = m（v/V）．

如 w =700 瓦特，W = 1000 瓦特，則 v/V= 0.7，

M = 0.7 m,

省了 30% 的加熱時間。

如所用的馬力過大，烹調的效果可能或會打折扣。請讀者一閱高力微波爐附送的簡介，以免失誤。

筆者認為最要關注的，是密封的作料，例如連殼的雞蛋、栗子、用微波烹調時可能出現的小規模爆破。這問題在低馬力微波爐早已存在，只是程度之分而已。預防之方在先行剝殼（雞蛋）或裂殼（堅果、栗子）。有厚皮的作料，例如連皮的雞、魚，須先用叉多刺小孔，好讓煮時蒸氣外洩；煮後小孔會自動關閉。[39]

12.4. 菇耳情迷齒頰香：

獻珠無菇不歡，自號「菌癡」。

生物分類，自成一界

生物學家從前將大型生物只分為動物、植物兩界。自 1969

39　這也是獻珠烹製江南百花雞的秘訣，已見第 8 章 8.5 節。

年起，他們將真菌類從植物界分出來，自成真菌界。

真菌的一個特徵是：它不能行動，有如植物；但沒有葉綠素，不能進行光合作用，製造葡萄糖，養活自己。它們主要的生存方式，惟有寄生在其他植物身上，吸取養料。

許多真菌有毒，而且不少毒菌外形、顏色都像食用菌。讀者千萬不要貿然採食，自討苦喫，甚至中毒！我們必須倚賴專家和有聲譽的供應商。

無毒的食用菌類有很高的營養價值，味道與蔬果完全不同。從外表來看，菌類可以分做有傘有柄、豐腴的「菇」，和無傘無柄，爽脆的「耳。」

菌類有一個化學上的特點：它們不但含有豐富的天然味精（谷氨酸一鈉），而且也同時含有豐富的金屬鉀：而且鉀奇多而鈉很少。

在今天文明人的飲食裏，每天吸入的鈉遠超於鉀，而食鈉過多往往會引起心臟病。菇類所含有的鉀質不但有平衡鉀／鈉比例的作用，而且可以幫助人體排斥過量的鈉。所以菌類是非常安全的豐富天然味精來源，的確值得大力提倡！

醉心菇菌，自號菌癡

獻珠説自己對所有可食的菇菌類都喜愛，每餐無菌不歡，自號「菌癡」。2001 年，香港飲食公關奇才梁玳寧請獻珠和天機喫了一次「全菌席」，引起獻珠對菇菌食譜的興趣。她結果

「菌癡」獻珠的兩本菌書

寫了兩厚冊，相信至今仍是最完備的中文菇菌食譜書。[40]

草菇鮮味，一去難回 [41]

　　1962 年在香港，獻珠邀請天機到沙田楓林酒家午膳，天機喫到了最美味難忘的草菇。從前香港的鮮草菇來自福建，味道鮮美，但價錢不菲。可惜這美味已難再遇了。

　　1970 年代，中文大學生物學教授張樹庭發明了科學培養草菇的方法，用廢棉、茶渣，石灰作為原料，成本極輕，一時使茶館林立而茶渣過剩的香港變成草菇的最大生產天堂，完全不假外求。

　　但不知道是否生產方式引起了改變，以前的長形菇柄和深

40　江獻珠：《情迷野菌香》，《培養菌佳餚》，香港：萬里機構‧飲食天地出版社，2007，2008。

41　江獻珠：《培養菌佳餚》，第 30-41 頁。

棕、明亮色的菇傘現在都被菇皮包裹，草菇變成白色小球，調味料也難以滲進了。獻珠於是提倡在每個球狀菇頂用小刀畫個「十」字，作為調味料滲進的渠道。

黃家姊弟，雲南野菇

黃詩敏（Winnie Wong）為人開朗豪爽，本來先後任職香港 IBM 和 SAP 兩家科技公司。當她父親做了多年蒜頭批發生意後準備退休時，她毅然辭去科技職務，與弟弟詩鍵合作，接過父親的生意，而且遠訪雲南，引進多種野生菇類，打出香港的新市場，建立了「菁雲野生菌」的品牌，[42] 成績超卓，聲譽鵲起；她也傲然自號「Winnie the 菇」。[43]

獻珠在 2014 年的一篇文稿上寫道：[44]

第一次知道香港有一家經營野生菌類的店子，是 2004 年，在巴黎國際美食展覽會上，在蔬果館中，看到有一攤位，展出中國雲南的野生乾菌，主持的是姊弟二人，當時行色匆匆，不及逗留上前詢問便離開了。

到了 2005 年暑假，我患上坐骨神經炎，在美國接受了

42　英文：J's Garden Market.

43　Winnie the Pooh 是美國兒童讀物裏可愛的小熊。始創者是美國作家 A. A. Milne（1924）。

44　詩婉整理她母親的遺物時，發現這篇關於黃氏姊弟和「菁雲」的草稿，相信成於 2014 年，可能是獻珠最後一篇文章了。她對菇類食物一往情深，可想而知。

類固醇注射，方能成行返港。之前在港會展中心舉行的食品展覽中，攝影師發現了「菁雲」的展覽單位，他和黃氏姊弟談起我，他們十分鼓舞，說菌季將過，若不及時送我，便要等待來年了，就算我健康狀況欠佳，他們等我從美國回來，一於親自上門送到。

我多年來著手寫一本以野生菌為主的食譜，但遭遇到找材料的困難，我知道唯一的供應商，每種起碼要購買一公斤，而且品種不多，一聽到有「菁雲」這間店子，真是喜不自勝。那天他們真是應有盡有，把手頭上所有品種，都全部帶來，而我也忍著痛，撐著煮好全部野菌。因為是急就，只能拍得成品，烹調步驟大部份都付諸闕如。

之後我和他們姊弟時相過從，有如家人。而我也斷斷續續完成食譜，卒於在 2007 年，出版了《情迷野菌香》一書。我可以說，如果當時沒有這間店子，又或沒有他們的幫忙，這本野菌的食譜，不知要到哪時方能完成。

今天資訊發達，交通方便，「菁雲」已成港澳飲食行業中我國雲南野菌主要的供應商。趁著他們十週年紀念日將至，在這裏寫一些和他們姊弟的交誼，也樂道這十年來，香港人對野菌認識日見增加，無疑是在飲食文化上踏出了一大步。

不忘荔菌，多載尋蹤

在 1930 年代，若問「世間甚麼東西最好喫？」繩祖、獻珠

兄妹異口同聲，都必答「荔枝菌」！

　　位在羅崗洞的江蘭齋農場廣種荔枝；暮春初夏施肥之後，樹根旁便在夜間冒出荔枝菌來，由農場工人帶入廣州太史第廚房。未開傘的宜放湯或快炒，嫩滑清甜；有傘的宜炸香油漬，味道濃郁，軟中帶韌，拌麵更是一絕。獻珠和哥哥繩祖自幼嚐過荔枝菌的味道，真是終身難忘。

　　廣東人傳說荔枝菌是跌在地下的荔枝核長出來的。多年來專家朋友說它就是雲南著名、從白蟻吐沫生出來的名菌：雞樅。獻珠半疑半信。獻珠和天機後來有大陸之行，路經雲南，希望能喫到聞名已久的雞樅，但惜當年雨季來遲，這名菌竟然無影無「樅」。後來他們在 2000 年代蒙詩敏餽贈新鮮雲南雞樅，煮熟品嚐之下，獻珠心中的疑團才真相大白：果然今天雲南的雞樅正是半個世紀前美味難忘的荔枝菌。獻珠的非凡味蕾記憶又得到一次證實。但廣東的荔枝樹是否必有寄生的白蟻呢？那就要生態學專家來討論了！

　　順便一題：雞樅愈新鮮愈好，鮮味在三、四天後便大大消退，不可不知！

12.5. 弘一法書祛戾氣：

獻珠學寫大字六年。

忘年結交，書法豪邁

天機讀小學、初中時上過書法班，但興趣不高，成績平庸，作品至今不敢輕易示人，惟恐貽笑大方。

獻珠母親吳綺媛的書法酷似家公江太史的翰林字體，可以亂真。1940 年代據說經常代太史「捉刀」。獻珠幼受母親家教，小字也秀麗宜人。

天機當中文大學聯合書院院長時，獻珠有一位忘年交：二十來歲的聯合書院中文系研究院女同學馮幗兒。她來自美國德州華僑家庭，但嚮往中華文化，天份也非常高。幗兒豪爽可觀的大字感染了獻珠向書法藝術邁進，獻珠尊稱這位比她年輕不到一半的天才做「小老師」。

不幸小老師英年早逝，獻珠失去了與她詳細切磋的機會。獻珠受幗兒感召之後，師事過香港知名的女書法家呂媞和香港有名的書法家吳子健、陳秉昌。呂媞的隸書饒有丈夫氣。獻珠跟隨她學行書，漸漸放棄了小字的拘謹。

弘一法書，驅除惡氣

中文大學中文系主任常宗豪本人也是書法大師；他設有書法班，不論篆、隸、真、行、草，都有高深的造詣。獻珠曾跟他學篆，作品也得到過「貼堂」的榮譽。

但常老師認為獻珠的行書太「惡」，應該痛改。他叫獻珠臨摹弘一法師的行書；[45] 這位法師筆畫圓融，筆鋒收斂不露，了無人間煙火氣，可說已看破紅塵，與世無爭了。但獻珠本人的傾向與此大相徑庭；她試臨摹三兩天後便自動放棄了。

常老師後來離開了香港中文大學，在澳門去世；呂媞老師也遷居美國加州。獻珠正式的大字書法學習過程總共只有六年左右。天機、獻珠夏天回美國度假時也曾請過呂老師作私人教習兩三次；此後獻珠的大字書法學習生涯便告擱淺了。

適可而止，或合中庸？

天機個人的印象是，獻珠幼受慈母家教，小字一向秀麗可觀。她對大字饒有興趣，相信也有天賦；但自從受小老師馮幗兒影響，解放了小字的約束後，她本人的興趣便接近呂媞老師的豪邁，也許她在這方向做得過份了些，引起常老師老實不客氣的評語。但獻珠與弘一法師不食人間煙火的圓融收斂，看來的確格格不相入，引起了她自然的抗拒了。

很可能常老師當初目的是在輕減獻珠書法太露的鋒芒，但相信未必一定要「除惡務盡」罷？臨摹弘一法師，適可而止的中庸之道，說不定是最佳的選擇。但常老師和江獻珠都已經不再會發表意見了！

45　李叔同在 1920 年代留學日本，以介紹歐西音樂見稱。他在 1930 年代看破紅塵，出家，法號弘一。

獻珠在常老師指點下的篆書作品，和在呂老師指點下的行書作品，裱好後現在懸掛於天機在美西聖荷西家的客廳裏。

江獻珠在常宗豪指導下的大字篆書「千古文章在彝鼎，六朝金石有源流」。

江獻珠在呂媞指導下的大字行書

12.6. 味精狠手費思量：

味精確是鮮味所在，可惜「過」遠遜「不及」。[46]

天然產品，鮮味所在

在今日東亞飲食界有一個普遍的不良現象：味精的濫用。[47]

1908 年，日本帝國大學化學家池田菊苗從昆布中分離出化合物谷氨酸一鈉，[48]並將它的特別味道命名為「鮮」（umami）。1909 年，他與日本人鈴木三朗助合作，大量生產、傾銷這化合物，稱之為「味の素」。

1930 年中國人吳蘊初據說曾任職池田實驗室。他自行合成榖氨酸一鈉，在自己的天廚公司生產，開始用「味精」的響亮名字，與日本的味の素競爭。

中菜廚師，狠手濫用

二次大戰後，谷氨酸一鈉的大量生產已完全不是商業秘密，而且成本低廉。今天，全球每年產量已達 300 萬噸，超過90% 的谷氨酸一鈉生產在中國，也使用在中國。

味精經常用在罐頭食品和果汁。醬油本身已含有不少天然

46　江獻珠：《珠璣小館飲食文集：飲食健康》，香港：萬里機構‧飲食天地出版社，2005，第 16-19 頁：〈漫談味精〉；第 20-24 頁：〈味精風波〉。

47　請參閱 Wikipedia，味精條，2016-8-15, 14:50.

48　Monosodium glutamate，簡稱 MSG。

味精，但許多生產商更添加這人工化合物，冀望增加銷路。

西餐除了湯之外，比較少用味精。但在今天東亞許多地方，包括中國、香港、日本、韓國，味精被廚師狠手濫用，已成不良風氣了。[49]

中國餐室，食客症候

1968 年 4 月，居美華裔醫生郭浩民登了一篇文章，發明了一個新名詞：「中國餐室症候群」。[50] 他說：

> 我每次到中國餐室，特別是供應中國北方菜的餐室，用膳，都會中了一種怪異的症候。這症候通常出現在喫了第一道菜後 15 到 20 分鐘，持續約兩小時，沒有後遺現象。最顯著的症狀是頸後的麻木，慢慢地擴張到兩臂和背脊，全面軟弱，和心悸。

國際醫學界對此發表了不少意見，但大都只推搪式地說「事出有因，查無實據」。美國食品及藥物管理局將 MSG 列為「通

49　Elizabeth Somer: Does Chinese food give you a headache?
　　http://www.webmd.com/food-recipes/20000619/does-chinese-food-give-you-a-headache

50　郭浩民：Robert Ho Man Kwok；中國餐室症候群：Chinese restaurant syndrome，簡稱 CRS。

常認為安全」，[51] 只要求加入味精的食品要在標籤上通知顧客。

但 1986 年，美國食品及藥物管理局的食物過度敏感顧問委員會終於承認有些人對味精會有短期的反應。[52] 澳洲也確認有少數人（「少於 1%」）對味精敏感。在中華飲食地帶對味精敏感的人相信不止「少於 1%」的數目。即使只有「少數人」，他們不也是人嗎？

餐室供應的食品通常沒有標籤，即使菜餚加入大量的味精一般也不告訴顧客。更可惱的是，許多無良食肆自己標榜不加味精，而實在大量濫用這調味品，無視敏感顧客的安全，令人憤慨！

天然鮮味，菌類尤豐

我們且作一個比較公允的裁決。

且容我們首先指出：科學證明，味精的確是食物「鮮」味的來源。日本科學家的 MSG，絕非憑空虛構，而是來自日本人經常食用的海帶；用海帶烹調的菜，的確有可口的「鮮」味。含谷氨酸其他的化合物也供應了這種「鮮」味。

MSG 是組成人體神經系統的重要化合物；但人體可以自行將蛋白質分解，製造味精，毋庸從食物輸入。所以從體外輸入的 MSG，主要作用只是調味而已。

51　食品及藥物管理局：Food and Drug Administration（FDA）；「通常認為安全」：generally recognized as safe。

52　FDA's Advisory Committee on Hypersensitivity to Food Constituents.

MSG 自然出現在許多食用作料，例如乳酪、豆豉、肉類、番茄；在菇菌類尤其豐富。這些食材在烹調時也會將所含的「鮮」味傳到鄰近的作料，做出美味的菜餚。我們烹飪中菜，常用冬菇陪襯，這肯定是一個重要的原因。

食物的天然味精含量[53]（單位是：味精毫克／食物100克）

蔬菜	番茄	150-250	乾番茄	650-1140	豌豆	110
	蠶豆	60-80	黃豆	70-80	蓮藕	100
	蒜頭	100	玉米	70-100	黃芽白	40-90
	菠菜	50-70	椰菜	30-50	露筍	30-50
	紅蘿蔔	40-80	蘿蔔	30-70	馬鈴薯	30-100
	番薯	60	洋蔥	20-50	葱	20-50
	薑	20	西蘭花	30-60	鮮冬菇	70
	乾冬菇	10-60	洋白菇	40-110	松露菌 truffles	60-80
海產	昆布（海帶）	1344-3190	鯖魚	10-30	海鯛魚	10
	沙甸魚	10-20	鱈魚	5-10	金槍魚	1-10
	蝦	120	冰凍去殼蝦	15-30	鮮帶子	140
	海膽	100	蠔	40-150	淡菜	110
	蜆	210	烏賊	20-30	章魚	20-30
	魚子醬	80				
肉類	豬肉	10	雞肉	20-50	牛肉	10
	乾火腿	340				
蛋類	雞蛋	20				
乳酪	英國 Cheddar 乳酪	180	意大利 Parmigian 硬乳酪	1200-1680	瑞士 Emmental 乳酪	310
其他	綠茶	220-670	醬油	400-1700	蠔油	900
	韓國泡菜 Kimchi	240				

53　摘錄自 https://www.umamiinfo.com/richfood/

今天城市人的飲食，通常有「鈉遠超於鉀」的不良現象；食鈉過多容易引起心臟病。

菌類有一個化學上的特點：它們不但含有豐富的天然味精（谷氨酸一鈉），而且也含有豐富的金屬鉀；鉀能抵抗，甚至排斥人體裏過量的鈉。所以菌類是非常安全的豐富天然味精來源，值得大力提倡。

過量味精，不如不及

孔子說過：過猶不及。[54] 在用味精調味方面，我們也許應該說：「過份」可能比「不及」遠為糟糕。「不及」的菜餚也許欠缺鮮味，但過量的味精使食味千篇一律，而且對許多人身體有害！

100cc 的清湯如逐漸加入超過 1 克 MSG，享受的快感便愈來愈低。可見超量味精不會增加鮮味感。多餘的味精其實降低了享受，而金屬鈉的輸入量卻顯然增加了。

許多人服用過量味精後覺得口渴；這是身體服用過量金屬鈉後出現的警號。一個臨時解救的辦法是喝水，稀釋身體裏鈉的份量。多餘的鈉離子也可以從小便排出。

許多天然食材，特別是菇類，已有足夠鮮味，無需再外加味精；若加味精亦應適可而止。烹調其實應該是「適可而止」的藝術，不容狠手濫用。

54　《論語‧先進》。

外加的味精若一旦燒焦，便會分解，失去鮮味，而且分解物可能對人體有害。所以最保險的用法是將食物煮熟後才加味精。

獻珠本人，敏感極端

獻珠一向對不少物質產生敏感反應，例如貓狗的毛、玫瑰的花粉、硫磺和盤尼西林。許多年前她喫過量的味精後也會產生反應，但反應並不嚴重，只覺得口唇略為乾燥而已。

1989 年，獻珠去印尼參加天機 1946-47 年在中山大學的舊同學黃景文女兒 Lily 的出嫁典禮，受到硫磺感染；回港後她得了哮喘病，從此對入口物質（包括味精）的敏感也大大增加了：她喫小量的味精後便已經根本講不出說話來。[55]

1992 年，天機和中文大學工學院同事和家眷有大陸之行，歷經北京、武漢和雲南。獻珠也參加了。沿途相信喫進了許多味精；回港後她說自己：

> 頭腫如豬，氣喘如牛，忙著找醫生、服藥、戒鹽，好不痛苦。

她當時所患的不單止是味精敏感，而且相信是食用味精引起的金屬鈉大大超量。

很可能平均起來，對味精敏感的華人比白人較多，相信

---

55 見第 11 章第 11.3 節。

1980 年後的江獻珠只是特別敏感的一員。

獻珠本人對味精的態度其實相當開明。她從不反對天然味精，對菌類食物尤其情有獨鍾。但獻珠反對的是人工味精的濫用，掩蓋了真味，只使食客嚐到「過量味精」的味道。她自己寫的食譜從來不用非天然的味精，但她個人也不反對別人使用少量。

香港馬會，雞粉代庖

香港兩間馬會的中菜餐廳生意滔滔，在香港飲食界很有影響力。馬會會員曾經投票，不許廚師在食物裏加添味精。但他們可以用不含味精的粉狀雞精。讀者不可不知：市面的雞精往往已加入了味精，購買前請細看招紙，以免上當。

獻珠的看法是，其實雞精也不能取代廚藝。雞精過量也許不會使人病倒，但也會掩蓋菜色式真味，因為食客要喫的不單是雞精，而是多方面的口味。

小蘇打粉，[56] 金屬味濃 [57]

香港中菜師傅另外還有一個西方罕見的陋習：小蘇打的濫用。小蘇打（碳酸氫鈉）受熱時便釋放碳酸氣，是製糕餅者常

56　Bicarbonate of soda, $NaHCO_3$.

57　江獻珠：《家饌1》，香港：萬里機構・飲食天地出版社，2010，第 136-137 頁：〈小蘇打的兩面觀〉。

用的化學劑。江獻珠說：

> ……最要命的絕招是用來作鬆肉劑。自有小蘇打粉以
> 來，這陋習在粵菜上已為患了百多年。…粵廚發現了……
> 小蘇打粉……與水拌勻，加入牛肉內，可以把質地改變成
> 鬆軟滑嫩。可惜過猶不及，用得過量，醃製過的牛肉口感
> 潺滑且帶金屬味，於是在泡油後用水去沖，再在芡汁內加
> 重添味劑，致原味全失。……
>
> ……但最令人寒心的是，小蘇打粉的用途日見擴張，
> 從牛肉而至其他豬、羊、雞、鴿等肉類，都要經小蘇打醃製。
> 甚者竟禍及海產類如蝦、帶子、魷魚等等，無不經過醃泡，
> 泡後還要不斷沖水去除澀味。一些廚子連珍貴海味諸如乾
> 鮑魚、魚翅、魚肚、海參等也要泡在小蘇打溶液內，只求
> 體積增加，其他的都不顧了。今日遍邇聞名的玻璃蝦球，
> 不下小蘇打粉，何能成菜？……

小蘇打洗鮮蝦是二次大戰後粵廚操作的一個顯著特色。洗
後煮出的蝦肉鮮紅，玲瓏剔透，賣相奇佳，口感也較爽脆。但
如濫用過量小蘇打，鮮蝦出現濃厚的金屬味（或說是肥皂味），
令人卻步。金屬味告訴我們，眼前的菜含有過量的小蘇打粉；
這也是說，它含有過量的金屬鈉。

鈉鉀平衡，身體健康

遠古時人類罕有心臟病；近世人心臟病的主要罪魁是金屬鈉；它的主要來源是調味品，例如常用的鹽、味精和小蘇打。

鈉的天然剋星是鉀。人身每天需要的鉀主要來自綠色蔬果和菌類。[58] 現代城市人往往不自覺的問題是：每天平均攝入的鈉（約 3.5 克）太多，而鉀（約 2.5 克）太少，鈉：鉀的比例（通常飲食約 1:0.7）太高。應該攝入的數量是：鈉（1.5-2.3 克），鉀（4.7 克），比例約為 1:2。

獻珠自己的食譜提倡順其自然。天然食品所含的味精通常已足，無需再加味精。獻珠也少用小蘇打。處理生蝦時，她不加小蘇打，但「將蝦肉加鹽輕輕抓洗，再用生粉抓洗，在水下沖淨」，[59] 寧願多沖一些水。

58　請看《Harvard Heart Letter》，〈Potassium and sodium out of balance〉，https://www.health.harvard.edu/newsletter_article/Potassium_and_sodium_out_of_balance

59　江獻珠，《家饌 4》，香港：萬里機構．飲食天地出版社，2011，第 66 頁。

12.7. 相逢何必曾相識！

陌生夫婦帶回獻珠失去多年、天真無邪的童心。

魚北仔女，道左相逢

2003 年的一天，獻珠和天機在香港沙田新城市廣場日本百貨商店「西田」前邂逅到一對年輕的夫婦。他們點頭微笑，說，「妳一定是江獻珠女士」。

原來這兩位是獻珠食譜的忠實讀者，在《飲食男女》週刊上看過獻珠的相片。大家志同道合，一見如故，很開心地談起天來。真是「相逢何必曾相識」！

他們是余瑋琪夫婦。瑋琪是香港教協[60]的編輯。筆名「魚北仔」、「小魚」；順理成章，獻珠稱呼他的太太艷玲做「魚北女」。

魚北仔夫婦是獻珠、天機所認識的人中，最懂得生活藝術的兩位。他們住在一間小公寓裏，公寓堆滿了書，音響架上擺著別人認為已經過時，但他們屢不厭聽的黑膠唱盤留聲機。獻珠、天機和他們常用電話、電郵聯絡，並約定每年見面兩次。

彩畫一幅，帶回童真

魚北仔不但懂得生活的藝術；他有不凡的藝術細胞。而且懂得用藝術感染他人。

他自己畫了一幅彩畫〈影樹下〉，送給獻珠；獻珠愛不釋手，

60　香港教育專業人員協會。

掛在公寓大廳。魚北仔也以《影樹下》為題，出版了一本有 12
篇短故事的小書；[61] 獻珠 84 歲時（2010 年）欣然為書作序：

> ……魚北仔送我一幅〈影樹下〉的圖畫——嫩綠的葉，
> 朱紅的花，樹下三三兩兩的學生，默默地訴說他們自己的
> 故事。圖畫掛在客廳，我天天看著它們，滋潤老人未泯的
> 童心。

> 又是影樹紅遍半邊天的時節，記得中大校園最老的影
> 樹，黝綠的葉，蓋一頂紅花，像張開的彩色羅傘，鋪天蓋地，
> 把停車場染個通紅。早幾年老影樹被暴風吹倒，……只留
> 個記憶。

> ……唯獨掛在牆上的影樹，使我每天心境常青，意志
> 彤紅。

魚北仔，謝謝你，給這老婆婆一個重溫童真的機會！當年
獻珠在羅崗洞江蘭齋農場來去奔跑，漫無目的，發現、看見、
接觸的一切都新鮮、有趣、可愛。這童年的美景不久便被熊熊
的戰火掩埋，藏在她心中深處，需要魚北仔的生花妙筆，超越
時空，帶回此時、此地。

61　小魚（魚北仔）：《影樹下》，香港：麥穗出版有限公司，2010。

獻珠、天機與魚北仔夫婦，彩圖〈影樹下〉掛在牆上。

德國紅碗，融入彩圖

在同一篇序，獻珠說她看著魚北仔的另一幅畫：

> ……雲外飄兩隻紅色風箏，婆婆看了，記得小時候哥哥和父親放風箏，於是我拿出一套紅色的湯碗，在綠色的雲下，煮了白色的鹹湯圓。……

靜悄悄地婆婆也把自己融入了鮮艷的彩圖裏。

慨贈小魚，當仁不讓

詩婉後來寫道：

> ……媽媽去世後，魚北仔寄了兩篇媽媽登在《飲食男女》的文章給我，內容都有提及魚北仔，而且兩個菜式都用同一隻德國 Arzberg 紅得發紫的瓷碗盛載。看罷這兩篇文章，我即時走到飯廳的碗櫃找出這套碗碟，心想這個碗子的新主人該是魚北仔無疑，正考慮如何才可以送這隻碗到他的手中，與此同時我們想為媽媽做一本紀念冊，毫無頭緒，忽然想到最佳人選必也是魚北仔，立刻打電話給他，正值他放假在家，並立即答應當日到十四苑幫忙。談罷正事，我拿出這套碗碟及六隻小蛋杯，包好送給他。稍後收到魚北仔電話，得知媽媽早有意送這套紅瓷給他。……

魚北仔後來在網誌上說：

> ……天人相隔，她倆如此心靈相通，聚散流存，相信一定自有安排。

2014 年，天機回美國聖荷西後，「影樹下」掛在睡房，對著獻珠的大相片，好讓她天天都看著，融入畫圖。

12.8. 快樂徵婚遇禿郎：

菲傭快樂的傳奇生涯。

初僱菲傭，聰明矮短

1980 年，在朋友的菲律賓女傭介紹下，獻珠第一次僱用菲律賓女傭。她年紀很輕，二十來歲，生得相當端正漂亮，皮膚淺棕光滑，身材矮短，只有五呎，英語流利，略帶口音。她的名字 Feli 正確的讀音其實應該是「啡梨」。獻珠在著作裏稱她做「快樂」。她在獻珠家做了六年。

快樂天生聰明伶俐，一點即明；她曾在菲律賓美軍營當差，受過軍營訓練，執拾床鋪，勤快一流。她本來已有一些西菜的根柢，在獻珠指點之下，中菜烹飪很快就上手了。

那時天機已當上了中文大學聯合書院院長。獻珠忙得很：主持兩個烹飪班，一個正式收費的，另一個是義務的。做師母的又經常要到宿舍教同學一些簡單的菜式，每星期又有一天在中飯休息的時間，給書院同事的烹調小組授課。快樂每次都隨行打點一切，形同助教，但「動手不動口」，一聲不響。天機當時在書院鼓吹「非形式教育」；快樂耳濡目染，自己受到的正是非形式的中菜烹調教育。

天機主動每月舉行一次茶會，好讓書院同人見面、交流，快樂非常幫忙。多時她與獻珠默默無言，摺捏粉皮；幾百件點心便依時出爐，好像完全不費工夫。

1987 年獻珠在中文大學做點心

家庭贍養，一手負擔

　　快樂在菲律賓一共有八兄弟姊妹；除了一個弟弟和妹妹，其他的都已有自己的家庭，卻竟然都完全不理年長父、母親的家。供養雙親和兩個弟妹的責任結果都由快樂一個女兒負擔。而且弟弟妹妹多次要錢，說到手後會怎樣、怎樣幫助雙親；快樂寄錢回去後，石沉大海，父母依然赤貧如故。快樂躲在房裏一個人偷哭，不願獻珠、天機為她擔心。

郵電應婚，帽遮禿頂

　　一天，一位陌生、高個子的中年美國人突然在中文大學的獻珠、天機宿舍出現；原來他是快樂悄悄在電郵徵婚下毛遂自

薦的準新郎。這位準新郎年紀四十來歲，身體高壯，皮膚白皙，相貌還算端正，但可惜竟然是個牛山濯濯的禿子。快樂為人謹慎，早已見過這位候選人的彩色照片，但照片中的人緊戴帽子，快樂當時沒法看出帽子下面的光頭。

快樂說禿頭欺騙她，非常生氣，不肯和這騙子結婚。騙子卻非常滿意快樂的一切，竟然與快樂所供應的資料完全相符；他高個子雙膝下跪，苦苦哀求。

快樂已走了許多步，花了好幾個月的珍貴時光；要放棄眼前僅可及格的現實，難保下一個應徵者更加不及格了。而且這位禿頭不遠萬里而來，顯然滿懷誠意；而快樂自己來自落後國家的窮困家庭，中學都還未讀完呢！細思之下，快樂終於勉強點頭答應了。

一夥人到婚姻註冊處去，獻珠、天機做了當然的證婚人，獻珠看著快樂披上婚紗容光煥發，雖然自己失去好幫手，卻心中安慰，衷心希望他們從此便有美好的共同將來。

新娘快樂不久便用僱主贈

快樂與禿頭新郎在香港結婚

送的機票，與禿頭新郎東飛美國西北的俄勒岡州開始新生活了。

生下女兒，母女困居

獻珠、天機當時依照與 IBM 公司的合約，每年回美國 IBM 公司服務兩個月。快樂結婚後兩年，她用電話與在美國暫住的獻珠聯絡上了。

快樂少有機會和親友交談，在電話裏終於大吐苦水。她丈夫在救世軍工作，當的是看更之類的職務，收入不豐，經濟拮据，雖說自有房屋，但買屋的債台高築，幾乎透不過氣。快樂只好在附近的旅舍做清潔女工幫補家用。丈夫且曾離婚，有兩個十來歲不成材的兒女，男的吸毒，女的經常在商店偷竊，兩人都對快樂敵視。快樂生下了一個女兒，但接生護士疏忽，將繃帶留在快樂身裏發炎；結果她要把整個子宮割除，已不能再生孩子了。

快樂覺得自己被環境重重捆綁，走不出來，自己鬱鬱寡歡，更患上了精神分裂症；獻珠可否重新僱她工作，讓她逃出生天？救世軍的牧師很同情她，也找到獻珠，希望獻珠能當真幫忙。

獻珠非常同情快樂的遭遇，但畢竟愛莫能助：自己每年只有兩個月在美國，又怎能僱幾百英里外的她來加州工作呢？電話結束後，只好不了了之；但快樂至少知道獻珠和天機同情她的不幸。

矮小快樂，大捆鮮花

光陰飛逝。在 2004 年的一天，獻珠在香港中文大學宿舍忽然接到快樂的電話；她已到了香港，可以明天早晨來探望嗎？獻珠說：「當然歡迎之至！細節到時再談罷！」

第二天早晨，快樂果然來了！只有五呎高的快樂，抱著一大捆彩色繽紛的鮮花，把頭都遮住了，有點像好像倒身的開屏孔雀。獻珠、天機接過鮮花，插在玻璃瓶裏，請她坐下細說這十多年的生活。24 年前一聲不響的菲傭快樂，那天舉止大方，談吐得體，竟然判若兩人！

發奮勤學，力爭上游

原來快樂在美國自力更生，打破困局，提升了自己。她加入成人教育班，順利中學畢業，更考取了助理護士文憑。她的女兒一切安好，而且進了大學。更重要的是：快樂找到理想的工作。

州立大學，主管飯堂

原來她憑著自己對中、西菜烹飪的專長，任職美國有名的俄勒岡州立大學：[62] 快樂現在的職務是：大學飯堂的總管，手下有員工好幾十人！

她與禿頭丈夫達成了外出工作的協議，相信她的薪酬遠超

62　Oregon State University, Corvallis, Oregon, USA.

於丈夫，個人自由度也因而大大增加了。這次來香港前，她先回菲律賓，安頓了雙親的生活，從此不再有後顧之憂。

她用一大捆彩色繽紛的鮮花，來感謝、報答女主人獻珠當年四處施教飲食，由快樂做「啞口梅香」，不開口的助教。她耳濡目染，從獻珠學到了烹調妙諦，傳授技巧，用在太平洋彼岸的美國。膳堂總管肯定是她當初做夢也想不到的理想職務。

在天機、獻珠家午餐後，她站立告辭，飛回美國。但願這矮小聰穎的女人一如獻珠給她的名字，永遠快樂！

至今在香港仍流行「快樂雞翼」，這是快樂帶來，由獻珠用中國作料改寫的菲律賓甜酸名菜。[63]

流行香港食壇的快樂雞翼

63　江獻珠：《中西合璧家常菜》，香港：萬里機構：飲食天地出版社，2013，
　　第 92-95 頁。

12.9. 道合志同欣締契：

獻珠做了新契娘。

發佈新書，一見如故

2001 年，獻珠在萬里機構出版了《粵菜文化溯源系列》兩冊；同年，郭偉信也在萬里出版了《郭偉信之美酒佳餚》。[64] 兩人參加同一個新書發佈會，一見如故。

偉信在美西羅耀拉大學畢業後，到舉世知名的法國美食學校藍帶學院進修，[65] 成為第一位中國畢業生。在香港他曾擁有一間法國牛排餐室。[66] 裏面一角掛滿了不同國家的獎牌和證書。[67]

他也是著名的品酒家，香港品酒師協會會員，[68] 當時他每年領隊代表香港參加國際品酒家猜酒比賽。每年偉信更率領品酒團到歐洲好幾次，品嚐不同產區的名葡萄酒。

獻珠和偉信同是舉世聞名的法國燒烤者協會的會員。[69] 他們

---

64 江獻珠：《粵菜文化溯源系列》：1.《傳統粵菜精華錄》，2.《古法粵菜新譜》，香港：萬里機構‧飲食天地出版社，2001。郭偉信：《郭偉信之美酒佳餚》，香港：萬里機構‧飲食天地出版社，2001。

65 Le Cordon Bleu 位在巴黎，是法國最享盛名的烹飪學校。

66 Entrecote.

67 因租金直線上升，餐室已在 2017 年 4 月結業。

68 Hong Kong Sommelier Association（HKSA）.

69 燒烤者協會（La Confrérie de la Chaîne des Rôtisseurs）是國際性的美食組織，有超過 25,000 位會員，它在 1950 成立在巴黎，溯源到 1248 年，現在在八十多個國家都有分會。

談得非常投機，原來偉信對飲食的品味絕不限於歐洲，對粵菜和東南亞美食其實也很有心得，也考慮過可能開設一間越南風味的餐室。偉信也是成立不久的國際性「慢嚐會」的會員，提倡美食的享受。[70]

2002 年在意大利慢嚐會；獻珠、契仔 Wilson 與契仔媽媽 Lisa。

法國作風，一氣呵成

2004 年，偉信在《飲食男女》週刊開設了法國菜專欄。每週他先去市場，方才決定做甚麼合時應景的好菜，購買作料回家後即刻當天烹調，然後立即與獻珠、天機和後來被暱稱為珠璣小館「小師妹」的岑陳煌麗試食，試食後偉信先用英文寫出食譜，然後由獻珠譯成中文交卷，整個過程可說是「一氣呵成」，

70　慢嚐會（慢食運動，Slow Food）1986 成立於意大利，現已成為全球性的美食組織，分會遍佈一百五十多個國家。

完全沒有可能事先籌劃。這也許是法國名廚的天才習慣罷！

可惜他委實太忙，這專欄面世幾個月後就中止了。

掌握時機，倡認乾媽

有一天獻珠和天機在中文大學家設宴歎待偉信，特請太史真傳名廚李煜霖來「到會」，也邀請小師妹岑陳煌麗[71]在座。小師妹口才便給，掌握時機，倡議偉信認獻珠做乾媽。偉信竟欣然一口答應，立即行傳統式跪拜禮；從此獻珠、天機就多了一個乾兒子。

偉信父母親絕不反對這倉卒認乾親之舉。偉信父親郭淦波和獻珠的哥哥江繩祖原來都是廣州培正中學同學，偉信母親陳莉莎一向沒有哥哥；天機也一向沒有妹妹，現在這些憾事都得到補救了。[72]

獻珠在香港家與女兒和契仔郭偉信，2012。

---

71 她是數學教授岑嘉評的夫人，後來被稱為珠璣小館小師妹。

72 獻珠和天機另外有一個乾女兒 Adria Cheng。她的父親是退休銀行家程懷珣，母親程潔瑜本來是三藩市著名的移民律師，退休後改習中醫，獲得博士學位。Adria 也是律師，與律師 Brian Matthews 結婚，生有一女 Brigit，一男 Liam。

12.10. 珠璣小館竟何方？

子虛烏有的餐室，變成鬆懈的美食小集團。

可否一嚐，珠璣小館？

年輕有為的楊耀強（Yuka Yeung）是東南亞飲食界舉足輕重的人物；他曾總代理全香港的美國肯德基炸雞連鎖店。他的配偶徐穎怡（「細 Winnie」）也是獻珠在《飲食男女》週刊專欄《珠璣小館飲食隨筆》的忠實讀者。

天機、獻珠照例每年暑假都回美國聖荷西的家休息兩個月，順便看看門前的草坪，和屋後的幾棵果樹。2002 年夏天，天機、獻珠喜得耀強夫婦蒞臨聖荷西探訪。

他們坐下來開宗明義第一句竟是：

「我們可以到珠璣小館一嚐味道嗎？」

把獻珠難倒了。獻珠只好告訴他們，珠璣小館其實是子虛烏有的空中樓閣，它只是獻珠多年來在飲食專欄的假名字。

那時楊耀強正與綽號「甄能煮」的美國中菜明星甄文達合夥，[73] 計劃在美國西岸發展一連串的中國快餐店。耀強與天機、獻珠會面後不久，餐店開了一家，倒也生意滔滔。但可惜重要夥伴不幸因腦充血突然去世，耀強的大計只好擱淺了。

耀強後來自己依照獻珠在《珠璣小館飲食隨筆》發表的食譜，烹煮好幾道菜，拍了彩片請獻珠打個分數。獻珠每次都認

73　「Yan Can Cook」是美國最受歡迎的電視中廚明星，也是獻珠的好朋友。

為耀強眼到手到，的確是孺子可教，給予高分。

珠璣小館飯聚，從左起：前排—獻珠、大 Winnie（黃詩敏）、Agnes（梁家賢）、Nelson（黃詩鍵）；後排—天機、大師公（姚廣源）、Yuka（楊耀強）、細 Winnie（徐穎怡）、大師姐（姚麥麗敏）。

師姐提倡，美食組織

2005 年，在大師姐亞 Sa 號召之下，一班香港飲食同好成立了以獻珠為名譽發起人，組織一個鬆懈、但饒有團結精神的美食會，[74] 也順便以獻珠常用的「珠璣小館」命名。

74　見江獻珠，〈煮食會〉，《家饌 5》香港：萬里機構‧飲食天地出版社，2012，第 96-97 頁。

獻珠或被認為珠璣小館第一人，但她罕有領導之實；她和天機只是「盡可能參與」的被動人員罷了。

當初珠璣小館的重點工作是每家做一個菜，在主人家下鍋，公諸同好。後來珠璣小館的活動主要是在餐館設大食宴會。

我們且寫下幾位核心會友的名字。

當然主角是「大師姐」姚麥麗敏（阿 Sa）和配偶「大師公」姚廣源。

從未上過獻珠的烹飪課，但在聯合書院烹飪節目裏見義勇為，多次、多方無償請纓，可說是被「逼上梁山」的蔡陳曼萍。她被小館同人封為「中師姐」。未退休前，她是聯合書院院長室的秘書。中師姐的配偶蔡國英（蔡占）多方策劃、主持小館活動，是難得的軍師。

大 Winnie（黃詩敏，Winnie the 菇）和弟弟詩鍵（Nelson）專門代理雲南美食作料，特別是雲南的野菇；[75] 大 Winnie 的配偶是周宇明（Edward Chow）；詩鍵的配偶是梁家賢（Agnes Leung）。

前已提過的「細 Winnie」徐穎怡（Winnie Tsui）和配偶楊耀強（Yuka Yeung）。

工業家楊明深（Richard Yeung）和配偶楊和歡（Stella Yeung）住在香港，窖存名酒不止萬瓶，在台北擁有一間非

75　已見本章第 12.4 節。

常知名的牛扒餐室：「犇」[76]。他們主導過一次小館全人台灣飲食之旅（2015）。

《飲食男女》雜誌主編馬美慶（Betty Ma），獻珠在雜誌寫了十年的《珠璣小館飲食隨筆》；

江獻珠的誼子，國際知名品酒名家郭偉信（Wilson Kwok）；

名西菜廚師張錦祥（Ricky Cheung）；

喜歡喝德、法甜酒的「蘇才子」蘇漢亮（Alvin So）；

陳國強（Eric Chan）和配偶 Gorette；

曾文正醫生（Dr. Charles Wen Cheng Chan）和配偶 Vania。

說起梁山，不能不一提摩登時代的李逵：譚強。[77]譚強以在香港首創有機飼養的「健味豬」馳名。飲食作家唯靈[78]稱他做「肥豬強」。他並不像李逵那樣魯莽，但直腸直肚，講話時一針見血，絕不拖泥帶水。

「健味豬」譚強

76　「奔」的異體字。

77　江獻珠，《珠璣小館家常菜譜第三集》，香港：萬里機構·飲食天地出版社，2006，第 12、36-37、48-49 頁。

78　唯靈是香港著名飲食作家麥耀堂。

高檔的香港馬會在大學附近的沙田設有龐大的分會，與在香港島的總會分庭抗禮，各有千秋。天機多年前請前輩推介，做了會員。獻珠經常到沙田馬會游泳，認識了許多新朋友，包括經常向她請教飲食之道的岑陳煌麗（Telly Shum）；岑陳煌麗也沒有當真上過獻珠的課，但在游泳池畔屢向獻珠請教烹調之道，一點便明。她是珠璣小館公認的「小師妹」。

可惜現在這兩位珠璣小館得力人物：譚強與小師妹，都業已辭世了。[79]

獻珠去世後，2015 年 4 月，小館主辦了太史第懷舊巡禮及廣州美食之旅，由蔡占安排，極獲讚許。此後蔡占被封為「永遠榮譽領隊」。

此後小館又舉辦了三次美食之旅：

台灣美食之旅（2015，10 月），安排人：楊明深；
潮州美食之旅（2016，10 月），安排人：大 Winnie、黃詩鍵。
澳門美食之旅（2018，10 月），安排人：大師姐亞 Sa。

79　小師妹，2016；譚強，2017。

12.11. 亞洲網址空歡喜：

出道太早，風氣之先；空有架構，讀者難尋。

在 1996 年左右，天機在 IBM 的上司劉英武的女兒 Peggy 在美國麻省理工學院研究院進讀，結識了一位有志事業的華人同學，決定合作闖天下，利用新興的互聯網，打出一個網上讀者購物的營利格局來。

他們決定標榜亞洲的特色，大張旗鼓，採用「Channel A」的標誌，在互聯網上開設一個多方面，兼具教育性、娛樂性的英文網址，供應有亞洲特色的商品，讓讀者在閱讀娛樂之餘，可以在網上選購；Channel A 便用包裹郵遞方式送貨。而且他們已取得 1991、1992 連續兩年奧運溜冰皇后 Kristi Yamaguchi 同意，售賣她親自設計的溜冰服裝。

他們構思相當縝密，而且相信已有足夠開創資金。當初看來，所缺乏的只是有知名度的作家，按月供應具娛樂性、教育性、有份量的文章給有好奇心的讀者。江獻珠在華人社會聲名烜赫，是當然的的人選。Channel A 於是請她與天機合作，每月執筆寫一篇英文飲食文章。

獻珠和天機只負責供應文章；他們不是 Channel A 的股東，對公司的操作細節完全沒有過問。但互聯網經商在 1969 年，是一門嶄新的企業，Channel A 需要多方面的同時兼顧；倘若百密一疏，便可能血本無歸。Channel A 開張幾個月後便出現了週轉不靈的現象，當事人再次大張旗鼓「relaunch（重新開張）」

一次後，仍無起色，終於迫得結業。

獻珠和天機覺得 Channel A 的失敗，可能有許多原因；從局外人的眼光來看，可能的致命傷是：Channel A 看來一直找不到足夠肯花錢購物的讀者。但為甚麼找不到足夠肯花錢的讀者？原因便很多了。

獻珠和天機手頭仍存下一篇為 Channel A 而作的文章：

> Will Ostrich meat soon replace beef? Take your head out of the sand and try ostrich meat. （鴕鳥肉會取代牛肉嗎？將你的頭抬出沙來，嘗試鴕鳥肉罷！）

鴕鳥肉受到美國農業部推薦。它顏色黝黑，但味道不錯，而且營養豐富：富含鐵質，較少脂肪、膽固醇、熱量。在人人擔心飲食衛生的今天，鴕鳥肉的確值得推薦。獻珠和天機合作的這篇文章至今閱讀起來，仍有「歷久常新」的感覺。Channel A 的失敗，相信並不在獻珠和天機供應的飲食文章。

美國人 Jeff Bezos 在 1994 年成立 Amazon.com 公司，比較 Channel A 只早了兩年；但他穩紮穩打，開始時只獨沽一樣商品：書，書業有成後，他才擴充到其他商品。在 2017 年 7 月他已蔚為全球最大的富翁了。

假如 Channel A 開始時把眼光看得狹窄一些，只賣一兩樣多人有興趣的商品，公司的前途可能更好，也說不定呢。

12.12. 南海十三演戲忙：

編劇家杜國威引出一股南海十三郎熱。

1993 年初，天機在香港中文大學服務了 14 年，已經將近 65 歲，超過大學通常的退休年齡（60 歲）自己也已經準備退休了。[80]

大學邵逸夫堂經理蔡錫昌是一位話劇過來人，對香港話劇界主要人物非常熟悉。他告訴獻珠，香港編劇家杜國威很想寫一篇以南海十三郎為主角的劇本，未知獻珠可否與國威見面，供應一些資料，填補外界所知的不足？

1984 年，孤寂中的南海十三郎已在醫院去世。九年後他早已被港人淡忘，仍然知道十三郎生平的人委實太少了！

獻珠本人是十三郎的親侄女，立刻答允。第二天便與杜國威和他的同事古天農會面。獻珠又介紹十三郎兩位堂姪兄弟：江繩萬、江繩宙給他們相識；繩宙是十三郎在青山寺院任知客時與江家的主要聯絡人。兩位劇作人與獻珠、繩萬與繩宙分別多次會面時，一位主要發問，另一位主要寫筆記。獻珠毫無保留，「知無不言，言無不盡」，[81] 繩萬、繩宙相信也盡力幫忙。

多次會面的結果是不到一年，杜國威導演，謝君豪任男主角的話劇《南海十三郎》面世，有不少令人呵呵大笑的場面，

80　請閱本書第 9 章。

81　主要資料載在江獻珠：《蘭齋舊事與南海十三郎》，香港：萬里機構・萬里書店，2014，第 164-178 頁，〈「南海十三郎」始末〉。

更有許多扣人心弦、令人太息、英雄末路的描繪。

《南海十三郎》話劇在香港一砲而紅。它大致忠於事實，只是十三郎其實死在醫院，而杜國威為了增添戲劇氣氛，卻讓他暴斃街頭。第一夜公演時，獻珠、繩萬與繩宙都很不高興，認為這是歪曲事實，但米已成炊，無法矯正了！

後來話劇原班人馬，拍成同名電影，轟動一時。這電影榮獲 1998 年第 17 屆香港金紫荊獎「年度十大華語片」之一。杜國威也取得香港第 17 屆電影金像獎（1998）的「最佳編劇獎」。主角謝君豪更取得台灣第 34 屆最佳男主角金馬獎（1998）。

至少託賴話劇和電影，獻珠這位天才橫溢、惜遭遇坎坷的十三叔沒有完全被香港人忘記！

12.13. 奧京圍解西歐保：

內外交攻，土軍大敗，在東南歐節節退縮，結果只保留了包括伊士坦堡的一小角。

大軍圍城，皇帝喪膽

1683 年，信奉伊斯蘭教的鄂圖曼土耳其帝國揮大軍圍攻神聖羅馬帝國首都：奧地利京城維也納，[82] 神聖羅馬皇帝利奧波德

---

82 土耳其蘇丹穆罕默德四世（Mehmet IV）的首相卡拉．穆斯塔法（Kara Mustafa）統領進侵大軍 138,000 人，但直接參戰的實際上只有五萬。

一世在這關鍵時刻竟然喪膽出逃。[83]那時土耳其和附庸國已經奄有南歐；假如奧京陷落，整個西歐都會不保了。

勇將斯塔含堡伯爵率領正規奧軍 15,000 人和志願軍 8,700 人日夜堅守孤城。[84]兩個月後，守軍飢疲交迫，名城已墮入陷敵的邊緣。

奧京解圍，土國轉衰

幸好奧地利和波蘭在同年早已簽訂了華沙同盟條約：若土耳其進侵其中一國，另一國便答應派兵援救。波蘭國王約翰三世統領的基督教聯軍依約及時迫近；[85]奧地利間諜高雪斯基[86]假扮土耳其人，冒險越過防線，聯絡援軍，潛回都城通報喜訊，斯塔含堡伯爵得訊後決定繼續堅守不渝。

不久聯軍果然開到，與守軍內外夾攻，大敗土軍。

這勝利不但挽救了維也納孤城，而且土耳其軍從此節節敗退，銳氣全消，[87]在 16 年內神聖羅馬帝國收復了 300 年來的大片南歐失地；現在土耳其在歐洲只保留了伊士坦堡和附近的一小塊領土了。

83　Leopold I.

84　Count Ernst Rüdiger von Starhemberg.

85　Emperor Jan III Sobieski，統領聯軍約 7 萬，包括波蘭軍約 1.5 萬，德、奧軍約 5 萬。

86　Franciszek Jerzy Kulczycki.

87　敗軍首領卡拉・穆斯塔法被土其耳蘇丹處以絞刑。

功高間諜，只要咖啡

維也納解圍後，斯塔含堡伯爵論功行賞。高雪斯基這位膽大、機警過人的間諜竟然不要金錢；他只要敗軍營房裏留下的一袋袋東西。

原來這些袋裏裝的是土軍無此不歡的咖啡豆。高雪斯基用這資源開辦了「藍瓶下之屋」咖啡室，[88] 介紹這神秘飲料給維也納居民，居然生意滔滔。

不朽貢獻，杯中加奶

傳說「藍瓶下之屋」是歐洲最早的咖啡室，但這肯定並非事實。我們只須指出：土耳其至今仍然擁有位在歐洲邊緣的名城伊士坦堡，城內肯定有許多間古色古香的土耳其咖啡室。除此之外，在維也納解圍前，遠在西歐的倫敦已開設有咖啡室了。

但話說回來，高雪斯基其實自己對這飲料的確有不朽的貢獻：在全世界，他的咖啡室最先將咖啡加奶，迎合西歐口味。咖啡室也成為今日維也納騷人墨客，普通市民生活藝術重要的表現。今天的名都維也納居民經常自詡擁有三寶：咖啡（室）、音樂和華爾茲舞。[89]

88　House under the Blue Bottle.

89　請參閱第 4 章第 4.1 節〈華爾茲舞，步法兩分〉關於天機發現，歐陸華爾茲舞的旋轉方向。

12.14. 飲食華南堪思量：

華南飲食習慣，究竟有甚麼好處，影響？[90]

近百年來，中華飲食受到歐美飲食宣傳影響，產生了不少自卑的心理。例如大約半世紀前，許多文獻鼓吹西方的牛油和人造牛油，而不知道它們都是不宜多食的脂肪。西方的大塊紅肉，成本不菲，究竟能否延年益壽呢？近年專家說，與其吞食大塊紅肉不如採用華廚的少肉多蔬烹調方式，較能促進心臟病健康。

且讓我們一看世界各地區人民的預期壽命。尤其是產生弔詭的希臘和法國，和與我們息息相關的東南亞地區。

在 2019 年世界各地區人民的預期壽命 [91]

壽命排名	國家名或地方名	預期壽命
1	摩納哥（Monaco）	89.32 歲
2	日本	85.77 歲
3	新加坡	85.73 歲
4	澳門	84.60 歲

90　江獻珠：《飲食健康》，香港：香港：萬里機構‧飲食天地出版社，2005，第 109-115 頁載有較詳細的討論。

91　摘錄自 Geobase: TopThe World: Life Expectancy（2019）- Top 100+：http://www.geoba.se/population.php?pc=world&type=015&year=2018&st=country&asde=&page=2

8	香港	82.66 歲
14	法國（弔詭國）	81.95 歲
28	德國	81.01 歲
29	英國	80.99 歲
31	希臘（弔詭國）	80.89 歲
52	台灣	79.56 歲
53	美國	79.38 歲
112	中國	75.87 歲

小國多方，鰲頭獨佔 [92]

在地中海北岸的小國摩納哥，居民的平均預期壽命竟然是全世界最高的 89.32 歲。我們且考慮一些可能的因素。

1. 健康飲食。他們進食新鮮海產、橄欖油、果子、堅果、全穀類。換句話説，他們少吃飽和脂肪和糖類。根據美國著名的梅奧診所（Mayo Clinic），他們的飲食味道不錯，屬於低「壞膽固醇」類，能降低癌症、老年癡呆症、和帕金森綜合症的出現。

2. 個人飲食份量較低。每道菜只有 2-3 安士。減低每道菜的份量，便不會過胖，人體過胖會產生高血壓、高膽固醇、

---

92 https://www.getold.com/want-to-live-a-long-healthy-life-take-a-lesson-from-monaco

第 2 型糖尿病、一些癌症和其他病症。

3. 國家背山面海，全年溫度適中，適宜多利用時間作戶外行動：例如步行、游泳、划船、跑步、運動、促進健康。這也是國家的文化特色。

4. 國家有優秀的健康服務，包括許多好醫生。容易促進病人、醫生間的親切聯繫。

5. 摩納哥完全不抽國家所得稅，而且平均每三位公民中便有一位百萬富翁。這些事實直接、間接影響整個國家公民的心態和和諧運作。

日本魚食，愛飲綠茶

島國日本居民天天進食大量的魚類，他們也喝很多綠茶，對身體有益。[93] 日本也有很好的醫療制度。這些事實解釋了為甚麼他們榮居預期長壽的第二位。

日本近年來出現一個奇特的危機：由於每年新生嬰兒數量過少，平均人口正在不斷老化。[94]

東南亞洲，曾經外侵

我們討論世界人口預期壽命時，不禁發問，中華飲食，有

---

93 All About Green Tea: Why It's Good for You and the Risk of Drinking Too Much. https://www.everydayhealth.com/diet-nutrition/diet/green-tea-nutrition-health-benefits-side-effects/

94 請參看 Wikipedia, Aging of Japan 條，10 January 2019, at 16:03（UTC）。

沒有值得外人效法的地方呢？答案是：當然有。[95] 我們討論中華飲食與健康，應該注重傳統、普遍、但並不起眼的家常三餐，而要盡量避免討論酒樓肥膩、含有過量肉類、而且可能含有過量味精的筵席大菜。

我們立刻看出：東南亞地區人民（除了第 52 位的台灣和第 112 位的中國之外）預期壽命並不遜於兩個飲食弔詭國（第 14 位的法國和第 31 位的希臘）。

顯明的是：在表列十名內、勝過弔詭國的東南亞地區（第 3 位的新加坡，第四位的澳門，第八位的香港）都經歷過長期西方（英國、葡萄牙的）統治，可能因此介入了一些西方飲食的好習慣（肯定包括醫療制度，也會是飲牛奶、食乳酪、喝葡萄酒的習慣？），但這些地區並沒有當真揚棄本來的主要華南飲食傳統（米飯為主，少肉多蔬，多喫魚類，整天喝茶）。

看來傳統華南飲食所缺乏的，主要是紅葡萄酒和乳酪（地中海岸、法國），橄欖油和不經精細打磨的穀物（地中海岸）。華南人可以多喝紅葡萄酒，多喫乳酪，多喫魚類，多食未經打磨（或少經打磨）的穀物，少喫紅肉，少用動物油，我們尤其應該避免中國大陸常用的「大油」（豬油）！

大陸台灣，尚待改良

預期壽命佔第 52 位的台灣，和佔第 112 位的中國大陸，與

95　https://www.webmd.com/diet/features/chinese-secret

第 3、4、5 位的新加坡、澳門和香港成強烈的對比。

我們手頭資料不多，難作細節的討論。但一篇文章，美國教授樸普京（Barry Popkin），[96] 接受了英國記者李維脫的訪問，[97] 指出中國大陸的大陸飲食習慣正在以高速惡化，若不懸崖勒馬，前途不堪設想！[98]

樸普京教授告訴李維脫在近二、三十年中國大陸飲食習慣出現了四個大改變：

1. 中國人愈來愈多去便利超級市場商店購買預先處理過、包裝過的食品（而比較較少光顧傳統的市場）。（但這趨勢未必直接影響中國人的進食習慣。）

2. 中國人大量增加購買動物蛋白質的食品，有一個時期這曾經是豬肉，現在卻是家禽。蔬菜的食用量相對來說也大大減少。（在人民生活標準普遍提高之下，中國已經揚棄傳統「少肉多菜」的健康飲食習慣了。）

3. 中國人連續增加進食油類和炸過的食品，同時減少蒸、煮、炒、烘烤的食品。中國人現在平均每人進食 300-400 卡路里的油類。

---

96 他是美國北卡羅來納州大學全球營養學教授，《China health and nutrition survey（中國健康與營養調查）》雜誌的協調人（coordinator）。

97 Tom Levitt. 他的專長報導是飲食、農業和環境保護問題。

98 https://www.chinadialogue.net/article/show/single/en/6880-China-facing-bigger-dietary-health-crisis-than-the-US

4. 二三十年前根本不存在的一個嚴重問題,是糖的大量進
   食。在 1990 年,每人每天進食 2 克的糖。中國青少年
   的糖尿病出現率竟然是美國青少年的三倍!

中國在兩年內飲食習慣的改變,既速且深遠,竟然相
當於日本國民收入最快增長的上一整個世紀。中國在小食
(snacking)和飲料的消費,肉和油的食用已經超過世界任何地
區改變的速度。中國人已經出現了暴發戶式的飲食習慣,政府
並沒有採取任何長遠抑制的措施。而且在降低了糖和豬肉的價
錢,政府反而間接助長了這些不良的趨勢。將來在中國會出現
更多高血壓病、糖尿病、心臟病和癌症。那時平均預期壽命更
會低於今日令人擔心的第 112 位了!

佔全球預期壽命第 52 位的台灣看來也步著中國大陸飲食高
速轉型的後塵;一篇關於台灣的文章,不太完全,但發人深省。[99]
今天的台灣人多喫煎炸肉類(尤其在台灣特有、人頭擠擁、開
到午夜的夜市)也多喫含糖過多的小食。(我們且不講近幾年
來在台灣有一些不法之徒,在食品裏加入有毒害的外來作料,
增加某種口感,令人防不勝防!)台灣人往往過胖(44%),
在亞洲十萬台灣人中生癌症的有 244.1 人,在亞洲佔第 2 位(僅
次於南韓)在全世界居第 29 位。[100]

---

99 http://www.asiaone.com/health/taiwan-health-hellhole-food-lovers-paradise
100 這是 2008 年的數據。

12.15. 酒律森嚴無踰越：

德國法律安撫了嗜酒之徒。

德國政府將德國白酒按品質分為四大酒級：德國酒（Deutscher Wein）和土酒（Landwein）都屬於最低級，通常只在國內飲用，不會外銷。我們外地人通常只需要知道比較香醇、可以外銷的兩級：品質酒（Qualitätswein）和優質酒（Prädikatswein）。[101] 德國酒，包括品質酒，在釀製時通常容許加糖。但政府法定釀優質酒時絕對不准加糖，保持天然釀製的傳統。

除了一個例外，每種優質酒都來自指定的 13 個產區之一，[102]酒精成份至少有 7%。

優質美酒，各有千秋

德國優質酒根據逐級增加的甜度，分級為：

Kabinet（「珍藏」），清香可口（148-188 克 / 公升）。

Spätlese（「遲摘（late harvest」），果味較濃（172-209 克 / 公升）。

101　部份摘自 Wikipedia ：German wine classification 條，18 August 2017，07:16。

102　以聖母奶命名的 Liebfraumilch 擁有政府特准，若它屬於優級酒，釀它的葡萄可以跨越酒區。

Auslese（「精選（select harvest」），半甜至全甜，不但適宜用餐時，也宜餐後（191-260 克／公升）。

Beerenauslese（BA「莓狀逐粒精選（berry select harvest），每顆霉染的葡萄都呈莓狀，是餐後的佳釀。（通常高於 260 克／公升。）

Trockenbeerenauslese（TBA,「乾莓狀逐粒精選（dry berry select harvest）」，每顆霉染的葡萄都呈乾莓狀；酒味濃郁，是難得的飯後瓊漿；可以保存 20 年（通常 338 克／公升或更高）。

更罕有的，是名貴的 Eiswein（ice wine「冰酒」）。在天降瑞雪下，葡萄結冰。酒農急行趁冷採摘，搾出不含冰的濃汁，用來釀酒。冰酒是多年一遇的天時、地利、人和難得的組合。通常至少屬於「莓狀逐粒精選」的等級。

地區有異：強勁、圓柔

主要的高級白葡萄酒產區包括；

萊茵河區（Rheingau）；

慕笑河區（Mosel）；

萊茵黑森（Rheinhessen）；

那赫（Nahe）；

薩爾河區（Saar）。

最享盛名的雷司令白酒通常來自萊茵河區（比較豪邁）和慕笑河區（略為清柔）。

凡此種種，許多這些特色要在德國居住過的人，才可以得到比較深切的印象。

12.16. 海鮮薈萃各爭強

幾乎歐洲每個漁港都有海鮮大會，各有千秋。

大會海鮮，各有特色

歐洲三面環海，海產豐富多樣。各地濃郁實惠的「海鮮大會」原本是漁民將賣剩的雜魚熬成的濃湯。這湯往往帶有深厚的地方歷史風味，各具千秋；海鮮作料通常不止單一，而且因每日漁獲有異，而可能有所不同。

法國南部馬賽的番茄海鮮湯：馬賽魚湯（Bouillabaisse），味道濃鮮。現在這名湯已從法國南部發展到全世界的大餐廳了。正宗的馬賽魚湯至少要用八種海鮮，包括海膽；蔬菜包括番茄和馬鈴薯。

西班牙的巴塞隆那市有名湯 Zarzuela；名字來自地方的一首小歌劇。作料通常包括烏賊、蝦、蚌、青口和魚。

Aalsuppe（鰻魚湯）是德國漢堡的歷史名湯，食譜肇自1756 年，已有二百多年的歷史。據說鰻魚價貴，當初這道用梅

乾、蘋果、火腿骨和家常廚餘作料熬成的甜酸濃湯，雖然號稱鰻魚，可能完全沒有這馳名的主角！後來在政府嚴厲管制下，纔保證在湯裏必有鰻魚。傳統鰻魚湯在漢堡大餐廳已不常見；天機有幸，在漢堡火車站後的一家小食店裏竟然飲到這道歷史名湯。漢堡另外還有以龍蝦為主角的漢堡龍蝦湯。

美國西岸常見的意大利海鮮湯（Cioppino）通常有螃蟹、蝦、烏賊、青口（淡菜）鮮帶子和魚。這道名湯是 200 年前在美國三藩市漁人碼頭，意大利漁民的發明，[103] 在意大利本土竟然欠奉。；意大利本土的魚湯（zuppa di pesce）作料包括烏賊、蝦、蚌、青口和大比目魚，唯獨沒有螃蟹。

美國最馳名的海鮮湯只用一種海鮮：東北岸盛產的海蜆（clam）。海蜆周打濃湯（clam chowder）是美國的國湯，分成兩大派系：白色的波士頓海蜆周打湯（Boston clam chowder）原料是海蜆、馬鈴薯和牛奶。比較純樸，容易品出蜆味；曼克頓海蜆周打湯（Manhattan clam chowder）的紅色來自番茄。

在加州西岸的海鮮餐室裏供應的波士頓海蜆周打湯往往使用特別的容器：一塊大於拳頭、中間挖空的棕色硬殼、酸麵糰（sourdough）麵包。食客揭開上蓋，享受裏面滿盛的濃郁美味蜆湯。喝完後順手把容器也喫掉，省了店主洗碗的消費。

103　名字來自 Tuscany 地區的 Ciuppin。

附錄

附錄 1. 童年雜憶

江獻珠（詩婉 輯）

1.1. 春節舊事

總忘不了小時過年的景象，打從尾禡起，家中不停有各項迎新歲的活動，雖然很多都與小孩無關，但就是熱鬧，所以兄弟姊妹們都急不及待等候新年的來臨。

以前的店舖包夥計的食和住，每月初二、十六有「做禡」的習俗，平日食用簡單的，到了這兩天僱主特別弄一頓豐盛的菜餚，用以當天還神，一併讓夥計飽餐一頓。

農曆十二月十六日是尾禡，尾禡過後要擇日掃屋，之後是謝灶。

一年一次的大掃除，隆重不過。內房由祖母們的近身婢僕自行料理，公家的地方仍得分日清潔。祖父的書房只有侍墨和侍煙的男僕方曉得怎樣掃書塵、拭古玩、換煙具。小孩子不許四處亂跑，免得踏髒洗刷潔淨的白磚地。最喜歡看老家僕把吊燈的水晶柱一條條解下來，洗淨了又掛回去。吊燈一亮，祖父的飯廳霎時大放光明。

謝灶不算是特別節日，我家只是循例而行。謝灶日是因應各家不同的身份而定；有官三、民四、蜑家五之分。先祖有功名，所以選在廿三日謝灶。傳說守護廚房的灶君大老爺，每年只洗澡一次，之後便會上天向玉皇大帝述職。一般人家為了想灶君美言幾句，以拜祭來表感謝，祭品不外糖類如片糖、冰糖、

甘蔗，尤其是麥芽糖，目的是要封住灶君的口，免他說這家人的壞話。這麼一來，灶君豈不連好話也有口難言麼！

謝灶過後便要擇日開油鑊了。油角煎堆固然是過年所必備，還要準備小食來款待拜年的客人。開油鑊那天，我家在神廳臨時架起兩口大鑊，一口用來鑴豆沙，另一口用來油炸。江家上上下下的婦女，全部出動，搓粉摺角吹煎堆，忙個不了。開油鑊時任何人都要份外小心，不能亂說話，小孩子絕對不許插嘴，惟恐沒有分寸講出不吉利的話破壞氣氛，要想插手嗎？更是免問。我向祖母們討一小糰粉，一聲不響跟著她們依樣畫葫蘆，所以我很早便懂得扭邊摺角子了。

炸完油角、煎堆，便輪到炸茶泡、角仔和蛋饊仔。到這個階段，小孩子可以大顯身手了。大人們揉好麵，開薄了，切成一片片長形的麵塊，我們將兩塊重疊起來，讓她們在中央切個小縫，我們便七手八腳地從一頭把麵片穿進縫中，左右一拉，就是一條小小的鹹蛋饊，讓大人們丟下油鑊去。剩下不規則的小塊，炸起來也酥脆可口，是我們的外快。開油鑊後蒸糕、做蔗熏鯪魚等等江家的傳統食制。

蒸糕餅不用勞動太太和少奶，是女下人的工作，蘿蔔糕、芋頭糕、九層糕、馬蹄糕，應有盡有。但蒸年糕卻不是江家的傳統，而是由外面送來。難得的是，終年為我們管理發電機和自來水系統的蜑家潤哥，照例送來大盤的盤粉。

蔗熏鯪魚是江家過年傳統食物。歲末乾塘時挑起最肥大的鯪魚，用鹽醃好方由鄉下運進省城。我大伯娘「近身」（專服

侍身邊起居的女僕）六婆，最巧手做蔗渣魚。法門是把鯪魚先炸香，在大鑊內架起一條條的開邊甘蔗，用炭火燒到焦糖滴出後，灑下茶葉，排鯪魚在蔗上，慢慢熏到香氣四溢，鯪魚變得金黃便好。

新年前，家中照例會「請真」，就是把先人的照片請出來，掛在神廳的牆上，這些「真」中的先人，有些是「拖翎戴頂」，花翎是拖在背後的，戴的那頂帽子，又是另一景象，圓圓的，在中央有條豎起來的東西，聽說是代表戴帽人的身份。

除夕是最高興的日子，大清早芳村花地的杜耀花圃便會送大枝桃花和吊鐘來。我家僱有四個花王，盆栽都由他們一早養好了，祖父書房前擺上一列的賀歲蘭，到朝廳前擺的是牡丹，天井擺的是芍藥，一入家門，便聞到陣陣蘭花和水仙的香氣，現時五光十色的洋花，哪及中國蘭花的典雅幽香！家中一切桌椅，全都蓋上檯圍和椅搭，紅彤彤的繡上金線和銀線的花，男孩子躲在檯圍下捉迷藏，女孩子趁著大人未到齊，也鑽入檯底擺家家酒。

團年有特別的意義，送舊迎新不用說了，這是全家人團聚在一起的好時光，一些在外工作的伯叔和寄宿的兄長都及時趕回來，祖父會帶著所有的男丁拜祖先，我們女孩子殿後，還得兼任攙扶三跪九叩的長輩。拜祖完畢便吃團年飯了。江家不會在節日的家宴上弄花樣，年年如是九大簋，不外燒肉、雞、鴨、炆冬菇、髮菜魚丸、粉絲蝦米、臘味、炆筍蝦和豬肉湯，但總是食不厭。平日我們孫輩只有午飯方可同食，能在晚上共享豐

富的團年飯，實在樂透了。

吃過團年飯不能就此散去，我家從來沒有行花市的習慣，所以大家還得等待子時燒了炮竹才能各自回家。這段時分是全家人圍在一起交誼的機會，不同輩份有不同話題，最怕的是大人們藉此機會數落我們小孩子的淘氣醜事，以資警誡。

年初一是家人相互拜年的日子，我們孩提時拜年有一定的禮節，長幼有序，男的拱手打躬，女的襝衽作揖，恭喜長輩萬事勝意，身體健康，長命百歲。我和哥哥由母親的近身捧著福州漆盤，帶著我們逐一到祖母們的居停請安拜年，接受利是。下午三時祖父起床，叔伯們已一一返家，我們按著輩份，向祖父行禮，我們要守規矩站在祖父的左下方，深深請安，接過利是方敢離開。近親此時魚貫而至，擾攘一番又是吃飯時分，家人全都留下。

每年第一餐飯，江家人一定吃素。煮好壓歲的羅漢齋是全席的重心，盛在火鍋內燒得熱騰騰，再加些生菜、黃芽白進去，就是一個素邊爐。此外尚有香煎的芋餅、甜酸齋排骨、大碗的燉冬菇、燜生根等等，每年的菜式都有點不同，大家吃得津津有味。

新年晚飯吃的是生滾大蜆以求好意。圍爐食蜆，把家人團聚在一起，連祖父也湊著大夥兒，年中實在沒有多少次，煮蜆沒有技巧，銅做的蛇羹鍋盛滿了蜆，加蓋，下面燒起火酒爐，不一會，大蜆便一隻隻爆開。把蜆肉挑出來，蘸各式各樣的醬料，正是鮮味無倫。

食蜆很容易失去度量，不知盡頭。到了最後，鍋內的蜆汁才是精華所在。吃飽了蜆，再來一小碗蜆汁麵，滿足以後，已昏然欲睡矣。

年初二是開年，午飯是開年飯，照例要拜祖先，祖父也得提早起床了。開年吃的與團年吃的不相上下，仍是九大簋。午間不是吃盤粉便是吃煎糕及蒸油角。「大棚」的糕與祖父旳「私伙」糕，分別甚大。祖父只吃蘿蔔糕一味，由大伯娘的近身六婆一手監製，先用瑤柱煎水，棄瑤柱留汁，用以煮蘿蔔。另外煎兩條鯪魚，揀骨留魚茸，全部拌入蘿蔔內同煮一會，掺入粘米粉便可蒸了，蒸出來的糕是淨白色，口感特別鬆軟，清甜而沒有臘味的味道。蘿蔔糕蒸好了還要煎，不過因為糕身軟，很考功夫，只有六婆纔會慢條斯理地把糕煎至兩面金黃，香脆可口。

吃過飯後近親接踵而至。我們最興奮的是李家誼嬸嬸帶著她的兒子到來。祖父早年與李福林將軍結為八拜之交，李家的四少爺是祖父的誼子，他結婚後即隻身赴美國留學，兒子生下來多年，尚未見過父親。我們都稱誼嬸嬸為契嬸，她身為江家的少奶，穿起褂裙，小小年紀的兒子，則戴上瓜皮小帽，長衫馬褂，近身挽著金漆雙格籃，尾隨在後，他們先向祖父斟茶，行跪拜之禮，然後纔向各祖母逐一斟茶跪拜。我們像看戲一樣，高興無比。

初二開年後餐餐都有茨菇夾臘味，滋味無窮。因為臘味多，需用的茨菇也多，我家一買便是整籮。慣例是先把茨菇洗淨，

攤開在大竹箕上風乾四、五天，這時茨菇的水份收乾，開始「上糖」，表皮微皺，吃起來苦中有甘，不是每個小孩子都愛吃。在人日之前，則會吃瓢蜆，用一種比黃沙大蜆大兩倍的蜆，廣州人稱之為「呂」（陰平聲），瓢入以蜆肉、豬肉、臘味、鮮蝦、冬菇、馬蹄做的餡子，炸得香口，是我們小孩子最企盼的好東西。

初七是「人日」，是眾人的生日，要食及第粥。不要以為食及第粥是件很簡單的事，粥底要在三更便煲好。各宅的人先後來到，即到即淥，豬肉丸、豬腰、豬肝、每人一大碗，廚子可忙煞了。

人日後，新年的氣氛到此淡下來，拜年的客人也漸疏，大家吃臘味也吃厭了，那餘下的茨菇如何發落？煎茨菇餅是我家的傳統，茨菇磨成茸，拌上冬菇、豬肉、蝦米、香芹和臘味的小粒，煎香便是我們最愛的新春菜。

在江家，介乎人日與新十五，還有一次大型的家庭聚餐。因為新十五後，臘味會失去香味。過年臘下來的臘味要趁早用完，而生開黃沙大蜆肉正是肥美可口，葉大而薄的玻璃生菜又當時得令，實是機不可失。當時生菜是用大肥種植，通常不宜生食，所以吃生菜包最主要的準備工作不在備餡子，而在生菜葉的消毒。祖母們先稀釋一大盤灰錳氧溶液，把洗淨的生菜葉放下浸約半小時，再放入冷開水內沖淨氣味，用毛巾吸乾水份纔可以用，不然沾上紅色的灰錳氧，有點吃藥的感覺。

生菜包的餡子只得兩種：粒狀的臘味鹹酸菜韭菜炒生開蜆

肉,和條狀的蘿蔔絲煮鯪魚餅。我們每人面前有一隻大平碟,放一塊生菜葉在上,先在葉中央塗些海鮮醬和甘竹辣椒醬,加些熱呼呼的白飯,飯面蓋上兩種餡子,如果喜歡,此時可加蘿蔔絲煮鯪魚鬆,緊緊地包起來,生菜葉與熱餡接觸,頓時變柔軟,很滑,也很爽口。我們大口大口地吃,吃得滿嘴滿臉也沒有人會怪你失儀。因為生菜葉要經多重手續去消毒,每人只准吃一包,餡子和白飯則任吃。

新十五是上元節,俗例家家食湯丸。粵式湯丸不及外省元宵考究,只用糯米包住一粒片糖,在有生薑的片糖水內煮至浮起便好。我從來不肯吃甜的,但愛用臘鴨、冬菇、冬筍和豬肉粒做餡子的鹹湯丸。

我家有位綠林世伯,擁有蠔塘。春天是生蠔最肥美的季節,世伯每年必送這麼的一份特禮;兩個夥計抬一大簍原隻的生蠔到來,他們而且留下,專司開蠔之責。這是江家自上元節後首次的家庭聚會,各房的人都魚貫回到江太史第,在飯廳分據圓桌而坐,桌中置黃銅火鍋,下燒火酒燈,生蠔即開即下鍋,邊淥邊食,直至供應完畢為止。熟了的蠔可蘸原塘蠔油(也是世伯的出品)或薑葱鹽油,並不設其他蘸料。吃麵的可用蠔汁撈麵,吃飯的,桌上有豬油一碗,可用來與蠔油一起撈白飯,豬油甘香,蠔油鮮美,以原味的白灼生蠔下飯,這種滋味,實不足為人道,只存於記憶中。

1.2. 清明祭祖

祖父原籍南海佛山，是前清最後一科進士，欽點翰林，因為他有功名，在家族中有特殊的地位。每年祭祖，祖父會帶同兒孫回鄉掃墓，我是女孩子，沒資格參加，所知都是由掃過墓的男孩子當作故事來講，我聽了就記在心上。

我們太公有田地魚塘，算是祖產，年中的收益撥歸公用，稱「徵常」，即是經常費。祭祖時必備三牲，金豬是其中之一，但在祠堂外會另宰生豬，分派給所有男丁，這種肉稱做「祖嚐肉」，江姓子孫吃過祖先嚐過的肉，都會得到太公的保祐。為了方便從外面回鄉祭祖的人易於攜帶，豬宰好後就在祠堂外的大地堂架起大鑊，把大塊大塊的豬肉煮熟，斬成小塊置於瓦缽內，一缽熟肉算是一份。

祖父有功名，單是他名下就派得幾十份，父親叔伯都在外洋留學，算是摩登功名，每人名下也有多份，其他每一男丁都有一份。九祖母是住在鄉下的，她把一缽缽的豬肉放在有耳的瓦茶煲內，放一層肉，下一層粗鹽，如此一層層填滿茶煲，統交巡城馬（即是現代的 DHL）帶到廣州老家。一時有這樣多的豬肉如何發落好呢？

豬肉不錯是醃鹹了，不易壞，但實在太鹹。太公豬肉必定先要把鹽洗淨，用冷水泡去鹽味，再用開水沖透。要加工處理。我們有一位遠親是水客，往來安南（現在的越南）和廣州之間，時常會帶來一種像生抽的調味品，叫做 Nuoc Nam，是盛在瓦盅內，有很多小蜆在裏面的魚露，祖母們叫它做「碌霖」。方

法是把魚露及冰糖加水同煮，倒在沖淡了的熟豬肉上，浸它一兩天，肥肉變得脆，瘦肉則爽，正好下飯。

1.3. 端午節

小時過端午節是件大事。一交農曆五月，我們便買好五色絲線，拆細了用來捆香包。家中上下都忙着裹各式各樣的糉子，有鹹肉糉、鹼水糉、裹蒸糉和六婆特別為祖父而設、沒有餡子的軟糯鹼水糉。糯鹼水糉裹得鬆鬆的，搖起來有聲，煮它幾個鐘頭，糉子變了糯米糊，拆去棕葉還要沾上雞蛋去煎。六婆是家中唯一會煎這種怪糉的大師。換了別人，祖父總是不滿意。

到了端午節，我們又可以去看龍舟。我們住在廣州河南龍溪首約的同德里，龍溪是從珠江引入、貫通兩頭的一條小「涌」，經過二、三、四約，在另一頭與珠江相接。每一約都有自置的龍舟，平日是埋在地下的，到了時近端午節便掘出來修葺一番。端午那天，約裏的健兒個個抖擻精神，穿上黑膠綢褲，白色線仔文化恤，束上腰帶，好不威風。「睇龍船」是孩子們引頸以待的。午後隆隆鼓聲傳來，孩子們連忙跑到涌邊，霸過好位。同德里頭與涌邊相接，有石級方便水上人家上落，石級兩旁有台階，江家有一塊特闢觀龍舟之地，算是約中父老給先祖父的面子。我們也隨著祖父去趁熱鬧；龍舟從四約魚貫而來，經過「漱珠橋」便出珠江，扒去「白鵝潭」參加每年一度的競賽。龍舟過後，看熱鬧的便一哄而散。

好節目還在後頭。看罷龍舟回家，我們有五色米粥送糉子

吃，大家吃得飽飽地又等待晚上豐盛的過節飯，雖然不外乎拜祖的九大簋，但節日的氣氛是熱鬧洋洋的。

1.4. 龍母誕

　　端午節雖過，我仍期待更大的日子來臨。龍溪往珠江的出口，右邊有一座龍母古廟。相傳有一位善心女士，收養了一條小龍，小龍長大後，女士還牠自由，把牠放了。小龍感念女士養育之恩，每年五月初八她生日那天，必定回來探望，風雨不改。一年，值雷電交加之際，小龍探母途中遭雷轟，尾巴給打斷了，自此便成為「倔（廣東話『倔』是『尖』的相對）尾龍」了。因為那位女士廣積善緣，眾人為紀念她，便尊稱她為「龍母」，更蓋了這座「龍母廟」。她的金像旁，有一條沒有尾巴的小龍，口中銜著一顆明珠，獻給她至愛的養母。

　　祖父很信「龍母」，我剛好生於五月初八龍母賀誕，祖父便給我起名為「獻珠」，意謂把他的掌上名珠，獻給龍母。端午節過後我簡直像度日如年，好容易等到龍母誕，家中頓時擾攘起來，一待祖父午間起床，大夥兒整裝待發，我穿上新衣，耐心地等。拜龍母是江家大事，先由兩名家人開路，跟著是另外兩名抬着「食擔」，裏面有成隻燒豬、家禽、包點、果餅，還有為我而設的一盤祭品──一隻蒸熟的肉蟹和一個熟鹹蛋，都是我心愛的食物。祖母說我要親手敬奉，纔得龍母悅納，吃了便會快高長大，聽話生性。食擔後是坐在轎子內的祖父，我則「騎」在老家人夭哥的膊上，尾隨祖父的轎子，浩浩蕩蕩向

龍母廟去。

　　騎在奀哥的膊上，顯然高人一等，真有睥睨天下得意忘形之感。廟中香煙瀰漫，祖父跪拜完畢便輪到我，供了祭品，胡亂拜幾拜，急著只想回家。那種公然獨享一隻大肉蟹的滋味真痛快，以致後來我吃到甚麼大蟹也及不上這味道。鹹蛋則留待第二天放學後慢嚐，母親給我一枝純銀的小挖，從鹹蛋尖的一頭開一個僅能容得小挖出來的小洞，我就那麼一小口一小口的挖來吃，挖到見有金黃的蛋黃油流出，與蛋白混和，味甘而鹹，是吃挖蛋的最高意境，但一定要把蛋挖空纔算數，洗淨殼，用一條粗線，縛著一段牙籤，塞入蛋殼內，一拉，牙籤兩頭便架在殼內，成為一個可吊起的蛋殼燈。這就是我兒時的生日禮物，也是玩具。

1.5.　夏日蘭齋農場

　　暑假一到，蟬鳴荔熟，祖父帶著我們老老少少，大夥兒到位於番禺蘿崗的江蘭齋農場嚐荔。我們的荔枝園種滿了畢村佳種糯米糍、蘿崗桂味，還有一棵從增城碩果僅存的老樹駁枝的掛綠荔枝樹，其餘的算是雜枝，收成都運到蘿崗墟去大批出售。

　　農場是長線投資，需要龐大的資金去維持。這棵駁枝掛綠荔枝樹，每年產量不多，精挑細選之後，用小錦盒裝起來，有一、二、四粒裝，全交到大新公司食品部發售，就是這些貴重的掛綠荔枝，幫補了農場一部份的費用。我們是孫輩，能有機會嚐到挑選後的次貨，也不輕易哩！

在端午節前後荔枝樹下的白蟻堆上，會長出一堆堆的菌，鄉人都稱之為荔枝菌或龍船菌。我們自小便有機會嚐到這種味極鮮美，質感爽脆的野菌，一家人至今對它仍念念不忘。很久以後，我纔知道廣東的荔枝菌竟然與雲南的雞樅菌是一而二、二而一的珍菌。

荔枝不是每年都是大造，一年豐收，一年歉收，大造那年我們纔會浩浩蕩蕩的隨祖父回農場去。因為祖父認為經過一夜的清涼，糯米糍在晨曦時最清爽，太陽一出，荔枝糖份變酸，肉質變軟，便風味大減了。我們摸黑出門，親手採摘露珠滿佈的荔枝，採一顆、吃一顆，真的滋味無窮。桂味比較易保存，便不需那麼慎重了。

農場除了荔枝，也種了來自大塘的石硤龍眼，個子小小的，但清甜脆口，絕不像泰國龍眼那樣水汪汪的。有一種深黃色皮、心形的雞心黃皮，特別甜，只得一顆核，不似白糖黃皮的肉少核多。

1937 年日人轟炸廣州時，我們一家疏散到蘭齋農場。小孩子沒課可上，每天早上抄書寫字之後便無所事事，大家都往農場去。從蓮潭墟我們的炮樓到農場，先要經過荔枝園，再要走過連綿的阡陌，然後穿過一畦一畦的橙地，纔到達農場的辦事處。其實我們到辦事處毫無目的，貪玩而已，穿過綠油油的田間，便覺滿心歡暢。

這麼天天瞎跑，總讓我們跑出個苗頭來。男孩子在田邊學踏水車，女孩子則去摸田螺。在每片田與田之間，有窄窄的田

畿，我們常常蹲下來，看著小魚在水田中成群地游來游去。哥哥手藝很好，他把一枝舊的大字筆弄穿兩頭，重疊一條鐵絲從筆管一頭插進去，一扭便成個圓圈，我則請大伯娘為我用蚊帳布縫一個袋，紮在圓圈周圍，做成一個小魚網。我們帶備一個玻璃瓶，網到了小魚便養在裏面，天天餵以白飯，倒也有趣。我們又會提著小魚網，到墟口的小河，涉水而下，把魚網伸到岸邊的草叢裏，一兜便有小蝦入網，雖然不像田螺能炒來吃，但已經很開心了。

男孩子吃過晚飯後會聯群結隊去照田雞。照田雞要有工具：一盞小小的火水燈和一個竹籠。竹籠是特製的，形狀像一粒橫放著的巨型花生，中豎著一個長而闊的頸，頸之一端有開口，開口內佈滿放射形軟而薄的竹篾，捉到了田雞，立刻放入籠內，田雞經過開口的竹篾掉進籠內，竹篾便即時反彈關閉，田雞再也跳不出來了。

田雞是要照的。天還未黑堂兄弟們便要靜候在田邊，天黑了便點亮火水燈，田雞見了光自然會向光而來，瞪著大眼睛望著光一動不動，這時他們便可一手把田雞捉住，放進籠裏去，然後再等待第二隻田雞來上當。如果運氣好，一個晚上可以照得半籠滿。在鄉間沒有甚麼好配料，但大頭菜紅棗蒸田雞味道也不錯哩！

1.6. 乞巧節

七夕是屬於我們女孩子的節日，家中的祖母、伯娘和姑姐

們，都會為我們這些尚未出嫁的，安排拜七姐所需的一切。一交七月乳娘們便開始浸發禾秧，一缽一缽的放在花園的涼亭內，祖母們又會從儲物房找出玻璃珠子，膠片、鏡片，準備釘在織女和牛郎的衣服上。拜七姐是在初六晚上，大廳擺好四方桌，加上了枱圍，一層層、一座座的燈色花牌全排在桌上，禾秧中央點起了油燈，閃閃生光，桌上有精緻的點心和工藝品，還有一大盤水果；龍眼、楊桃、香蕉、菱角、梨子、鳳眼果和油柑子，數不清那麼多。晚飯過後纔是拜七姐的時間，我們都穿著整齊，按著年紀的大小，像拜祖先一樣，行禮如儀。

俗例是女兒出嫁後便不能再拜織女了，要回娘家向仙女告別。印象最深的是堂大姊守真和三姊淑儀回家辭仙那一年，她們同一年出嫁，所以辭仙這個盛會便落在這兩位孫小姐的身上，一切費用都由她們負擔。我們祖籍南海佛山，以紙紮秋色馳名，這一年的七姐桌，大部份陳設品都在佛山訂做，極盡豪華。桌上有用米、通草和芝麻砌成的花果、人物，栩栩如生。祖母們又會找出一套套專為拜七姐用的小型酸枝傢具，像今日的陳列室一樣，擺在拜仙桌上。

最記得初六下午，江太史第中門大開，參觀的人絡繹不絕，在「趟櫳」外站立的，爭先恐後，都想佔據一個好位置。大廳從入門的天井開始，一直向屋內擺上七張拜仙桌；第一張是餅食，第二張是生果，餅食和生果分別盛在高腳的古瓷熱葷碟上，第三張是小型酸枝擺設，第四張是佛山工藝擺設，第五至第七張就是特製的鵲橋。

說起鵲橋，那實是誇張極了：從屋頂上吊下一個天幕，像一個罩，牛郎和織女高高在一頭，織女的六個妹妹在桌上的鵲橋下相送，她們都穿上熠熠生光的衣裳，織女的尤其艷麗，鵲橋上空有銀河，是織女牛郎仙凡相會的通道，銀河掛滿了活動的小燈泡，一串串的走來走去，吸引途人圍觀如堵。入黑後兩位堂姊先後拜祭，向織女告辭，然後輪到我們。 張羅了好幾個月，一天做完的盛事就此完結。

1.7. 盂蘭節

每年到了農曆七月十四，廣州人照俗例燒些金銀衣紙香燭，撒些水飯、豆腐、芽菜和肉食，以饗無主的孤魂。一家的先祖，自然有後代依時拜祭，要照顧的，就是這些離散的幽靈，好讓其有豐衣足食。

江家人忙完乞巧節，收拾所有祭品，清理大廳讓出空間，又要準備燒衣了。燒衣最主要的工作是摺衣紙，衣紙有兩種；一是滑面五彩的，代表綾羅綢緞，另一是粗糙厚身、顏色暗啞的「大布嚕」，代表粗衣麻布，此外還有金銀、觀音衣等。傳說觀音會帶領整羣飢餓的亡魂，到陽間覓食，所以也一應受拜祭。家中小婢和女僕、祖母們和伯娘們，午飯後齊集大廳，不停地把衣紙捲成一筒一筒，橫放在水草上，紮起就像個大圓餅，一餅疊一餅，疊至比人還高，挨著牆邊擺放，我們放學回家也要坐下來幫忙。摺衣紙不是一朝一夕的事，這樣天天摺，還要摺金銀；元寶狀的金銀要用竹籮盛起。從七月初八起一直摺到

七月十四為止，摺得多少便摺多少。

　　我五六歲的時候，家中還是很風光的，在江太史第燒衣是一件了不起的盛事。那時河南沒有自來水，只有我家自設泵房（抽水機），僱有「大偈（機工首領）」負責從珠江抽水到天台上的儲水池以供全家之用，但食水是由「後生」從花園中的古井挑至廚房的。燒衣那天，傍晚時分同德里已蹲滿了游手好閒、精壯、身手靈活的漢子，赤着上身，想混水摸銀，趁此機會撿幾個雙毫，多天可以不愁伙食了。街童不夠氣力，但來趁熱鬧的倒也不少。

　　說乞巧節是女兒家事，那麼燒衣便是江家男孩子的節日了。當天色開始暗下來，全家的男丁魚貫從大廳把衣紙抬到街上，由街頭派到街尾，堆成高高的一行像五色繽紛的花槽，衣紙上再放上金銀，一切就緒。早已蹲下來等候派錢的便開始齊聲大唱：「江大人，錢路哩（上聲）！江大人，錢路哩！」像今日的歌星「粉絲」搖著擴音器大嚷大叫一樣。那時江大人（我祖父）知道時候到了，江家男丁人人挽著一個草織的長袋，內裏裝滿了雙毫白銀，隨著祖父走到二樓近街的「騎樓」，各據一方，伺機而動。接著是燃點一行行插在路邊的香燭，於是點火燒衣，很快便燒得火光熊熊，這時祖父開始領先撒白銀雙毫，起初是一把一把的，眼看著那些人奮不顧身，鑽入火堆中亂抓，便讓家中的男孩子接手撒錢了。一時在火光裏，游民和街童互相踐踏中，江家施行最後階段的撒飯。

　　燒完衣了，錢也撒完了，飯也撒完了，那些等了大半天的

烏合之眾仍然賴著不走，為的是下一幕江太史第特備的節目：
「大偈」潤哥大開消防水喉清洗街道時，順便來個難得痛快的
淋浴。

　　黑暗降臨大地，一切絢爛歸於寂靜，來搶錢的人都滿意地
渾身淌著水走光了，先前躲在祖父後面的我們，也悄悄地一個
一個的走開，留在心中的疑問也得不到解答：燒衣是為不能確
定存在的幽靈呢？還是為那些無業游蕩、不事生產的一羣人？
抑或找個機會炫耀自己的地位和財富呢？不管答案如何，我們
又巴巴地等待來年，再趁一番熱鬧。

1.8.　夏秋祖屋

　　上世紀 30 年代初的廣州，除了東山區，許多放洋掘金的僑
胞家屬，聚居在設計西化的自置多層洋房之外，大多數的市民，
都住在單層的古老房子，大小不一，甚少有平頂的天台。河南
一帶，自從建了海珠橋後，方纔開了兩條馬路，洋房更不用說
了。我家的建築比較西化，都因先祖父當了英美煙草公司的南
中國總代理以後，收購了祖屋四鄰的房子，加建了兩層樓的新
翼，有兩個平天台，也有一個曬台；曬台特別高，父親在夏天
傍晚，必在曬台上放風箏。哥哥會為父親把紙鳶舉在頭上，父
親一拉一扯，哥哥一放手，紙鳶便飛上天了。放紙鳶是父親的
專長，也是他的嗜好。他自製鋒利無比的玻璃線，訂製有他自
己標誌的「高裝」紙鳶，他有精湛的技術，只見他雙手拿著線
轆，推上拉下，向左往右，操縱紙鳶的俯衝和上升，把其他在

廣州河南上空的紙鳶，「鎅」個落花流水，看到滿天斷線紙鳶，纔肯罷休。這個時期，他父親稱霸食壇，他卻也睥睨長空，都是昇平時代萬兒響噹噹的有閒人物。

廣州比香港的溫度，一般相差五至六度（華氏），冷比香港冷，熱比香港熱，舊時科技未發達，沒有冷氣，風扇也罕有。江家祖居的那一邊，十分通爽，一把大吊扇從高高的神廳正樑懸下來，是我們一家人納涼之所。但新翼這邊，全是祖母居停和接待客人的地方，平天台吸了熱不散，晚上更熱，吊扇、座枱風扇都無濟於事。為了避暑，江家過了端午節，便開始在平天台之上蓋起涼棚，同時在涼棚的支柱旁，用大水缸種植爬到棚上生長的瓜和豆。水瓜最粗生，大片的葉子爬滿一棚，正好遮蔭，長長的瓜掛得滿架，到近中秋節便有收成，是我們夏天的常用瓜菜。另外一個涼棚，則種一種叫「麵豆」的藤本植物，同樣很粗生，花白色，結豆散成五指狀，嫩時摘下來整隻用自製麵豉醬去燜，可葷可素，是祖母們守齋的好菜，加些豆腐乾片，營養更高。我最喜歡吃麵豆燜大魚（鱅魚）腩，麵豆吸收了魚腩甘腴的脂肪，比魚肉還要滋味。

紅芽芋仔和水瓜，是最佳的拍檔。在中秋節前後，芋仔正當造，蘭齋農場在節前便送芋仔到廣州，家人都忙著把芋皮刮淨，放在花園的涼亭把芋仔吹得乾爽。個子小的用來燜鴨，比較大的則切絲煮水瓜。我家有一個上下俱宜的「鹹蝦芋仔水豆腐煮水瓜」的粗菜，有時可多加小河蝦。先爆香鹹蝦和紅芽芋絲，加水煮至起膠，再加進水豆腐同煮，鏟出後另行分別炒蝦

和水瓜絲,最後全部材料合在一起,半湯半菜,滑溜溜的,用來淘飯,醒胃可口,也是夏盡秋來的應時菜式。

日治廣州時代,是我家最艱苦的日子,家中斷糧,偶有芋頭代飯的一餐,已是萬幸。九祖母住在佛山塱邊鄉的祖居,到了秋天,鄉親的芋頭在田中收成後,芋荚棄置田邊,九祖母便拾起芋荚,割去大葉子,挑回家中,把莖切碎後曬乾收藏。遇有鄉親乾魚塘,會送她最不值錢的蘇魚,蘇魚多脂肪,魚腸魚腩尤見肥美,她把魚腸煎了油去煎魚,煎出的魚油用來燜芋荚,從鄉間帶到廣州,那時我們在飢餓中,吃上有魚油的芋荚,覺得簡直是天下難得的美味。

1.9.　中秋節

兒歌有道:「八月十五豎中秋,有人快活有人愁。」讓我們不去愁,只去想想「豎中秋」這回事。

中秋既然要豎,怎麼個豎法?

中秋節前小孩子們便急不及待地等提燈。兒時中秋節天一入黑,大家從家中跑出來,聯群結隊地點起五彩斑斕的燈籠,提燈到處遊行,散隊後回家便把燈籠豎(也可以掛起)在天台上,讓四鄰在天台賞月時也可以看到。豎的燈籠越多,那家的面子也就越大。我家曬台便是「豎中秋」的好地方,河南的人,可以看到曬台上張燈結綵,都知道是我家的標誌。

節日無特別食品不算是過節,芋頭燜鴨是賀中秋節必備的菜饌。八月上旬一過,家家都買備揀手紅芽小芋頭(芋仔),

洗淨刮衣去晾乾，至外皮微微起皺便可用。傳統的烹調法是把鴨子過油後用佛山柱侯醬爆香，加入芋仔去燜，待鴨腍了，芋仔也吸足鴨味和豉味，韌韌的，入口很滋味，鴨肉反而沒有那麼吸引了。

芋頭燜鴨是下飯菜，不能作小食。晚飯後賞月的小食中，有一種有柄的小檳榔芋，洗淨煮熟剝皮後可以蘸熟油老抽，也可甜吃，捲些砂糖，鹹甜都各有千秋。除了小檳榔芋，我們還吃月餅、大紅柿、柚子、熟菱角和油甘子這些地道水果。

1.10. 春秋禾蟲盛會

廣東珠江三角洲一帶多良田，每年兩造，收割後稻根腐爛生蟲，明末詩人屈大均的《廣東新語》云：「廣東近海稻田所產之蟲，長至丈，節節有口，生青，熟紅黃，夏秋間，早晚稻熟，潮長浸田，因乘潮節斷而出，日浮夜沉，浮則水面皆紫，人爭網取之以為食品。」

我雖生於香港，但在廣州長大，每年總有兩次是全家同享禾蟲的盛會。禾蟲當造，不可能不知，因為不少蜑家婦女挑著一盤盤的禾蟲，魚貫地在街上尖聲叫喊：「生猛禾蟲！」「生猛禾蟲！」家家的女人都會跑出門外，拿著自己的盤子，等候販子到來，這情景只有在戰前的廣州可以見到的了。

我們江家也不能例外，婢女每人捧著成疊的淺木盤，等候蜑家婦來臨，相熟的會直接來交貨，不必和鄰居搶購。禾蟲要盛在木盤是有道理的，這樣薄薄的一層可以看到禾蟲是否新鮮，

不新鮮的禾蟲很難看，部份變了漿，吃了無益，輕則胃腸不適，重則連性命也掉了。

禾蟲在淺盤中蠕蠕而動，江家有清洗妙法，先把禾蟲從淺盤移去很大的盤，盤中盛滿了清水，從花園中砍下幾枝竹，只取最幼部份，把葉剪去，留下的便是有很多小椏的竹枝。小婢們人手持一枝，在大盤內不停地撈，活的禾蟲便會留在竹椏上，便轉放入瓦缽內。如是慢慢的撈，最後留在盤底的便是游不動的禾蟲了，應棄去。一淺木盤的洗淨禾蟲，可做一大瓦缽的燉禾蟲。

接著便是灌油，禾蟲在缽內仍是活的，倒油下去，禾蟲吸飽了油便會肚爆漿流，可以用剪剪碎。主理調味的是我家的六婆，她會準備好陳皮、欖角、蒜茸，把蛋打好，加糖、鹽和多量的胡椒粉，用薄油條片鋪面，便算大功告成，以後的先蒸後焗的工序便由廚房的師傅去完成了。我們總會做幾缽，好等大家分享。平日怕蛇蟲鼠蟻的，都視禾蟲如無物，一於開懷大嚼。

1.11. 街頭小食和家中小吃

小時我們心目中的街頭小食，是沿門叫賣的熟鹹花生、五香蠶豆、豆腐花。到了放學時分，會有挑擔上街的雲吞麵和沙河粉；這些都是我們最想吃而又只有大人批准了方能一嚐的。吸引力最大的就是那賣醃酸菜的小販，擔子內有各式各樣的醃酸菜，除了芥菜條、蘿蔔、甘筍、椰菜花、辣椒，還有酸薑、皮蛋和衝鼻辣菜。到了晚上約九時許，賣滷味小食的「郭記」

挑著擔子，沉聲地叫著：「鴨頭！鴨翼！」只見父親衝出去開了大門，讓郭記進入門房，他恣意地吃完一塊又一塊，好像不用付錢似的。我和哥哥站在旁邊，睜大眼睛，看得口水直流，父親完全不著意，自管自地吃。這是父親留給我們的印象之一。

到我小學快畢業的時候，河南開始有馬路，有洋房，但仍然沒有隨街賣零食的攤檔，只有在城裏雙門底有電影院那一帶，在有蓋的行人路上會見到賣桂花蟬和龍虱的小檔和專賣茶滘生欖的。天寒時會有人賣熱蔗、熱橙、熱天津雪梨，只是那兩三種，成不了氣候。

六婆最拿手做小吃，會為祖母們弄些小食如齋紮蹄、齋鴨腎和甘草豆一類的零食。放學回家，往往六婆會為我們煮甜糊。她的花樣真多，最拿手是杏仁糊。我最喜歡看她坐在小櫈子上，細心地把米放進小石磨內，再加些杏仁進去，慢慢磨呀磨的，米漿會從石磨的槽口流到瓦盆內，要用布袋隔過米漿纔夠幼滑。此外，六婆也會做花生糊和芝蔴糊，合桃糊則偶一為之。

豆沙和豆粥也是六婆的首本。蓮子百合紅豆沙綿滑香甜，臭草綠豆沙是特別為長青春豆的男孩子而設。有時又有眉豆粥、三色豆粥、去濕粥等等，吃過小食大家自然心安理得做功課去。

附錄 2. 從崇基到聯合

江獻珠 【原文刊於 2001 年為金禧院慶紀念出版的《崇基人散文集》】

在崇基，我是「大師姐」。

我這個「大師姐」，可真當之而無愧。論年紀，我比任何校友都要長，論輩份，崇基創校第二年，我便在那裏。只有溫漢璋最不服氣，「嘿！算甚麼師姐，你畢業比我還遲一年。」這是事實，拿他沒法。

不像一般同學那麼幸運，可以專心求學，我只是一名為口奔馳，在總務處幹活的小職員。那時的崇基，租了堅道一四七號一幢三層樓的洋房，每一層只有兩個房間，樓下一面是學生閱讀室，另外一面就是辦公室，也是教授們休息的唯一地方，平日常有學生穿梭來繳費，月底教員職工來領薪。雖然學生只有百來個，教員二十個左右，但大家都互相認識，像個大家庭。

校舍只有四個課室，實不足夠，聖公會借出了中區聖約翰教堂的副堂，聖保羅男女校的課室，又在鐵崗會督府側建一霍約瑟堂借給崇基作教室之用。堅道校舍稱「西院」，鐵崗那一帶稱「東院」。從西院到東院，要走一大段路，下課鈴一響，學生便趕忙下樓衝出校門，往左的跑路，往右的到附近的三號巴士站候車，天天如是擾攘，倒也熱鬧。

怎會有崇基學院？當大陸易手不久，原本由外國教會在中國創辦的 13 間基督教大學，都因政治關係迫得停辦，中國基

督教大學聯合董事會（United Board for Christian Colleges in China）乃將捐款轉行資助在亞洲成立四所大學，分別為：香港的崇基學院，日本東京的基督教大學，南韓漢城的延世大學，台灣台中的東海大學。崇基沒有充裕的開辦費，行政組織簡單，前廣州嶺南大學校長李應林博士是第一任校長（那時不稱院長），下有總務主任王湘廷，註冊主任謝昭杰，教務主任兼校牧龐德明，職員三名：李小洛、容應聰和謝慕潔，他們都來自嶺南。不久容應聰離校深造，我代了他的位置。職員都是身兼數職，等同通天打雜，我要打字、接線、記賬，必要時繕寫油印蠟紙，庶務管理，還得入住校內，每晚巡視校舍門戶。

從賬簿上我得知崇基經費來源，當然大部份來自基督教大學聯合董事會，但倫敦亞洲基督教大學聯會、紐約嶺南大學美國基金會、加拿大教會及香港本地的教會也有捐助⋯⋯學院的重要開支都由聯合董事會委派的審計長（Comptroller）華連博士（Dr. E. E. Walline）批核。他常來校簽支票，休假時便由龐萬倫牧師（Rev. Pommerenke）代理。今日的崇基同學只知龐萬倫獎學金數額可觀，罕有知道龐萬倫與崇基的淵源，更少有知道龐萬倫曾經將他的小道風山別墅捐贈給崇基，並作為容啟東校長退休後的居所，並以容夫人 Mary 名之。

這時的崇基，儼然廣州嶺南大學的縮影，繼承了嶺南精神，學風相類，連校歌的調子也與嶺南的如出一轍。嶺南或其他 12 間大學的學生，若來崇基繼續學業，以前的學分全部都得到承認。李校長患了嚴重的糖尿病，行動不便，除了來開校務會議，

甚少上班，校務就由三位嶺南人主持。嶺南有一個鼓勵職員進修的傳統，有志向學的，每星期可離開工作崗位四小時，任選科目。崇基沿襲了這個嶺南傳統，我因此有機會選修了商業英文，開始與第一屆的同學一同上課。當時崇基專任的教師不多，散任的多在市內有其他的職業，商業管理學系尤多這類兼任教師，嶺南的盧寶堯教授是其中之一，他的會計課多在下午四時以後。我記賬而不懂會計原理，很不方便，於是開始修讀會計課程，每星期只需用去兩小時的公假，其餘上課時間算是公餘，所以我還有兩小時在辦公時間可多修讀個兩學分的課。

跟著一年一年的招收新生，學生漸漸增多，教職員亦相應添加，不久龐牧師有了助手趙耀祖和打字員林肯構，我們這幾個職員，相處融洽，合作無間。在我來説，崇基真是個好地方，有工做，有書讀，有地方住，還有一大群同學。1953 年崇基開辦第三年，得到香港政府撥出新界馬料水靠大埔道山邊十英畝地段，又得到教會多方資助，實行自建校舍。奠基典禮那天大雨滂沱，我躲在雨傘下甚麼也看不見。早一陣容拱興校友翻查校史，問我那天是否埋下了時光錦囊，裏面放了些甚麼東西？我無法作答。又問我崇基大門長聯的作者是誰？我只説出幾個可能：謝扶雅教授、鍾魯齋教授、鍾應梅教授、王韶生教授或吳笑生教授，這幾位都是當年的中國文學名學者，是誰執筆，我不能確定。

李校長終於在任內逝世，崇基的精神和面貌開始有了改變。繼任的凌道揚校長，與嶺南打不上關係，自有他的作風，加聘

了新人，我們只好慢慢適應。

1955 年第一屆畢業禮，是在東院舉行。1956 年第二屆畢業禮選在聖士提反女校舉行。不久，崇基在 1956 年正式遷入馬料水，有自己的校址，有辦公室大樓，課室一座，科學館一座，圖書館一座，餐廳及臨時會堂一座，教職員住宅兩座，有一至四年級的學生，規模實在是一所大學。但香港政府除香港大學外，其他的大學全不算數，只能稱學院或書院，頒發的是文憑而不是學位。不過外國的大學都認可崇基學生的學歷，很多等待出洋留學的學生，都借崇基作踏腳石，學生人數有增無已，而管理方面也日形複雜。我再不用兼理庶務工作，只管記賬、收學費和發放獎助學金。

像一般機構，每換首長，主理財務的部門多是首當其衝，開校元老王主任離職了。跟著凌校長把總務分了家，聘請了新的會計主任和總務主任。我管這盤賬，從有崇基第一天起，一收一支的來龍去脈十分清楚，而新會計主任是學農的，總得有人助他一臂之力，就是這樣我纔僥倖逃過易長的大難。教會派來了新的審核長藍仁牧師（Rev. Loren Noren），他每星期來校一次，總要在教會下班之後，那天我便要加班，為他速記、打字，應付他隨時查賬，到月初還要為他準備呈交董事會的財務報告，我的責任其實已遠超於我小職員的身份，但我一點也不在乎，只要會計處還是需要我的，我方能保住職位，繼續我的學業。

有幾位同學畢業後留校服務，註冊處有傅德燊、李乃元、

黃文青，校牧室有陳文蔚，圖書館有陳慕勤，助教有陳葆容、陳佩屏、源賽嬋，李小洛的體育課又有助手高惠邦。除助教外，我們這群「小嘍囉」組織了一個午飯團，很多時謝主任、龐牧師和盧教授也會參加，每天乘私營的校車到沙田舊墟的楓林小館「搭食」。膳費每位二元，吃的不是酒家菜式而是很可口的家庭小菜，大家笑談無拘，非常開心。不料飯團中有兩位從堅道一起遷來馬料水的職員，忽然無端被解僱，又風聞高層極不滿意我們時常聚在一起，有結黨之嫌，我們恐怕連累長輩，乃自動解散飯團。想不到在往後幾年，這件事鬱結在我心中久久不去，只覺很不公平。

我本來在廣州中山大學文學院外文系讀至四年級，因內戰迫得輟學。在崇基修讀商管系的課全屬職務上需要和時間上方便，原沒有想過能畢業。謝主任知我還算個好學生，當崇基參加了專上學院統一招生，他鼓勵我去考入學試。準備了些時，我順利通過，英文和國文兩科成績特別好，豁免了轉學生要補修大一國文和英文兩科。一些一、二年級的必修科目亦因轉學生身份而得到認可。我轉了不同的學系，要補修的科目極多，漫漫長路，何時能了！

學生繳費是按月的，一學期作五個月。我的工作是每月在收費之先，要寫三聯根的學費單；一給學生作收據，二作為入賬之用，三是存根，以備核對。這樣，每一個學生的名字，每月我要寫三次，一年下來是 30 次，四年共 120 次。他們來繳費，先報上姓名、年級、學系，我即時找出學費單，收費後填上銀

碼和日期，所以學生的面孔和名字，很容易記得，甚至寫單入賬時他們就活現在我眼前。那些領取助學金、獎學金、工讀金的學生，見面的機會更多，誰來領取甚麼，我都不會弄錯，和他們很熟落。同學每月到十五號如仍未繳費，我會從學費登記冊上抄出他們的名字，呈交註冊處出佈告催收。逾期不繳便遭飭令退學。

自崇基遷入馬料水後，有了臨時運動場。李小洛擔了很多體育課，他上課時我又代了他的出納職務，工作更形忙碌，但我對選讀商管系的課程並不因此稍懈。我的頂頭上司雖然不懂會計，但人很隨和，是個好好先生，他把一切會計上的責任交付給我，他除了開支票，就是全心全意與馬料水村的溫村長交涉個別村民搬遷的補償，甚至村婦來當割草散工，全都由主任發放工資。這種工作分配聽起來很不合理，但那時的情況的確如此。隨著崇基規模日漸擴展，僱用的職員亦時有增添，很奇怪，行政人員似乎自然分開兩大陣營，中間隔著很多成見。一般來說，舊人對管理階層總有不滿之處而又不能宣之於口，很是困惱。

李小洛赴美深造，我便正式當上了出納一職，原來的記賬工作不變。那時還是用現金支薪的，發薪前先要將美金支票拿到香港華人銀行兌換成港幣也是我的責任。每月發薪由會計主任準備好薪水總單，我按單寫薪水封，登記在薪金簿上，然後拿著主任交我的支票到尖沙咀匯豐銀行提取現金，回校按信封上的銀碼如數入封。除了校長的薪水是由主任親自送交，其他

的教員職工都到出納處簽領，所以我也一一記得他們的名字和樣貌。這時候女職員不像今日稱某太某小姐，而稱姑娘，我就是崇基上下無人不識的「江姑娘」。就算上課時，同學也以「江姑娘」稱呼我。

會計主任不懂會計，那是非常危險的，無奈他是校長的親信，不懂也不礙事。那時我已修完所有會計科目，覺得高層請來的上司這麼不濟事，而那兩位能辦事的「小嘍囉」卻遭辭退，一直心有不甘。加上少不更事，以為自己很了不起，連主任也要靠我，夢想著有一天我總會吐這一口怨氣。遇到一次發薪日，沒有基本會計概念的主任，未及查清銀行結餘便開出支票交給我去提款。作為記賬員，銀行戶口存款不足我是明明知道的，因為他不問，我便一聲不響像往常一樣由學院的司機送我去銀行，結果當然是空手而回。當時在車上心情萬分複雜，只覺得自己理直氣壯，不做聲不過是一個小職員對管理階層無言的抗議而已，反正管銀行戶口開支票的是主任，錯不在

在崇基新校舍外留影的「江姑娘」

我。豈料一踏入辦公室大樓，一位兒女眾多、長日預支薪金的教授正坐在沙發上等候。還有那群等著薪金應急的工友一聽見沒薪發，大家滿臉沮喪地跑開了。此情此景，今日仍歷歷在目。

我當這個小職員，數目分明，盡忠職守，任勞任怨，想不到因為年少無知，自高自大的荒唐行徑，放冷箭去傷害了人而不知悔。現在一想起來，便羞愧交加，禱告中常向神認罪，真希望有機會能親口向主任道歉，求他原諒。

到 1959 年教會派來了一位全時駐校的財務長范那亞太太（Mrs. Ethel Fehl），她是學會計的，在美國教會有管理財務的經驗，一上任便改現金發薪為支票發薪，只有工友的薪金仍用現金支付。她保留原有（王主任設立的）會計制度，稍加修改。她又頻頻與馬料水村的溫村長到田土廳辦理換地手續：香港政府以粉嶺地兩畝換馬料水村地一畝作為補償，俾崇基可佔有馬料水整個盤地。其後崇基又在 1962 年向馬料水村民購買土地以興建運動場及增建校舍。

1960 年凌校長卸任，接任的是容啟東博士，我們大家都稱他為 Dr. Yung，他是嶺南舊人，崇基計劃創辦之初，已是大力協助李校長的籌委會成員，與崇基的關係可謂密切。他隻身履任，不帶一個親信，也不採官場陋習要換人。會計主任繼續留下來工作了一個時期，結果自行引退。會計處自從有了范太太，一切漸上軌道。不久嶺南大學的曾昭森博士加盟崇基為教務長，並兼任社會教育系系主任。

這些年來我已修完所有商管系的科目，只餘幾科「人生哲

學」課程，這是必修，一共八科，每科兩學分，在我來說，每星期只能上四小時課，如果上課時間安排順利，也要分四年纔能修完。終於在 1960 年夏初，考過了統一文憑試，連二年級體育課也補修了，我算是正式畢業。畢業禮那天，拿着文憑，只覺自己渺小卑微得可憐，如果不是　神天天帶領和看顧，個人的努力又算得上甚麼？我雖然自幼便在基督教學校讀書，每天早會禱告唱詩讀經，但沒有真正認識　神和祂的真道。崇基一年級的「人生哲學」課，我修讀了新舊約《聖經》，釋經的都是教會派來的資深牧者，深入淺出，使我對生命的意義有了新的認識。這時我在中華基督教會公理堂慕道已有一段時期，於是心存感謝，請馬敬全牧師為我洗禮，歸入主的羊圈。

　　與我同時修讀學科的還有兩位同事，結果畢業的只有我一個，以後再沒有其他的例子。計算起來前後修讀了九個年頭，我可算是崇基有史以來承襲嶺南鼓勵職員進修的傳統下唯一的畢業生。如果不是在崇基，我怎會有這個機會？

　　其實會計處一直都不夠人手，我畢業那年有三位一向在會計處工讀的同學獲聘留校服務：經濟系的劉爵榮分擔了學生書店和請購；商管系林紹貽負責飯堂業務，開支票及銀行戶口；葛崇基負責收學費和日記賬；我仍是出納，管理總賬及作財務報告。我們四人直接同隸屬財務長范太太之下，都算是她的行政助理（Executive Assistant）：不另設會計主任。後來又再加多了一位歐陽學詒同事。

　　此後會計處有完善的制度，各司其職，工作穩定，大家不

再誠惶誠恐。學生課外活動很多，有歌詩班、戲劇社、攝影社及詩文詞研究社等等，當時的劇社主腦鍾景輝，今日譽滿香港劇壇。攝影社社長汪長智，攝影技術在學生時代已臻專業水準，同學均以「汪記」稱之以至今日。崇基的籃球隊，打遍大專無敵手，溫漢璋、謝錦安、錦傑兄弟、王文揚、許丹林、馮大剛等都是頂尖兒好手。我因功課壓力大，工作又忙，除了欣賞劇社演出和偶然看看球賽外，甚少參與其他活動。畢業後較為輕鬆，學生組織的橋牌會有比賽，教職員組有數學系的蘇道榮教授和我做拍檔，化學系的張雄謀教授和李小洛又是一檔，比賽時還拿了個季軍。夏天我有時跟著同學們游泳渡吐露港到烏溪沙的浮台，回程向漁民買魚蝦蟹，帶返飯堂烹製，滋味無窮！在同事間又有不同的樂趣。天涼時午飯小休和幾位女同事坐在崇基的校旗下打毛線，曬太陽，聊個天。容校長夫人何露珍女士是聲樂家，她組織了教職員詩班，好等我們參加學生的聖誕晚會時登台演唱。田徑季開始，下班後我又和接線生冼安美、工友良嫂到運動場上跑步，準備校慶日的環校賽跑。英文系白約翰教授夫婦在寓所內教蘇格蘭四方舞，課罷常常留我們吃飯。每隔若干時日，容夫人又會邀請我們到她家午餐，記得她烤的豬腿很可口。這時期的生活，在公在私，可說是寫意之至，而崇基又充滿了教會大學的氣象。我仍然利用那四小時去聽課，有時還會在星期五參加崇拜週會。

　　崇基的同學不論在學或已畢業：若想放洋深造，必須領取成績表，他們先到註冊處謝姑娘那裏填具申請表，憑表來出納

處繳手續費。每一個同學離校，都使我羨慕不已。一天，崇基來了一位美國客人，校牧芮陶庵博士（Dr. Andrew Roy）招待他參觀，還介紹他給我們認識，纔知道他是新澤西州費利狄更遜大學（Fairleigh Dickinson University）的校長。湊巧我哥哥正在這間學校的工學院兼任教職，當時我還和這位校長客套了幾句。後來得芮博士寫信推薦，獲校方給予我全免學費的獎學金。哥哥的同事又為我在學校的薪金組安排了半時的工作，一星期工作 20 小時，學費和生活費都有著落。我等待移民美國已十多年，1963 年輪到配額，便決定離港。

瀕行時向容校長辭行，他勉勵有加，勸我不必想著以回到會計處服務為目的，我既有機會深造，應放眼更遠，再多續一個學位便有資格教學了，他認為統計和電算會計將是炙手可熱的科目。上機那天，范太太帶著一群財務處的同事來送行，依依不捨之情，恍如昨日。

在美國上學不久。香港突遭家變，我有家如無，漸生留美不歸之心。1965 年拿到了商學碩士學位後，在康涅狄格州一所大保險公司找到一份市場研究員的工作，得主管准我採自由工時制，每星期工作 40 小時。一星期有兩天提早下班，乘灰獵狗車到紐約大學商學研究院修讀博士課程，其餘三天補足工時，全工半讀，過著頗艱苦的日子。康州冬天寒冷，一晚下著大雪，從紐約回到家中已過凌晨二時，還見先母立候窗前，一臉焦灼之色，黯然對我說：「這麼苦，不讀也罷，拿到了學位又如何，還不是寂寞半生！」身處異國，最堅強的有時也不免軟弱，我

獻珠當年的標槍英姿

和一位青梅竹馬同學陳天機在美已來往多年，我們在 1967 年結婚，搬家到美西加州的聖荷西，他在 IBM 研究所從事大型電算機的設計工作。

當了美國主婦，學理家，學燒飯，忙得團團轉。到準備復學時先母患癌，時日已無多，我把她從哥哥家中接來，悉心照料，她一病 18 個月，出入史丹福醫院凡六次，到 1972 年秋，先母終於辭世。我跟着投身美國癌症協會當義工，義教中國烹飪和上門到會中式筵席，一幹多年，再無意繼續學業。想不到我後來卻入了烹飪這一門，在美國的大學和二年制學院教中國烹飪。

七四年我第一次回港，先到辦公室隔鄰的校長寓所拜望了 Dr. Yung，林紹貽又帶我「上」大學見范太太。這時已覺得崇基的變化很大，但很多舊日同事仍留校工作。最令我感動的是一班以前常來借支十元廿元的工友，聯同請我在崇基聯誼會吃飯，敍舊言歡，真比任何珍饈百味還要雋永。

1978 年外子被派往香港的 IBM 公幹，我也隨行。當時范太太和 Dr. Yung 已先後退休，我和幾位舊同事到小道風山探望 Dr. Yung 伉儷，流連了一個下午。言談間我提及朋友陳之藩邀請天機到中大電子系講學一年的事，Dr. Yung 極力鼓勵我們回來服務。剛好天機有一年的研究長假，又值中國四人幫下台，向外開放，他早已答允到上海交通大學講學兩個月，因利乘便，我們在 1979 年秋回到中大。因為當時電子系隸屬聯合書院，順理成章，他便是聯合書院的成員。聯合書院比崇基成立遲了五年，但兩院的院慶每年都在十月底舉行。

　　第一次參加崇基的院慶，碰到很多舊師長、舊同事、舊同學，心情十分激動。看見不少與我同時的同學，披著博士袍隨典禮行列魚貫入席，而自己卻是「煮婦」一名。毫無出息，實有負 Dr. Yung 當日的期望，一時悲從中來，淚流如注。那時中大實行集中管理制不久，正醞釀不承認以前崇基、聯合、新亞三院在未成為中大成員前的畢業生的身份，我回來本想尋根的，至此卻變了無所依歸。幸而崇基仍能保留昔日教會大學的良好風氣，社交小組有很多熱心人士，每月舉行「人帶一菜」（Potluck）的聚餐，教職員及家屬都可以參加。我雖身份不明，但仍滿心喜樂攜菜入席，過一個愉快的晚上。就算因事不能到，我也會先送食物去。

　　如此一廂情願投靠崇基的日子實在太短，聯合院長薛壽生出掌澳門東亞大學，馬臨校長力挽天機暫代院長的職位，到 1980 年度秋季，天機向 IBM 請了三年假，正式出任聯合書院院

長。本是崇基的「姑娘」，我怎想到竟會變成聯合的媳婦！

自從 1963 年離開香港，崇基歸併入中大的詳細情形。因我生活在外國，所知極其有限。這次來中大也是一種偶遇，在嫁雞隨雞的心境下，從聯合山頭下瞰，崇基顯得十分遙遠，與崇基的關係，僅止於禮尚往來，實是始料不及。雖然三院院長合作愉快，在我來看，只覺自己和崇基日漸疏離，真有切膚之痛。

可幸評議會不久成立，我們這群舊學生的身份有了肯定，我再不那麼耿耿於懷，心情漸漸平復。我每天帶著崇基心去處聯合人，絕不過問院政，與聯合的校友和學生建立了親切的關係。我又組織了一個烹飪小組，招攬對烹事有興趣的教職員參加，每星期上課一次，每月舉辦茶會，由小組親手準備茶點，一時聚合了散處大學的聯合人，十分熱鬧。小組中有褚秀萍，是和我同屆畢業的崇基同學，她很健談，與她們一起，邊談邊做，自由自在，使我覺得又回到當年在崇基當小職員的好日子。

天機對書院活動支持不遺餘力，常常帶著我參與學生的各項活動，諸如陸運會、水運會、歌唱比賽、戲劇比賽等等。我們與好幾屆的學生會內閣，有明朗的溝通，他們組閣「傾莊」都會來我家聚集，有時還帶着結他來，唱歌吃飯。這個時期，我是他們的好「師母」，私底下我不過是個超齡學生，借著他們去重溫崇基舊日的美夢。1980 年代初，中大的學生運動如火如荼，書院站在居間的地位斡旋，這時期的先進分子，今天都在香港社會嶄露頭角，是校友會的精英。一位聯合第一屆的校友何萬森，曾在崇基讀過一陣子，聯合畢業，是個兩院走的雙

面人物，他最識趣，在聯合他會恭而敬之稱我「師母」，一回到崇基，他又轉口大叫「師姐」了。

當了八年聯合院長，與本科的學問功夫若即若離，天機決定不再當最後一任，回到電算系教學。從此我恢復崇基姑娘的身份，毫無拘束，擺脫所有「院長夫人」的束縛。這種感覺真好，我和崇基也接近得多了。崇基創校 40 週年的慶典，沈宣仁院長盛意拳拳邀請我們作慶祝晚會的嘉賓，我以自己原來就是崇基姑娘，理應帶同姑爺回娘家道賀，豈可作客以為理由而婉辭。那晚我和天機被安排與商管系的校友同席，見到專程從美國回來的盧寶堯教授，一時喜出望外，師徒相擁。四十年是十分悠長的日子，可記取的事恍如昨日，舊同學都來試我，看看我還能記得他們的名字。幸不至丟臉，我都給他們滿意的答案。崇基每十年的畢業生，負責一個節目，演出當時校中發生的大事，從 50 年代至 80 年代，都有不同的主題，十分感人。整晚我沉醉在回憶裏，真不知老之將至！回家後興奮得徹夜難眠。

1992 年天機退休，1993 年搬家回美，但天機每年仍回聯合書院教通識教育課，順便參加書院院慶，自然我又回崇基祝賀了。更值熊翰章校友當董事會主席，李沛良校友為院長，他們和我都是先後同學，在一無罣礙之下，我回崇基等如回娘家，那種親切感，實不足以言喻。

退休後的美國生活雖然清閒舒適，但做了近廿年的香港人，心態已無復當日，只覺我們和美國的朋友已有很大的距離，寂默而苦悶。因緣際會，這幾年天機都在中大的通識教育中心客

串，一年有一半時間居港授課。我們雖然在中大年年搬家，筋疲力竭，可幸各有所寄，生活還算充實。

崇基舊日的建築物，逐一拆卸改建，只餘教堂及幾座宿舍，還縮立在高聳的教學大樓之間，每年的校慶日，典禮行列中崇基舊人連年減少，自己也日益髮蒼視茫。主日崇拜時，面對教堂的十字架，心淨意閒，生命原是那麼美，那有半點唏噓，只有對　神無盡的感謝！不幸的是，在永恒的路上，只有我踽踽獨行，但我深信聖靈一定繼續作工，使我的祈求得到應許。

附錄 3. 上元喫元宵

江獻珠

南和北合，百味紛陳

記得1960年代末期，我從美國紐約搬家到加省聖荷西市（那時尚未成為矽谷）後，接觸到一些從台灣來美定居的學人，週末時大家時常往還，雖然我們的飲食背景有異，口味上有分歧，但始終我們都同是筷箸文化傳人，很快便互相同化，聚會時人帶一菜，南和北合，百味紛陳。這些都屬家庭式的晚會，男的聚在一起打沙蟹，女的搓麻將，甚麼都不做的便坐下來擺龍門陣，無所不談。午夜過後是甜品時間，由我們閒角負責。

酒釀自製，桂醬難尋

那時最受人歡迎的是酒釀湯丸；酒釀是自製的，哪一家的主婦帶了酒釀便不用帶菜，她也是準備湯丸的帶頭人。她把糯米粉加點水，搓成粉糰，我們則七手八腳的把粉糰先搓成條，約1厘米粗，再切成長1厘米的小粒，然後搓成小丸子，放在一大鍋開水內煮熟，在另一個鍋內準備有酒釀、桂花醬和罐頭蜜柑的湯，酒釀有甜味，蜜柑罐內有糖水，煮時隨意得很，不須計較糖的份量，真是易如反掌。

雖然酒釀可以自製，但桂花醬要到紐約購買或從台灣寄來，在美國算是比較難得的作料。台灣朋友思鄉情切，在冬天聚在一起吃碗酒釀丸子，在游子的心中，附上了多少去國情懷。

也許這就是我們早期移民的心態，大家急於自保之餘，積極進取，為後來的中國學人樹立了形象，替他們開荒鋪路，今天來自中國的新移民能輕易地打入美國的社會，不也是我們早一代努力耕耘的成果嗎？

時移世易，早期的學人都已先後退休，真的倦勤了。以前的聚會也變了質，大家都懶得燒飯，想見面嗎，找家館子，忽忽吃過便回到某一家去，照樣玩牌、聊天，還加上新玩意；唱卡拉 OK。我們從香港退休後回美，覺得已成為另類，志趣有別，難以適應這種新的生活方式，悶了幾年，外子索性回中文大學服務，一直在通識教育部「掛單」教兩門課，算來也快十年了。與此同時，我也以飲食寫作為專業，因此也惹來校友會要求這份難以交代的差事。

廣東人也許會問，酒釀是甚麼？用糯米加水蒸熟，沖以冷水降溫，放在大盤子裏，中央挖一個洞，把酒餅研碎，撒在糯米面上，用筷箸在糯米上遍戳小孔，使酒餅能滲入，蓋起放在室溫（不應超過 40℃）下，約兩天便成為酒釀，即可食用。酒釀廣泛地流行於華北、四川、江浙等地，但粵北的客家人，也有做酒釀的習俗、酒釀的原材料糯米經過發酵，分解為葡萄糖和酒精，由此得到帶酒香的醇甜味道。香港的南貨店有現成的出售，十分方便。

元宵佳節，花燈如畫

至於我為甚麼要揀選做「酒釀湯丸」呢？因為湯丸又名元

宵，是正月十五日元宵節的應節食品。自隋唐後上元夜放花燈的習俗已變成民間的佳節，家家戶戶都吃湯丸來慶祝。古時放花燈的盛況，相信大家都不會忘記宋朝女詞人朱淑真的〈生查子〉：

去年元夜時，花市燈如畫，月上柳梢頭，人約黃昏後。
今年元夜時，月與燈依舊，不見去年人，淚濕春衫袖。

佳節加上怨女的愁思，每屆上元節少不免帶來淡淡的惆悵。

古時許多才子佳人就在看花燈時邂逅，互訂終生。現在聽來真覺老土，但想下去不是自由戀愛的浪漫嗎？今天九龍的高山公園和維園，新界的社區也有花燈會，看罷燈回到家中，想增加氣氛，親手做碗芬香撲鼻甜絲絲的桂花酒釀湯丸吧！

桂花酒釀，應節湯丸 [1]

這種小湯丸，是沒有餡的，全靠桂花甜湯。因為不需特別技巧，絕不會失手，材料簡單，到南貨店走一遭便成。為了加強口感，我加入些許粘米粉和澄麵，煮熟後不會像全用糯米粉般糊成一片。

1　本食譜從未在江獻珠已出版的食譜書中刊登過。

桂花酒釀

材料：

糯米粉 1 杯　　　　　　　　　粘米粉 1/4 杯

澄麵 1 湯匙滿　　　　　　　　　沸水、冷水各 1/3 杯

爽手用粘米粉 2 湯匙　　　　　　水 4 杯

酒釀 3/4 杯　　　　　　　　　桂花糖 1/4 杯

罐頭蜜柑（mandarin orange） 1 小罐　糖隨量

做法：

1. 大碗內混和三種乾粉，中開一穴，先加入沸水在穴中，以木匙拌合成雪花狀粉堆，逐少加入冷水，邊加邊與粉堆糅合 ❶，倒出至案板上 ❷，搓成一光滑粉糰 ❸。

2. 分粉糰為 4 份 ❹，取 1 份搓成 1 厘米直徑的長條，再分切成 1 厘米長的小粒 ❺。

3. 盤上撒下粘米粉，取 1 小粒粉糰，在掌心搓成小圓球形 ❻，分置在盤中，用乾粉爽手，不使黏連。其餘 3 份粉糰依法做完。

❶ ❷ ❸

❹ ❺ ❻

煮法：

1. 湯鍋內加水大半滿，大火上燒開，一次過投下全部糯米丸子，煮至水再開時倒入冷水 1/2 杯，繼續燒至丸子浮在水上 ❼，不停滾動便是熟。

2. 此時，在另一火上加入水 4 杯，大火燒至水開時倒下酒釀和桂花糖，不停攪拌至酒釀散開、桂花糖溶，便用疏篱將丸子撈出，加在酒釀甜湯內 ❽，如欲加些顏色，可於是時倒下蜜柑（連糖汁）一小罐 ❾，煮滾後試甜味，酌加糖。分盛小碗上。

❼　　　　　　❽　　　　　　❾

提示：

南貨店的桂花，有分桂花醬、桂花糖、乾桂花三種，桂花糖比較適用於本食譜。罐頭蜜柑最好能買到美國牌子，寫明 in heavy syrup 的。

附錄 4. 蛇年談太史蛇羹

江獻珠

十年於茲，在雜誌上寫食譜，不下 400 篇，卻一直不敢觸及我家留傳下來的太史蛇羹，有愧於心，雖然說過要封筆，但仍得提起精神，勉為其難，留個記錄。

歡吃薄脆，居高聞香

小時候在太史第吃過很多蛇羹，記憶中只有蛇羹的味道和家中設蛇宴時的情景，其他懵然無知。先祖父精研飲食，在上世紀 20 年代初期，領導廣州的食壇，為「食在廣州」時代奠下屹立不移的基礎。太史五蛇羹是當年顯赫一時的名饌，達官貴人，無不以能登上太史席位為榮，其他精緻菜式，也因此從食客口中就此流傳出去。位在漿欄路的蛇店爭相效尤，而我家蛇羹的主料五蛇，全由聯春堂供應，每有蛇宴，必派熟練工人來劏蛇，堂兄弟不怕血腥遍地，都聚在廚房外的天井湊熱鬧，到女工來拆蛇肉，我們才敢偷看。

記得吃蛇羹有配料，最令我們小孩子引頸以待的，就是混入廚房偷吃炸薄脆，二廚明哥很識趣，塞給我們一小把，大家便歡天喜地離去。至於蛇羹，家中人眾，難得有機會一嚐。有時母親會交點錢給廚房，請廚子多買點作料，為她做些蛇羹，好等分給她的親友，我和哥哥因此也有機會嚐到。

祖父以蛇羹宴客時，我們喜歡躲在樓上三祖母臥室外的「騎

樓」，蹲下來從鐵欄的間格中，凝神靜氣地下望祖父的飯廳；蛇羹是盛在一個銅製的鍋，有蓋，蓋上有一條銅蛇作為把手，銅鍋是放在架上，架內燃點起酒精燈，用以保暖。酒精燈有特別的味道，與蛇羹混在一起，香氣直達樓上，在我味覺的記憶中，留至今日，仍不能忘懷。

很可惜今日的蛇羹，已非昔日。以前真的是用五種野生的蛇：過樹榕、飯鏟頭、三索綫、金腳帶、白花蛇，都從廣西十萬大山捕捉而來。如今環保當道，再沒有五蛇供應，有的，只是三索綫而已，連水律蛇也禁運來港，姑勿論賣蛇羹的地方，仍然標榜三蛇羹或五蛇羹，都是徒有其名而已。

日陷省港，秘方外傳

我家在上世紀日人侵華時，失去所有家財，舉家避難香港，倚賴祖父賣字為生，家中最後一位廚師李才，亦流落香港，太史蛇羹秘方，方始外傳。當時以大同酒家做得最正宗，每年馮儉生經理親自送蛇羹來，一家乃得大快朵頤。

及香港淪陷，江家子第遷回廣州，家境極端困難，家人都回到蘭齋農場，移口就糧，母親帶着我和哥哥，回到大後方繼續學業。光復後祖父篤信密宗，持齋唸佛，蛇宴已成明日黃花。

蛇宴滄桑，後繼難傳

此後我經過一段頗長時間的起伏人生，1979 年從美國隨外子回港在中文大學聯合書院任教，而何添博士當時適為聯合書

院的校董，每年的校董大會，必在恒生博愛堂舉行。會後舉行太史蛇宴是一年一度的盛會，書院的教職員和校友都可以參加，因為場地所限，五席是限額。

　　我家最後一位廚子李才，從廣州逃難至香港後，在西環一帶上門到會，他曾在日治時代當過偽港督磯谷廉介的私廚，後在私人俱樂部得何添先生的賞識，帶他回恒生博愛堂為顧問。今日太史蛇羹的傳人李煜霖和黎有甜，都是當時得到李才的指導。李才又有親兄李成（諢名崩牙成，已故），自小跟隨李才，也練得一身好功夫，但他走的是粗獷路線，不若煜霖和有甜精細而已。

蛇羹食譜[2]，份量欠奉

　　身為太史後人，每年我一定吃一次蛇羹，煜霖在哪裏開業，我便跟到哪裏，有時還會請他上門到會。最近在雜誌上看到國金軒的蛇羹廣告，記得我以前曾請攝影師專程到黎有甜在西環的「桃花源」拍攝得來的步驟圖片，覺得非好好把蛇羹的做法存個檔案留傳下來。但這個不像我平日的正式食譜，只有材料、方法而無份量，也算是量力而為了。

2　本食譜從未在江獻珠已出版的食譜書中刊登過。

太史蛇羹

材料：

上湯材料：豬精肉、老雞、金華火腿

蛇湯材料：果皮、圓眼肉、紅棗、老薑、竹蔗、
蛇肉、蛇骨 ❶

配　　料：冬菇、木耳、竹筍、花膠、雞絲、吉品鮑、
果皮絲 ❷

伴　　碟：檸檬葉、食用白菊、薄脆、芫荽

❶

❷

準備：

1. 花膠浸軟，冬菇發透，竹筍去皮氽水，木耳發脹去蒂。

2. 檸檬葉切幼絲 ❸，白菊用淡鹽水洗淨，芫荽摘葉，
   與薄脆同置小碟內 ❹。

3. 冬菇置案板上，平刀以手壓在面，每隻分為五片。

4. 冬筍切極薄片，同樣切成幼絲。木耳亦然。

5. 花膠只要近邊較薄的部份 ❺，切約 0.4 厘米寬 ❻。

6. 煨備吉品鮑，先切薄片，再切幼絲，約 0.3 厘米寬。

7. 雞絲切極幼，加調味料醃好，氽水至熟。

8. 三蛇煮熟成蛇湯，拆肉時用竹筷挑出原條蛇肉 ❼，
   再分為幼絲 ❽，長約 3 厘米。

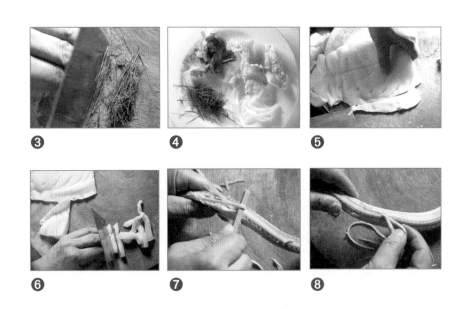

❸   ❹   ❺

❻   ❼   ❽

做法：

1. 蛇湯和上湯先放在鑊內，加入蛇肉，再將其他配料全部放進，下紹酒，一同煮滾，不停鏟動 ❾，加鹽、些許糖調味，推薄芡。

2. 放入花膠，再下鮑絲，撒下胡椒粉，下麻油，試味後蛇羹便完成。

提示：

蛇羹的芡，切忌過厚，否則便似吃糊一般，大為失色。

❾

附錄 5. 義煮報道

以下是獻珠 1974 年為防癌會義煮，美國加州《山荷西水星新聞報》（San Jose Mercury News）報道原文影本。

San Jose Mercury Wed., July 24, 1974

Cooking With Pearl Chen

WEEKLY Food FEATURES

Wednesday, July 24, 1974

Photography by Fred Matthes

2 CHOPPING WHILE CHATTING... Pearl Kong Chen turns her kitchen into a 'classroom' while preparing a formal Chinese banquet ... Student Edna Hansen at left

1 DIM SUMS ... Mrs. Douglas Shen displays patience and skill so necessary to preparing Cantonese cocktal delicacies

BY MARY PHILLIPS
Food Editor

Dr. and Mrs. T. C. Chen plan to sample the crayfish at the shrimp boats moored in front of Oslo's city hall.

They will try "not to miss the smorrebrod at the Royal Hotel in Copenhagen."

Nor, the "fruity charm of a carafe of Riesling wine on the shore of the Moselle."

Pearl, however, "reserves the right not to: sample raw herring in Amsterdam ...

"Or raw sea urchin in Brussels,"

That was the word before the IBM physicist and his vivacious wife left San Jose ... destination: Northern Europe,

Dr. Chen—currently on a computer architecture lecture tour—has lectured on Chinese culture at the University of

1

Uppsala in Sweden, and has demonstrated Chinese country cooking to the Ladies Voluntary Circle there ...

Pearl "undoubtedly will be called upon to demonstrate Cantonese haute cuisine,"

Pearl is a cook — most would acclaim a chef extraordinaire.

Her specialty: Cantonese haute cuisine.

Although her manner is mild and most gracious, all reports indicate Mrs. Chen is a "real task master" in the classroom.

And, for this her students put her "on a pedestal" so we are informed.

Pearl has taught at the Metropolitan Adult Education Program of San Jose since 1973. She will teach Chinese cooking this fall at San Jose State University.

And for benefit of the American Cancer Society two classes: Basic and Advanced Chinese Cookery to begin in mid-September. See particularlars at the end of this article.

Mrs. Chen has the credentials.

They harken back to her childhood in China where she "learned to love good food while sitting on the knee" of her grandfather, Kong Hung-yun, dean of Cantonese cuisine in Canton, China.

"Renowned for his calligraphy, poetry, wit and hospitality, Kong was also the unchallenged custodian of Cantonese cuisine for the entire first half of this century," says she.

Kitchen Extends City Block

"With a kitchen extending a full city block in Canton, he was always ready to stage a feast for 100 people . . .

"Through his dining hall doors passed Manchu mandarins and anti-Manchu revolutionaries, army generals and fugitives from law, established poets and starving talents," recalls Pearl.

"Grandpa had few enemies, but he had no respect for purveyors of bad food. To them he would let fly the most devastating profanities at his command.

"Food in natural state was already a work of art to him ... its desecration must be a high crime indeed."

Mrs. Chen explains that many restaurants in Hong Kong today display his calligraphy at the store front or in the main dining hall. "Not a few of these also claim distinction of, employing an ex-chef from his household, or using special recipes of his."

3Kong Hung-yun Calligraphy disokat at a resturant i

Through her famous grandfather, the San Josean gained "priceless exposure to an immense variety of food,"

More important: ' 'A critical palate and a serendipity for new ways to make delicious

2

Chinese food in the American kitchen." Without losing the authenticity, naturally.

Mrs. Chen admits she was too young to appreciate the scholarly discourses during the banquets or the trappings of grandeur all around — nevertheless, she was spoiled by her unique encounter with good food through her grandfather.

And, her cooking was not also always so "haute" as today!

"For years afterwards, though not really proficient in the kitchen, I was keen on criticizing others' offerings," she admits.

" 'A theoretical cook,' my brother called me." After coming to the United States, Pearl began to take her cooking seriously. Out of necessity. "Gradually I was able to make palatable food consistently.

"The food fever caught me," continues Pearl. She returned to Hong Kong after a lapse of 10 years.

4 PORK DUMPLINGS ... Joint effort of Joyce Shen and Jackie Torres, students in Pearl's cooking class

"I wanted to learn all I could about Cantonese cookery."

And, that she did. Plus ...

"A Buddhist recluse patiently described for me ways to prepare my grandmothers' favorite vegetarian dishes. Doggedly determined to master the art of the dim sum, I served as an apprentice for a month in a famous tea house, often starting the working day at 6:30 a.m."

Dim sums? One of Pearl's most proficient students — Mrs. Douglas Shen — attempts the art in photograph on today's Cover Page.

"Literally, 'dim sum', means 'touch-heart'," explains Mrs. Chen. "These delicacies are so light they do not weight the stomach down' Only touch the heart ever so gently.

"A typical dim sum consists of a dough skin wrapped over stuffing made of sweet lotus seed paste or bean paste, or minced meat and can be baked, fried or most commonly, steamed."

Few Cantonese households make dim sum, A long period of apprenticeship, is needed, explains Pearl, "And even if a homemaker can spare the time, a tea house may be reluctant to teach."

Because the novice cannot duplicate the dim sums, we do not include recipes today.

3

5 FORMAL CHINESE BANQUET ... Specialty of Pearl Chen

Market (To Cooking) Research

Mrs. Chen has a B.A. from the Chinese University of Hong Kong, MBA from Fairleigh Dickinson University, New Jersey, and spent two years of graduate work at New York University majoring in economic development.

Before her marriage to Dr. T. C. Chen eight years ago, she did market and economics research for a national insurance firm in Hartford, Conn.

Pearl and T. C. became reacquainted at that time in New York, having known each other during high school and college days in China. They had not seen one another for some 15 years.

No secret — Pearl's cooking expertise!

In addition to her classes, she's into cookbook-writing the first — "From Basic to Gourmet Chinese Cooking" is in manuscript form and has been to several publishers. Consensus: "Cost for publishing too high." Perhaps, I will have to cut out a lot of the photographs," sighs Pearl with her ever-ready smile.

4

She will start teaching a class "Preparation and Methods of Chinese Cooking" with Dr. Rose Tseng sept. 18 at SJS.

"Dr. Tseng will emphasize nutritive aspects of Chinese cooking and I'll do the recipes, demonstrations and cooking. "

The two also are working on a book entitled "Chinese Cooking for Your Health," and hope to have the completed manuscript come spring.

Third volume?' Pearl's very own dim sum cookbook with lots of illustrations. "So far there is not a dim sum book. Lots of potential," says she with enthusiasm so naturally a part of her vital personality.

Banquet Includes Tea Ceremony

To boost interest in the upcoming classes to benefit the American Cancer Society, Dr. and Mrs. Chen entertained in their home at a Formal Chinese Banquet for 12 guests.

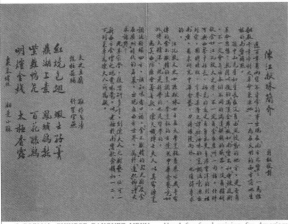

6 FORMAL CHINESE BANQUET MENU ... Used for fund raising for American Cancer Society

Pearl did all the cooking.

Mon Yan Chan, gourmet from Hong Kong, performed an authentic tea ceremony, and Dr. Chen was in charge of wine.

"My husband is kind of a connoisseur in white wines," adds Pearl. "He incorporates western wine and Chinese cooking in harmony. It adds a lot to my cooking."

And, does she cook Cantonese haute cuisine for her husband?

"No, I do not," punctuates Mrs. Chen.

"He has high blood pressure and a cholesterol problem.

"I'm diabetic."

"We cook a lot for entertaining but restrict ourselves to all the healthy foods for everyday meals. Low calorie and low cholesterol Chinese cooking.

5

"When my guests are all sitting down at the table, I'm cooking in the kitchen. I can only join them for 1 or 2 dishes."

A Pearl Chen typical banquet? Fourteen or 15 items.

"When I married T.C. he was a confirmed bachelor," smiles Pearl. "He owed everyone dinners, luncheons and snacks. So, all these years I've been repaying his lunches and dinners."

"We enjoy company,"

Pearl's Own ... From Shrimp To Steak

Cooking with Pearl Chen ... her recipes ... beginning with shrimp ...

HOW TO CLEAN SHRIMP AND MAKE THEM CRISPY

- Remove shells and devein shrimps,
- Put shrimp meat in a colander, rub generously with table salt to clean out mucus,
- Rinse with cold running water repeatedly until shrimp meat turns translucent.
- Drain. Pat dry with paper towel.
- Arrange shrimp meat in a paper towel-lined plate, Set aside for immediate use or keep refrigerated for later use, (Do not keep for more than 12 hours,)

CLEAR-FRIED SHRIMPS IN WINE

Ingredients:

1 ½ lbs.	medium size fresh shrimps
4	stalks scallion
1	clove garlic
2	slices fresh ginger
	Oil for oil-dipping (¼ cup for family style)
2	tablespoons oil
2	tablespoons yellow wine or pale dry sherry

Seasonings:

½	teaspoon salt
¼	teaspoon MSG
2	tablespoons cornstarch
1	egg white

Preparation:

- Follow the above method to shell, devein and clean shrimps. Pat dry with paper towel, Keep refrigerated until needed,

6

- Rolling cut scallions, Discard green ends,
- Slice ginger and garlic. Season shrimps,

To Cook Family style:
- Set a wok or skillet over high heat, when very hot, add ¼ cup of oil. Flavor oil with garlic and ginger, but do not brown.
- Add shrimp, Stir-fry until shrimp meat turns pink (approximately 3-4 minutes).
- Add scallions, Stir some more, Whirl in wine. Stir. Serve immediately.
-

Restaurant Method:
(Oil-dipping method)
- Set a wok over high heat. When very hot, add 2 cups of oil. Wait for about 1 minute, Test temperature of oil by dropping in a piece of green, should bubbles appear around the green immediately, the oil is ready for hot oil-dipping,
- Add shrimps. Stir to separate, pour shrimp and oil together into a sieve-lined bowl to drain,
- Set the same wok over high heat again, When very hot, add 2 tbsp, of oil,
- Flavor oil with garlic and ginger, but do not brown.
- Return shrimp to wok, Stir. Whirl in wine, Add scallions. Stir some more. Serve immediately.

SHRIMP BUNNIES

Ingredients:
16	large prawns
4	cups water
2	tablespoons salt
4	Chinese sausages
1	egg
1	tablespoon oil
	Dash of salt
	Oil for deep-frying
	Several sprigs of Chinese parsley

Seasonings:
½	teaspoon salt
2	teaspoons sesame oil
	Dash of pepper
2	tablespoons cornstarch
2	egg whites

7

1   teaspoon pale dry sherry

Preparations:

- Shell prawns, leaving tails on. Cut deeply down the back along the veins. Devein, Soak in salt water for ½ hour. Rinse with cold running water. Lay flat on paper towels and pat to dry. Chill.
- Lightly beat egg with salt, Set a skillet over medium heat, add 1 tablespoon oil. Whirl in egg to spread along the bottom to form a sheet, Remove when brown. Cut into strips about ½" x 1½" in size.
- Steam sausages for 20 minutes. Split each in half, then cut each half into 2" lengths (16 pieces altogether). Set aside.
- Season prawns. Place one at a time, with the split side down, on a chopping board. Flatten with back of cleaver. Put an egg strip on the head end, add one parsley leaf and place a piece of sausage on top, then roll prawn toward the tail, keeping the tail open like the ears of a bunny, Secure with a toothpick. Repeat with other prawns.

To Deep-fry:

- Set a wok or deep-frying pan over high heat, add 4 cups of oil. When very hot (375 degrees-400 degrees), drop in shrimp bunnies one after another, Deep fry for 2 minutes or until golden brown.
- Drain on paper towel. Serve hot as appetizer.

Sate' came to Canton from Malaysia, but this dish is found in many Cantonese restaurants in Hong Kong.

BEEF STEAK IN SATE' SAUCE

Ingredients:

1½ lbs	cross rib steak
1	medium size onion
2	stalks celery
1	large tomato
	Dash of salt Oil for pan-frying

Tenderizer:

1	teaspoon baking soda
3	tablespoons water
1	tablespoon lemon juice

Sate' Marinade:

1	egg white
1½	tablespoons cornstarch

8

2	tablespoons dark soy sauce
1	tablespoon pale dry sherry
2	teaspoons ground coriander seed
1	teaspoon cumin seed
¼	teaspoon black pepper
2	cloves crushed garlic
1	teaspoon minced fresh ginger
2	shallots, minced
½	teaspoon salt
	MSG (opt.)

Sauce and Thickener:

½	cup chicken broth
2	teaspoons sugar
2	teaspoons sesame oil
1	teaspoon dark soy sauce
2	teaspoons cornstarch

Preparations:

- Remove visible fat and gristles from cross rib steak.
- Cut in pieces about ¼" x 1" x 1½" in size.
- Tenderize with baking soda and water for 3-4 hours (or keep refrigerated overnight),
- Neutralize with lemon juice. Let stand in room temperature for at least ½ hour.
- Drain in a colander. Pat dry with paper towel.
- Quarter onion. Separate in pieces,
- Rolling cut celery stalks.
- Cut tomato into 8 segments.
- Combine spices and seasonings in a mixing bowl, marinate beef for 1 hour. Turn occasionally.
- Prepare sauce and thickener,
- Set above ingredients within easy reach,

To Cook:

- Set a skillet over high heat. When very hot, add oil to the ¼" of the depth of skillet.
- Pan fry beef pieces until brown one side after the other. Remove from skillet.
- Add onion, celery to skillet, Stir fry for 30 seconds. Season with salt, then add tomato,
- Return beef to skillet immediately, stir some more. Mix,
- Add sauce and thickener. When it boils once around, remove beef to a serving platter, Serve hot.

9

BEEF STEAK CANTONESE STYLE

Top sirloin slices are soaked in baking soda and water and neutralized with lemon juice to remove the metallic taste. The beef is then marinated in a special sauce and deep-fried. For less expensive cut of meat, cross rib roast, sirloin tip roast or chuck fillet can be used, suggests Pearl, 1½ lbs. well-trimmed top sirloin.

Tenderizer:

1½	teaspoons baking soda
3	tablespoons water
1½	teaspoons lemon juice
	Oil for deep-frying
3	tomatoes, sliced

Marinade:

1	tablespoon dark soy sauce
1	tablespoon light soy sauce
1	tablespoon oyster sauce
2	teaspoons sugar
2	tablespoons pale dry sherry
1	egg white
1	tablespoon sesame oil
2	tablespoons oil
1	teaspoon fresh ginger juice
1	clove garlic, crushed
2½	tablespoons cornstarch
	MSG (opt.)

Preparation:

- Trim as much visible fat from meat as possible.
- Remove white cord or fiber if any,
- Cut meat into pieces approximately 1½" x 2" x ½" in size.
- To tenderize beef:
  - dissolve baking soda in water.
  - Pour over beef, mix thoroughly.
  - Let stand in room temperature for at least 3 hours or keep refrigerated overnight,
- Add lemon juice to neutralize, turn meat, Let stand for another 1/2 hour, Drain. Pat dry with paper towel.
- Combine all ingredients for marinade in a big mixing bowl. Beat lightly with fork or chopstick to blend.
- Put in steak pieces, stir and turn until each piece is well coated with marinade, Set aside for half an hour or more.

To Cook:

10

- Set a wok or deep-frying pan over high heat. When very hot, pour in about 6 cups of oil.
- Test temperature of oil by dropping in a piece of scallion green. Should bubbles appear around the green immediately, the oil is ready for deep-frying. (approximately 400 degrees),
- Put in steak piece by piece. Deep fry for 2 to 3 minutes or until brown. Remove and drain on paper towel.
- Arrange steaks in the center of a serving platter. Decorate with tomato slices along the edge. Serve immediately, Makes 4 servings.

PORK DUMPLINGS, CANTONESE STYLE
(Shiu-Mai)

Ingredients:

*1 lb.	lean ground pork
1 ¼ lbs.	fresh shrimp in shells
8	medium size black mushrooms
½	cup bamboo shoots
4	stalks scallion whites
1 pkg.	wonton skins
	A few drops of orange food coloring

Seasonings:

1	teaspoon salt
2	tablespoons sesame oil
2	tablespoons light soy sauce
1	teaspoon sugar
1	tablespoon pale dry sherry
2	tablespoons oil
1 ½	tablespoons cornstarch I egg white

To Prepare Filling:
- Shell, devein and clean shrimp (for method see recipe for how to make shrimps crispy)
- Pat dry with paper towel. Chill until use. Set aside 6 for decorating.
- Soak mushrooms until soft. Squeeze away excess moisture. Cut into small pieces about the size of a soy bean.

To season:
- Place ground pork in a large mixing bowl,
- Add salt and soy sauce first, Mix well,

11

- Scoop up pork with hand and "beat" into the bowl vigorously several times to firm up meat.
- Add the remaining seasonings. Blend well. Chill.
- Cut bamboo shoot into pieces the same size as mushroom bits.
- Wrap in paper towel, Squeeze out excess moisture.
- Chop scallion whites.
- Cut shrimps into the same size as mushroom bits.
- Combine seasoned pork, shrimp meat, mushrooms, bamboo shoots and scallion whites together- Mix together. Chill until firm.

For Decoration:
- Chop 6 shrimps fine. Add a dash of salt while chopping.
- Remove to a small mixing bowl,
- Add a few drops of orange food coloring to shrimp. Blend well. Set aside.

To Assemble:
- Use a 3" diameter cookie cutter to cut square won-ton skins into rounds.
- Place round wrapper upon slightly cupped left palm.
- Use right hand, scoop up about 1 tbsp. filling, place on center of wrapper. (Note that the filling now sticks to the wrapper,)
- Insert the handle of a tablespoon downward into the bulk of the filling, both the filling and the wrapper will stick to the handle.
- Withdraw left palm, form a ring with left thumb and left index finger; gently push the wrapper filling together with -the spoon handle. The filling now assumes roughly the shape of a circular cylinder (Shui-Mai), loosely encased in the wrapper.
- Withdraw the spoon, Use it to pat the filling to increase the contact between filling and wrapper, also to smooth the top of the Shiu-Mai,
- Place a small dot of orange shrimp paste (about the size of a soy bean) for decoration on the smooth top.

To Steam :
- Grease a heatproof plate with oil, Arrange Shiu-Mais on it.
- Pour enough boiling water into a wok or a pot or a steamer to come within an inch of the steaming rack.
- Place the plate of Shiu-Mai on the rack,
- Cover tightly and steam over high heat about 20 minutes. Serve hot.

*Note – Ask the butcher to grind the pork through the medium size devise, or even better, chop your own.

Classes Benefit

American Cancer Society

Registration is now open for Pearl Kong Chen's cook111% classes -to benefit the American Cancer Society„

Basic Chinese Cookery Class will be held on Mondays, beginning Sept. 16 for eight weeks and will be limited to 30 members; tuition, $89,

Advanced Chinese Cookery Class will be held Tuesdays, beginning Sept. 17 for 10 weeks and will be limited to 24 students; tuition, $125.

Basic will be an introduction to Chinese cuisine, cutting methods, different food handling methods and demonstration of most popular Chinese-American dishes in the authentic Cantonese versions, according to Mrs. Chen.

Advance will include a review of the basic techniques, introduction to oil dipping technique and demonstration on full sequence of banquet dishes.

Her mother's recent death from cancer has prompted Mrs. Chen to retire from her position with Metropolitan Adult Education Program of San Jose to teach classes to benefit the American Cancer Society.

"The society is really short of funds this year and I felt I could contribute more meaningfully by teaching classes for cancer."

Tuition will be paid directly to American Cancer Society and is tax deductible according to ACS. Advance registration is requested and closes Sept 10.

For registration or more information, telephone Mrs. Elizabeth Melvin, Santa Clara County ACS, 295-6673.

13

附錄 6. 宴客菜單

　　獻珠在加州及香港多年宴客菜單，很有歷史價值，可以看到由家庭主婦逐步升格到大師級的過程。以下菜單均為獻珠和天機親筆所寫。

珠璣小館

會裡紅英
掛爐大鴨
手撕藍焗雞
蟹肉布甸
雙菇蠔油牛
奶油津白
蟹肉布甸

六九年一月廿一日

珠璣小館

九式拼盆
雞絲生翅
燒乳鴿
真假綿羊
蟹扒雙素
勃皮雜菜

一九六九年五月廿二

珠璣小館

橫引蓋世
碧玉瑚瑚
豪士高尚
燒焗乳鴿
蟹膿經綸
沙爆牛肉
油菜白飯

一九七〇年十月廿二

陳天倫
陳天機大嫂
陸炳權大嫂
閏夫人
張憲奎將軍夫人

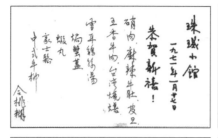

珠璣小館
一九七二年一月廿七日
恭賀新禧！

硝肉／麻辣牛肚／皮旦
五香牛肉／台灣燒培
雪耳雞絲湯
焗雙蓋
蝦丸
豪士蠔
中式牛柳
合桃糊

Chez Gretchen　　　　Jan. 27, 1971
Gott nytt år!
Chinese smörgåsbord
　Homemade Chinese ham / Tripe a la Kong / Tusand Jalmti
　Boeuf arométisé cherchez la fem / ål or nothing
Snowy ear soup
Crab Mandarin　　Räkabullar
Oyster specktackle　(speckle tackle)
Chinese Steak
　　　　　　Walnut porridge

珠璣小館
甲寅年端午節

片皮掛爐大鴨
脆炸渣
欖仁雞丁
雞絲生翅
翡湖上素
鳳城鴿鬆
火鴨
當紅蝦子雞
香滑南乳餅
清鎖牛合桃露
鬆化杏仁蛋撻
甘露冰肉棗茸角

1974.6.24
S.T. Wong
Joy Chang
Lenny + Ann Lew
Larry Lau
Irving Ho
Joyce + Douglas Shen
Wallace + Elizabeth Wong
Pearl + T.C. Chen

新春大吉　一九七六年　二月七日
太史戈渣　百花蟹鉗
雙冬海參／生炒帶子
雞絲生翅
鍋巴橙鴨
油淋乳鴿
花鬪薑雞
京都排骨
鮮椰奶露
棗蓉酥角

Ohlone Luncheon　　4/23/77
Mini Crab Casserole
Spinach Velvet Soup
Beef Shu Mai
Transparent Fan-gau
Shrimp Dumpling
Curry Crescent
Spiral Crescent
Char-siu Buns
Fried Rice
Almond Custard Tart
Coconut Cake

Welcome !

Pearl, T.C. &
Family

珠璣小館　一九七九年三月十七日
歡迎胡仁牧世伯蒞臨春宴

太史豆腐　　脆炸戈渣
百花釀鴨　　炒鴛鴦鬆

一品燕清湯
翡翠鮮茄菇
金銀裙翅珠
彩潤上素
太空三丁
蝦子山鴿
椰汁布丁

壬戌年新春
敬老尊賢宴

太史豆腐
官燕竹蓀
百花釀鴨
清湯雲吞
翡翠鮑魷
紅燒鮑翅
飛龍新素
強牀蒜脯
烏龍吐珠
麻蓉堆翅

羅孟華
楊振寧
招振洋
馬臨
徐培琛
陳蒲華
楊修眉
陳雅華
陳敏行
陳玉城

烹調固樂事也然囿
於作力張掌難鳴決意
不問炊手提今寫字瀆
栽花種菜以愉身心謹誌
海花家饌聊報
前輩及方家罩愛之情五衷

縱橫金銀辰
污雨百花雞
繽紛蠔豉鬆
原汁禾麻蛇
珠璣海虎翅
寰宇菰素供
蝦子燴麵
檳鄉魚炒飯
西米冰露

附錄 7. 江獻珠著作年譜

徐穎怡 整理

江獻珠在 1926 年生於香港。本年譜不直接寫出的歲數，讀者可自行推算（〔創作年份〕-1926）。

1. 著作書籍

英文書

1983 年。Pearl Kong Chen, Tien Chi Chen and RoseT. L. Tseng, *Everything You Want to Know about Chinese Cooking*, Barron's Education Service, Woodbury, Long Island, New York, 1983. [3]（陳江獻珠、陳天機、曾張蘊禮：《漢饌》，紐約長島拜倫氏公司，1983，1995，賣出五萬多本。）

中文書

所有江獻珠著作的中文書本，均由香港萬里機構屬下飲食天地出版社或萬里書店出版，其實是同一組織。本年譜一律不題出版商的名字。

3　現址是 Hauppauge, Long Island, New York。

1992 年	江獻珠：微波爐中菜大全，11 月。
1994 年	江獻珠：中國點心製作圖解，10 月。 （從 1994 年到 2009 年的 15 年間，先後印刷了 13 次，銷量達兩萬多本。）
1998 年	江獻珠：蘭齋舊事與南海十三郎，萬里機構，4 月。
2001 年	特級校對、江獻珠：粵菜文化溯源系列： （1）古法粵菜新譜，1 月； （2）傳統粵菜精華錄，2 月。 （後也發行了一函精裝兩冊）
2004 年	江獻珠：珠璣小館家常菜譜（第一集），4 月。
2005 年	江獻珠：珠璣小館家常菜譜（第二集），1 月。 江獻珠、陳天機：珠璣小館飲食文集：造物妙諦，7 月。 江獻珠：珠璣小館飲食文集：遊食四方，7 月。 江獻珠、陳天機：珠璣小館飲食文集：佳廚名食，7 月。 江獻珠：珠璣小館飲食文集：我食我思，8 月。 江獻珠：珠璣小館飲食文集：飲食健康，8 月。 江獻珠：珠璣小館家常菜譜（第三集），12 月。
2006 年	江獻珠：珠璣小館家常菜譜（第四集），7 月。
2007 年	江獻珠：珠璣小館家常菜譜（第五集），6 月。 江獻珠：情迷野菌香，12 月。
2008 年	江獻珠：培養菌佳餚，2 月。 江獻珠：珠璣小館家常菜譜（第六集），2 月。

2009 年	江獻珠：珠璣小館家常菜譜精選：熱炒，3 月。
	江獻珠：珠璣小館家常菜譜精選：蒸煮，3 月。
	江獻珠：珠璣小館家常菜譜精選：煎炸，5 月。
	江獻珠：珠璣小館家常菜譜精選：小食，5 月。
	    （盒裝全四冊，6 月。）
	江獻珠：珠璣小館：中國點心 #1，8 月；
	    珠璣小館：中國點心 #2，8 月。

2010 年	江獻珠：珠璣小館烹飪技法實錄：家饌 #1，1 月；
	    珠璣小館烹飪技法實錄：家饌 #2，1 月。
	江獻珠：粵菜真味 #1：肉食篇，3 月；
	    粵菜真味 #2：魚鮮篇，4 月。
	江獻珠：珠璣小館烹飪技法實錄：家饌 #3，7 月。

2011 年	江獻珠：珠璣小館烹飪技法實錄：家饌 #4，4 月。
2012 年	江獻珠：珠璣小館烹飪技法實錄：家饌 #5，1 月。
2013 年	江獻珠：珠璣小館烹飪技法實錄：家饌 #6，1 月。 （盒裝全六冊，名為「傳家菜——嶺南太史第傳世食單新製新創」，1 月。） 江獻珠：分步詳解·經典粵菜，1 月； 分步詳解·太史第傳家菜，6 月； 分步詳解·中西合璧家常菜，7 月； 分步詳解·矜貴家餚，9 月； 分步詳解·南粵家鄉菜，11 月； 分步詳解·今日粵菜，11 月。
2014 年	江獻珠：蘭齋舊事與南海十三郎，7 月。 （1998 年初版，2014 年重印，榮獲香港金閱獎。） 江獻珠（已逝）：分步詳解·南北點心，9 月。

2. 雜誌專欄

江獻珠在《飲食世界》和《飲食天地》雜誌（兩刊皆於 90年代停刊）寫專欄文章共約二十年，但沒有貢獻食譜。

《飲食男女》週刊。（現已改為網上版。）

2003 年。江獻珠於 3 月 21 日開始在《飲食男女》週刊（第399 期）寫每週一篇的《珠璣小館飲食錄》，首篇為〈三豉蒸石斑腩〉。

2012 年 10 月 19 日，暫停飲食男女專欄。

2013 年 9 月 6 日復在飲食男女寫稿，兩週出一次，寫了兩期。

9 月 20 日登了最後一篇：〈積善之家：三豉蒸烏頭魚〉。

3. 江獻珠的菜譜

（分見著作書籍、雜誌專欄。本附錄只計 1983 年至 2008 年的主要書籍。）

《漢饌》（英文）	245 項
《微波爐中菜大全》	227 項
《傳統粵菜精華錄》	50 項
《古法粵菜新譜》	116 項
《情迷野菌香》	66 項
《培養菌佳餚》	74 項
《中國點心製作圖解》	140 項
《飲食男女》週刊	500 項【從 2003 年 3 月 21 日至 2013 年 9 月 20 日】
	以上共 1418 項

www.cosmosbooks.com.hk

書　　名	珠璣情緣——舌尖上的貴族江獻珠與幸運的書獃子	
作　　者	陳天機	
策劃編輯	何健莊	
責任編輯	王穎嫻	
美術編輯	郭志民　楊曉林	
出　　版	天地圖書有限公司	
	香港皇后大道東109-115號	
	智群商業中心15字樓（總寫字樓）	
	電話：2528 3671 傳真：2865 2609	
	香港灣仔莊士敦道30號地庫／1樓（門市部）	
	電話：2865 0708 傳真：2861 1541	
印　　刷	亨泰印刷有限公司	
	香港柴灣利眾街德景工業大廈10字樓	
	電話：2896 3687 傳真：2558 1902	
發　　行	香港聯合書刊物流有限公司	
	香港新界大埔汀麗路36號中華商務印刷大廈3字樓	
	電話：2150 2100 傳真：2407 3062	
出版日期	2019年7月 初版·香港